U0623765

校园名师文学创作经典系列

想象的

XIANG XIANG DE
YU WEN

语文

李自生◎著

北方联合出版传媒（集团）股份有限公司

万卷出版公司

© 李自生 2020

图书在版编目(CIP)数据

想象的语文／李自生著. -- 沈阳：万卷出版公司，2020.11

ISBN 978-7-5470-5302-7

Ⅰ. ①想… Ⅱ. ①李… Ⅲ. ①随笔-作品集-中国-当代 Ⅳ. ①I267.1

中国版本图书馆 CIP 数据核字（2020）第 007577 号

- -

出版发行：北方联合出版传媒(集团)股份有限公司
　　　　　万卷出版公司
　　　　　（地址:沈阳市和平区十一纬路 25 号　邮编:110003）
印　刷　者：长沙市精宏印务有限公司
经　销　者：全国新华书店
开本尺寸：170mm×240mm
字　　数：250 千字
印　　张：15
出版时间：2020 年 11 月第 1 版
印刷时间：2020 年 11 月第 1 次印刷
责任编辑：张冬梅
责任校对：高　辉
策　　划：张立云
装帧设计：潇湘悦读
Ｉ Ｓ Ｂ Ｎ：978-7-5470-5302-7
定　　价：78.00 元
联系电话：024-23284090
传　　真：024-23284448

序
重建语文的本体魅力

任东华

　　在中国人眼中,语文是"最好学"的;由于从小就生活在母语环境中,谁都可以说出个子丑寅卯来。但在语文教师看来,它其实是"最不好"教的。浅了,谁都不买账;深了,自身造诣需要极大的提高不说,如何将精深博大的内容传授给学生们,考验重重。尤其是在中、高考的指挥棒下,语文的生命、温度与人文关怀精神被撕裂、被阉割、被榨干,仅剩下符号、意义与关联性在机械地运作。语文被不断地"加码",从100分跨越到150分甚至更高,但又在年年的中、高考中,不幸地成了埋头苦干的老师、冥思苦学的学子以及望子成龙的家长们的"梦魇",斩断了无数人的梦想。为此,语文改革被经常提及,不但被赋予了广泛的实践,而且还涌现出

了不少成功的教学案例、模式与方法，以及大批享誉教坛的教育家如魏书生、于漪、李吉林、李镇西等，成就斐然。但在当代复杂的教学场域中，不是几种方法就可以一劳永逸地解决所有问题，尤其是时代、环境、形势等因素的变化，语文教育面临着越来越多的挑战；同时，也大大鼓励和激发了教学一线的老师们，他们以"实践求真知"的奋勇精神，抛开指挥棒的重轭，以勤奋、执着、良知等为"渡船"，孜孜不倦地思考、探索和创化语文教育的基本理论、知识、技能，以及方式、需求和走向。他们也许并不全都声名显赫，但却脚踏实地；他们也许重"技"而未达"道"，但却助力学生赢得了最大的成效；他们也许不是高大上的理论家，但却是语文教育在场的勤勤恳恳的探索者、实践家和开路人。

在熙熙攘攘、勤奋耕耘的万千背影中，李自生老师就是那个并不"起眼"但却极具典型意义的语文教师。从 1988 年大学毕业踏上语文教育讲坛伊始，至今凡 30 余年。尽管岁月沧桑，但他的经历却极为"简单"，从衡阳县一中到衡阳市八中，他始终处在省级示范性中学的语文教育前线；尽管从"下海南"到跨界做公务员，诱惑多多，但他始终执着地在语文教育的"园地"里打转转，精耕细作，围绕语文教育做出了许多实绩，赢得了诸如湖南省"特级教师"、高考命题专家等荣誉。同时，在繁重的教学工作之余，他还进行"留痕"管理；既细致地记录了关于语文教育的点点滴滴的实践与思考，又深情地镌刻了如何开辟语文教育的新途径、新办法与新境界。《想象的语文》就是他与语文教育的结缘史，是具有典型意义的基层语文教学史，是语文本体魅力的重建史，其中，蕴含着他对语文教育的独特想法与真知灼见。

一、语文是有"温度"的

对于每个在讲台上的教师而言，如何教授语文，恐怕是个永远"求解"的话题。因为语文教学的复杂性、综合性，比其他学科更灵活、更有难度与挑战性。对此，杜以菊老师作了个形象的比喻与说明：

语文教学到底要给学生什么？语文教学并不只是通过简单的手段传授简单的语文基础知识。语文教学要让学生在品味语言、欣赏名作的过程中获得一些想象不到的惊喜和对生活的独特发现，给学生不同于一般的生活体验和认识。语文教学要给学生深刻的语言体验能力，灵活的文字表达能力，特别的欣赏能力，以及对语言文字特殊的敏感，与众不同的修养和超凡脱俗的气质等。语文教师要引导学生用自己的大脑去思考，用自己的眼睛去发现，用自己的心去体会。让学生在语言体验中，感受到学习语文的幸福。学生只要在语文学习中体悟到了快乐，就会产生意想不到的效果。

实事求是地说，这个问题也曾经困扰着我。尤其是作为一个有三十余年教龄的语文老师，苦闷是可想而知的。传统教学模式的驾轻就熟与枯燥乏味，对新课改背景下课堂模式的惶惑、生涩及其探索，让他对这种弊端认识得更清楚：

我们这些经历过传统教育模式的人，对它的弊端认识得更清楚，更深刻。课堂沉闷，千篇一律，教师辛苦，学生乏味，如此等等。回想当初，经过几年的熟练，我这个门外汉迅速掌握了传统教法的窍门：老师主宰课堂，成为主要演员，一讲到底，我想怎么讲就怎么讲，我讲什么学生就听什么。就我们语文课堂而言，本来应该是"有一千个读者就有一千个哈姆雷特"，但是，传统课堂却只有老师嘴中一个哈姆雷特，学生几乎很少有思维活动。我们可以用一种教案、一种教学模式来面对一届又一届的学生，因材施教变为"一材教到底"，那些有个性特长的学生逐渐被磨去个性，变成了差不多的同一模式的工业产品。（《关键在于改变我们自己》）

为此，他认为要从"导演"角度，重新驾驭课堂，培养语文的"温度"。如何做得更好呢？无疑，丰富自己是首要的，现在的中学生知识面宽，能力都比较强，尤其是网络普及了；所以，努力汲取各方面的营养，丰富自己的学识，力求做成通才；尤其对于学生在课堂上、平时交流中提到的有关术语、知识点、新书、新科技发明等，都尽量掌握并做到力所能及地解惑。其次，既要努力备课，以应对课本中可能出现的各种问题，又要尽可能激发学生发现问题、提出问题、分析问题、解决问题的潜能，力争让学生自己去解决他们发现的问题；老师只是当好导演和顾问的角色，把课堂真正还给学生，让学生真正成为课堂的主人，师生都有收获与启发。

显然，这种思考直抵当前语文教育的核心症结并做出了有益的尝试。但语文的"温度"肯定不止于此。语文作为"百科之母"，犹如润物细无声的春雨、普照大地的阳光、容纳万物的土壤，以及无所不在的空气与水，对于学生的成长，还有着更多呵护、成就与引导作用，如陶行知先生所言："千教万教教人求真，千学万学学做真人。"为此，他主张语文教学要将方法融合于对文章的整体感悟与把握，注意引导学生体会领悟课文里面蕴含的人生哲理，强调做人比读书重要，品德习惯比知识技能重要。（《人师难为的原因及对策》）

他期待语文教学要通过注意设计课堂亮点、善于营造课堂气氛等手段，唤醒学生的梦想与热情，激发学生的潜能；要做个好园丁，对每个学生倾注同样多的爱，对不同的学生给予不一样的引导与关怀，让他们充分发挥与发展各自的兴趣爱好特长。（《漫说"园丁"》）因为，教育的最终目的是教学生做人，语文教育则是核心。因此，"用心做教师"尤为关键，用心做好本分，用心做好学生，这是提升语文教学温度的前提，也是不二的途径。

因此，李自生也非常认同，语文教学不能只重短期利益，更要为提升素养、丰富内涵、完善人格这个大目标努力；要让学生对语文有一种别样的情怀，有一种别样的心境，有一种刻骨的爱，让学生眷恋语文，痴情于语文，让语文为学生终生服务，这是我们教育的目标，也是我们努力的方向。

二、语文是有"性格"的

何为"语文"？从词源学的角度而言，特指"语言与文学"的简称，但在不同的学科里，语文有不同的"所指"。从基础教育课程体系来看，作为一门主要的教学科目，其教学的内容是语言文化，其运行的形式也是语言文化；语文的能力是学习其他学科和科学的基础，人们交流思想的工具，具有工具性与人文性统一的特点。因此，语文教学就包括了对听、说、读、写、译等各方面能力之培养。在基础教育工作者眼中，语文教育也就有了无比丰富的内涵及发挥的可能性。

对不同的语文教师而言，语文的含义也是不同的。个性化的教学方式不断地"洞开"了语文教育的大门。新时期以来，在语文教育改革的号召声中，涌现出了十大代表性人物，他们从实践操作出发，经过经验积累，进行不断的理论探索，逐渐形成了各自的思想、风格或体系；他们并非刻意表明自己追求某种理论，而是已经把这种理论追求深深融进了教学实践的每一个"毛孔"；他们视野开阔，见解深刻，个性鲜明，教学上则挥洒自如，游刃有余，随心所欲而不逾矩。他们也许并不明确宣布构建了什么"体系"，营造了什么"风格"，但是人们从他们卓有成效的教学中，分明感觉到一个完整的教学体系，一种独特的教学风格的存在。如于漪的"情美语文"，钱梦龙的"导读语文"，宁鸿彬的"轻简语文"，洪镇涛的"本体语文"，蔡澄清的"导学语文"，余映潮的"创美语文"，程少堂的"文化语文"，黄厚江的"本色语文"，赵谦翔的

"绿色语文",董一菲的"诗意语文",各以"一家之言",成了智慧课堂教学艺术的内驱力。

风起云涌的语文教育改革无疑也带给了李自生极大的启发。他以"人生"为轴,贯穿于语文教学始终,将课堂内外、师生关系以及社会和学校都沐浴于"人文语文"中。

首先,课外语文也充满了正能量。语文的积极、进取与关怀精神,不但树立了形象建设的高标,而且也给学生们带来了榜样。所以,在面对"教育之要"的核心问题时,他认为是"教学生做人",还引用了钱锺书先生的高言:孩子将来成为什么人,关键看大人为他们提供一个什么样的社会。以此推论,我们是不是可以这样说,学生将来成为什么人,关键看教师是怎么教的。(《教育之要是教学生做人》)为此,在课外,他言传身教做人要勤俭、厚道、朴实,教育孩子要"最知道生活的艰难,最知道粮食的珍贵,最知道父母的艰辛"。(《我们是农民的儿子》)他苦口婆心劝说并期待同学们不断提升文明素质并永远保持公德,他也深刻反思"人老要德弥馨,用睿智、涵养、德劲去折服那些不懂谦让没有礼数的后辈,而非用暴力,否则,效果只会适得其反"。(《年高德弥馨》)他谆谆告诫,生命的意义就在于,它的存在对于别的生命的存在,对于它所存在的世界,是有价值的,是非常重要的。(《5分钟的距离》)他郑重指出,教育之本在教师,教师之本在良知。而良知作为必修课告诉我们,教育学生的目的应该不止于让他们取得好成绩,更重要的是让他们以后能够融入社会,具有很强的适应能力、生存能力、发展能力,成为一个合格的健全的社会人,在此之上,成为一个成功人士,一个有社会责任感的人士,一个坚定的爱国者,一个具有世界与未来眼光的人。(《师者的良知》)要始终坚守初心,要有远大的理想抱负,要有"位卑未敢忘忧国"的情怀,要"计长远者勿贪小利",等等,才能达到广阔的人生境界。课外语文的内涵是极为丰富的,也让教学真正地具有了生命与灵魂。

其次,挖掘了经典的核心内涵。中学语文教材的选文是经典的,但内涵也是具有发散性的,如何挖掘其中的"珍珠",让学生汲取充分的营养,茁壮地成长?如何在繁重的学习任务中,呈现出生动活泼的局面,让中学生既获得丰厚的收益,又真心地喜欢之?为此,他对许多课文进行了详细地、个性化地解读,尤其是对其中核心的、基本的、正面的价值取向,予以了独具特色地呈现。(1)大义。在对《采薇》的多面品读中,他提纲挈领:"我们要尊重军人,赞扬他们的无私奉献,真正把他们看作最可爱的人。"(《边关军人的一曲悲壮之歌》)(2)爱情。如何教育学生面对早恋的难题?通过《氓》,他委婉地提醒,婚姻需要以感情为基础,若是希望感情长久,婚姻幸福,则必定需要用心经营。如果像女主角那样任性,还总是把所有的责任都推给对方,这样的婚姻,怎么可能长久? 怎么可能幸福? 缺乏条件的恋爱自然难免悲剧。(《两情久长是一门学问》)(3)策略。如何看待《离骚》的悲剧,他直言不讳:"倘若屈原能够像张居正那样做一些改变,团结一切可以团结的人,既坚持自己的底线毫不动摇,也讲究一下做人做事的策略,凭着楚国的地广人多物博,最终能够统一六国的,是不是秦国就很难说了。"(《直道而行,还需讲究策略》)另外,对《逍遥游》的诡辩术、对《孟子见梁惠王》提及的教育过于急功近利、对《烛之武退秦师》倡导的"轻利重心,成其久远"、对《寡人之于国也》提出的"'仁义'何时能够战胜'名利'",几乎每篇都有可贵的核心哲学。面对课文折射的形形色色的观念、行为、做法,他既有赞颂,也有批判;既有身体力行,也有拒绝与纠正。他精心释读,不局限、不封闭,也不固守于课堂,而是置放到广阔的社会人生,还融合了自身丰富的生命体验,所以,更为亲切、感人。

其三,语文的人文性。就本质而言,语文是工具和人文教育的统一;在语文教学中,尤其包括着以文载道、以美育人、以情感人等方面。在对经典课文的释读中,他不但将"道"拓展到人生的方方面面,而且还上升到生命哲学层面。如对《锦瑟》,就旗帜鲜明地表达了:"人生就是这样,欲望是无止境的,该满足时且满足,否则,就可能像李商隐那样,过着幸福的生活,却痛苦了一辈子。"(《学会满足》)他非常重视文中之"美",不只注重形式,更聚焦于内容。如《林黛玉进贾府》在构思方面就"浑然天成,出神入化";苏东坡在情感方面虽然没有能够实现自己的政治抱负,却可以到处游山玩水,可以"日啖荔枝三百颗,不辞长作岭南人"。(《豁达是医治创伤最好的药方》)以及倡导享受教育、学习追求"人生最难得是精神的自由"等,都是语文教育的生命所系。在对《归去来兮辞》《滕王阁序》《蜀道难》《杜甫诗三首》《琵琶行》等名篇的义域开拓中,他始终立足于"人",在教学过程中始终以"人"为本,以培养学生的人格、人性与人情为目标,进行全方位地努力。他也认为,通过对学生进行爱国主义教育、道德教育、坚强意志教育,培养了学生的良好思想、道德个性品质;进行社会文化教育,通过满足不同层次的多方面的精神文化需要,进一步增强和加深学生的文化意识;对学生进行价值教育,能调动学生积极的创造精神,不断形成和确立自身的价值;对学生进行审美教育,使学生受到美的陶冶,塑造美的心灵,最终使之成为社会主义现代化建设的高素质人才。

三、语文是有"情怀"的

对于语文，许多人曾经无限遐想过，它到底应该是什么呢？不同的语文教育工作者，有着五花八门的答案，如诗意的、朴实的、豪华的、情感的、清新的等，也反映了他们对语文学科的努力与方向。然而，更多人还是认为，语文是一种情怀，唯有如此，才算真正地踏入语文的堂奥，也才能真正地教好语文，否则，将是天天面对着熟悉的"陌生人"，要教好语文怎么可能呢？

何为情怀？根据词义学的解释，主要是指一种高尚的心境、情趣和胸怀。那何为语文情怀呢？姚子聪老师说："语文是一种历史的情怀，当我们捧读《史记》《汉书》时，我们感怀悠悠历史给我们的沧桑味；语文是一种幽默的情怀，它用形象生动的语言让我们感受到语文的趣味；语文是一种博爱的情怀，当我们读着描述亲情、友情、爱情的文章时，我们体会到世界充满了爱；语文是一种理性的情怀，它激浊扬清，让我们感受充斥天地之间的浩然正气；语文是一种人文的情怀，它反映悲天悯人的普世价值，是对人性的本质彰显。"

在李自生的笔下，作为一种情怀的语文，也是有着动人的身姿的。在谈到如何作诗时，陆游的《示子遹》说过，"汝果欲学诗，功夫在诗外"（《剑南诗稿》卷七十八），明确了真正要"学习写诗，不仅是字词句式，还要有更深的学问，作诗的功夫，在于诗外的历练"。其实，语文教学又何尝不是如此呢？李镇西老师在谈到语文教师的人文情怀时，就涵括为四种人文素质，即情感与理想、风骨与良知、视野与思考、学识与胸襟，这也契合了李自生对语文情怀的想象与思考。尽管内涵丰富，但风骨、胸襟与博爱才是情怀的核心精神。

首先，语文是讲风骨的。爱因斯坦说："只教给人一种专门知识、技术是不够的。专门知识和技术虽然使人成为有用的机器，但不能给他以一个和谐的人格。最重要的是人要借着教育获得对事物和人生价值独特的了解和感悟。"回到语文教师，所谓风骨，就是独立思考，就是不被世俗风气所左右，再具体些，就是不迷信权威……当然，有风骨不只是愤世嫉俗，他首先是一个积极的建设者。为此，李自生立足于对学生独立人格的建构，无论是"管窥蠡测""经典重读"还是"史海拾贝"，他都进行了精心的阐释，力图从中挖掘出有利于学生身心健康成长、有利于培养学生独立思考习惯与健全人格精神、有利于学生积极进取的思想精华。他追求"在无字处读书，与有肝胆人共事，向潜在目标挺进"的精神,不迷信、不局限、不封闭于经典文本的权威解读,而是始终坚守于此时、此地与此境,去发掘身边同事的光辉人格、课文中的隐含意义及其独立的价值导向,并见微知著,积极地建构起传统文化的基本骨架。坚定地抵制来自世俗的诱惑、污秽与卑微,坚定地保卫着语文人、语文学科与语文教育工作者的纯粹性。他将古人名言"不求无愧于人,但求无愧于心"作为自己的座右铭。他认为,不论是做事还是做人,不论工作还是生活,都讲究要对得起自己的良心。无论是当班主任也好,上课也好,都要这样去做。对学生他是这么要求的:首先学会做人,其次才是读书。(《怎样做老师——在我们无法选择的时候》)在字里行间,他谆谆有言,"独立之精神、自由之思想"是非常可贵的。他引用美国人加得纳的话说,正确的幸福观是指人们朝着有意义的目标而进行的艰苦奋斗,学习语文何尝不是如此呢?他更希望学生在磨难中成长,"不经一番寒彻骨,哪得梅花扑鼻香","人生道路比较漫长,世事难料,谁都很可能会经历一些磨难,或小或大。面对磨难,尤其是一些小小的磨难,我们不应当消沉颓唐,而应当奋发自强,向曹雪芹、鲁迅等伟人学习,把磨难变成我们的磨刀石,变成我们成功的垫脚石。"(《磨难成就辉煌——读〈林黛玉进贾府〉有感》)总之,面对语文,他将风骨看成是良知、具有独立性、是迎难而上,表现了语文可贵的品格。

其次,语文是有胸襟的。语文不仅仅是语文,作为一个真正的语文教师,必须跳出语文看语文。何为语文人的胸襟?李镇西这样说过,要站在教育的高度看教学,站在社会的高度看教育,站在人生的高度看社会,站在星空的高度看人生!海纳百川,有容乃大。套用雨果的话说,语文专为胸襟开豁的人们提供了无穷无尽的赏心乐事,让他们尽情受用,而对于心胸狭窄的人们,则加以拒绝。罗曼·罗兰曾这样说过:多读一些书,让自己多一点自信,加上你因了解人情世故而产生的一种对人对物的爱与宽恕的涵养,那时,你自然就会有一种从容不迫、雍容高雅的风度。读书,才使语文教师有了气量、态度与胸襟。语文教师的教学底气源自于大量深入的阅读,源于授课过程中基于学生实际的授课——纵横捭阖和上下勾连,于是这样的课就显得厚重,学生的收获也正源于这样的课堂。反之,捉襟见肘、井底之蛙的语文老师是可怜的,那是他们不读书、不思考的缘故,这样的老师自无"气度"和"胸襟"可言。

李自生对于语文教师的读书做了深入的调查与思考,《想象的语文》也可谓他的阅读史。无论是感事抒怀还是文本细读,无论是说道理还是谈人情,无论是课堂内外还是语文上下,他都旁征博引,侃侃而谈,将丰富的人生经验糅进广博的知识之中。但语文教师不是知识的搬运工、贩卖者,而是智慧的点播者,生命的引路人。所以,活读书、读活书、读书活、书读活,才是语文教师的宗旨与追求。读书不仅提升灵魂的高度,而且开阔心灵的宽度,知识的海洋有多宽广,语文教师的胸襟才有多博大。他不仅示范如何学,而且还展示了学习的途径;他不仅条分缕析知识结构,而且还分门别类知识成分;他不仅散播知识的有用性,而且还拓展知识的魅力。知识不仅让他自信,而且让他也拥有了哲人般的宁静;不仅让他身心愉悦,而且让他的视界与胸襟都广阔无比。所以,谈天说地、笔底春秋、时事风云、微义薄意,他都信手拈来,灵活用之。他借项羽表达了作为一个语文教师的情怀:"项羽,千年以来,我知道你很孤独,也知道你很悲伤,但是,却也只能孤独着你的孤独,悲伤着你的悲伤。项羽,你不必孤独,也不必悲伤。因为,几千年以来,一直都有人清楚地明白你的价值,一直都有人敬佩你高尚的人格、坦荡的胸怀,这也是我们这个民族能绵延至今、没有灭亡的缘由。"(《项羽,你孤独吗?》)面对着那些埋怨"上辈子杀猪,这辈子教书;上辈子杀人,这辈子教语文"的人而言,这又何尝不是他作为语文教师既悲壮又自豪的宣言。

其三,语文是博爱的。博爱是语文的出发点,又是语文的归宿。犹如常斌所言:"'博爱'是'以人为本'的。教育首先是应该营造一种氛围,坚持学生是有生命、有理想、有情感、有追求、有自尊心的活生生的人的主体观,构建平等协调、其乐融融的师生关系,提供给学生创新的时空。而营造这样一种氛围的方法,必须'博爱'。因此,用'博爱'理念教学语文,使'博爱'成为全体教师、学生、家长共同的理念,让全体学生生活在'博爱'之中,成为有自信、能发展的人;用'博爱'催动创新,使'博爱'成为学生自主学习活动的催化剂,唤醒、激活全体学生天生就有的创新潜质,使其成为创新、幸福、具有'博爱'思想的人。"

李自生可谓在语文之外,发现语文的博爱真谛,发现身边的美。他始终认为,人有博爱之心,善莫大焉。博爱不仅让学生发现语文是最亲切的,让学生沐浴着老师的光辉并驱散心底的阴霾,让学生懂得感恩。点点滴滴,又成了学生学习的最大动力,提醒他们如何洁身自好,督促他们代代延续传统美德。学生何止在学语文,更是在规划人生。博爱的内涵是丰富的,言传身教更是具有感染力,坚持数十年更彰显了博爱的厚重与沉实。这仿佛与语文无关,实际上却是语文最核心的内涵。正是因为立足于如何当好一个语文教师,所以,在委屈的时候,他经常扪心自问:为什么总要想自己应该得到什么，而不是去想一想自己为别人、为学校、为社会做了一些什么？为此，近些年来，他记录了自己的别种"语文实践"经历：

> 我和九三支社的老师们，或者是和自己的家人，多次到衡阳市社会福利院、城南养老院去送温暖。十余年来，我和爱人一直关心帮助身边一些经济状况不太好的亲戚朋友，或买一些衣服被子，或送一些半新的衣服，或给一些钱物之类的。每当做了一些这样的事之后，我都会感到一些安慰，同时又觉得自己做得很不够。因为，即使在我的身边，也有很多老师做得比我好。但是，我将坚持这样做下去，尽自己的绵薄之力来做一些有益的事，使自己的人生更有意义和价值。（《怎样做老师——在我们无法选择的时候》）

如此之为，无疑给学生树立了良好的榜样。学习是为了实践，这与孔子的教育思想核心"教学生学会做人"也是一脉相承的。应该说，他的努力成效显著。因为他的广博之爱，学生无论是世俗的成功还是人格的养成，都始终将他作为表率，铭记在心并努力回报。如李建利同学之来信："只是在您面前，我感觉我还不是个差学生，还会像以前那么自信。您不会约束我们不准做这个，不准做那个，对我们非常宽容，您对工作负责的态度，对我们班的贡献，这都是不用说的。"来自 283 班全体同学之问候："李老师，您的爱是无私的。人们说生命的意义在于奉献。如果您是一棵大树，就洒下一片阴凉；如果您是一泓清泉，就滋润一方土地。您正是如此，如红烛般点燃自己，照亮别人。"（《难忘师恩》）可以说，母语既教给了学生们技能，但更教会了他们语文的精髓。上课教给了学生们之"技"，课堂内外的交流更教会了他们语文之"道"。牵挂与感恩只是一阵子，但语文嵌入他们的心间，却是一辈子。

事实上，语文教育的内涵是怎么也说不尽的。而温度、性格与情怀作为三个关键支点，不但树起了语文学科的旗帜，而且还树立了语文教育的形象诗学。《想象的语文》切入语文的内部，以作者三十年的语文教学实践为经纬，重新让我们见识了语文——这门古老而又现代的学科的伟大魅力。再详细的论述也难免挂一漏万，在万千的观点中，如要知道李自生的人文语文到底是怎么"想象"的，直接阅读是最好的办法。来吧，就让我们褪去所有华丽的言辞，静静地进入人文语文之深处，展开无限想象的翅膀，尽情地去飞翔吧！

2020 年 5 月 20 日

（作者系衡阳师范学院文学院院长、湖南省文学评论学会副会长、茅盾文学奖研究专家）

目录 MULU

第 2 辑　管窥蠡测

第 3 辑　经典重读

目录

第 4 辑　史海拾贝

第5辑　美在身边

附录

享受教育

怎样做老师——在我们无法选择的时候

责任比激情更重要

人师难为的原因及对策

第 1 辑

学为人师

享受教育

　　俗话说"三百六十行,行行出状元",又说"干一行,爱一行"。我相信:不管你是一行的状元也好,还是爱上这一行也好,都会有一种享受的感觉——那是一种浸润其中才能感受到的幸福。不过,我却发现,身边有很多人,没有职业的幸福感,他们常常埋怨着:当教师太辛苦了,起得比鸡还早,睡得比狗还晚;当教师太烦了,不是有学生迟到早退,就是有学生发生纠纷;当教师待遇太低了,工资一直赶不上公务员,还没有防暑降温费……我自己也经常这样抱怨着,唠叨着。可是,境遇也好,心情也好,从不曾因为我的牢骚满腹而有所改变,反而难得过几天舒心的日子。生活就这样耗着,我不禁感到茫然。

　　前几天,偶然听一位老师讲庄子的《庖丁解牛》。"庖丁为文惠君解牛,手之所触,肩之所倚,足之所履,膝之所踦,砉然响然,奏刀騞然,莫不中音。合于桑林之舞,乃中经首之会。……提刀而立,为之四顾,为之踌躇满志,善刀而藏之。"听到他的诵读,我突发奇想:如果我是一个杀猪宰牛的屠夫,面对淋漓的鲜血,面对浓浓的腥臊味,面对难解的经络骨节,我肯定会心烦,肯定会埋怨。可是庖丁,他竟然能如此享受,我估计他"善刀而藏之"的时候,一定还吹着口哨。相反,我们教师,面对一群活泼可爱的孩子,面对一群各有千秋的学生,竟然愁眉苦脸。我不禁赧然,也陷入了沉思。

　　我把庖丁的话又认真读了几遍:"始臣之解牛之时,所见无非牛者。三年之后,未尝见全牛也。方今之时,臣以神遇而不以目视,官知止而神欲行。依乎天理,批大郤,道大窾,因其固然。技经肯綮之未尝,而况大軱乎!良庖岁更刀,割也;族庖月更刀,折也。今臣之刀十九年矣,所解数千牛矣,而刀刃若新发于硎。彼节者有间,而刀刃者无厚;以无厚入有间,恢恢乎其于游刃必有余地矣,是以十九年而刀刃若新发于硎。"如此看来,庖丁开始解牛之时,也没有掌握牛的内在结构规律,也曾和庖甲或庖乙一样,或割,或砍,也曾烦恼过,埋怨过,等到掌握了牛的内在结构规律,自然"目无全牛""游刃有余"了,也自然很享受自己的职业成果,很有幸福感了。不过即便如此,"每至于族",他仍然会"怵然为戒,视为止,行为迟,动刀甚微",非常小心,非常细致,一切按规律而行,绝不快刀斩乱麻,因此他的刀才会"十九年若新发于硎",金刀不缺,宝刀不老。教育也有其规律,如果我们能遵循学生自身的发展规律,因势利导,同时不断提高我们自身的教育教学水平,我们就能享受教育的乐趣,不会那么烦了。反之,如果我们还只是停留于"族师"阶段,没有很好地掌握人的发展规律和教育的规律,一味地堵、批、训、骂,甚至体罚学生,当然享受不到教育的乐趣,只会经常搞坏自己的心情。如果我们发展到"良师"的阶段,你会发现,麻烦的学生少多了,很多顽石通过你的因势利导点石成金了,你就会很有成就感,很有幸福感。不过,这还不够,我们还需要更加熟练地掌握和运用教育规律,同时要有足够的耐心和细致。因为,一个班的学生,极可能有一两个会成为那"族",成为难解的骨节,也只有能顺利解开这些"节"的教师才能成为"超级教师",才能每天、每次都享受到教育的乐趣。往前的陶行知先生,后来的钱梦龙先生,然后是我有幸听过课的魏书生老师,他们就是这样的超级老师。我个人认为,他们从教书育人中得到的幸福,绝对超过了以宰牛为职业的庖丁。

我不禁释然,也为自己找到了答案而高兴。同时,我也暗暗地勉励自己,一定要尽快把自己这位"族师"打造成为一位良师,一位超级教师,以便早日享受教育成功的幸福。

怎样做老师——在我们无法选择的时候

　　我们高中语文曾经有一篇课文《庄子——在我们无路可走的时候》，它的主要内容是说：庄子在处于困境的时候，没有选择做官发财的道路，而是选择了隐居修道，选择了保守一份名节、一份清高的道路。今天，我也借用这样一个题目，来谈一谈自己的真实想法与历程，或者叫作把自己拿到太阳底下来晒一晒。请各位帮我指出自己的问题症结，同时也是给年轻教师提供一些可吸取的教训，也许还有些许可借鉴的经验。如果耽误了您的时间，敬请谅解。

一

　　我的夫人曾经很多次笑着说：要是找一个数学或英语之类的老师，那她就可以不用过得现在这么拮据，想买什么衣服就买什么衣服了。我给她的回答是：你只有吃二两米的分量，如果吃多了，就会短命的。要说我从事语文老师这个职业，那真是阴差阳错。我读高中时，自认为理科成绩要好一些，然而因为初中时熬夜看小说，眼睛近视了，看不清黑板，只好选学文科。高考的时候，我数学得了 119 分，英语 88 分，可语文只得了 78 分，可见我的语文基础之差。按说，我心中所想的专业是财经类，自认为自己的心算能力还比较强，但在填报志愿时，又阴差阳错，从提前批一直填到中专批，结果虽然分数超过了重点线几十分，却被湖南师大提前批录走了。其实那时候还是挺高兴的，绝没有后来和现在这么多想法，因为能够跳出农门，就是实现了自己最大的梦想。

然而，与那些以高分考取中文专业的人相比，我学中文要艰难得多。虽然，我在全年级四个班的同学中，是听课比较认真的人之一，是看书较多的之一，但却永远没有他们那样的灵气与才气。到写毕业论文时，别人两个星期就写了一万多字的论文且一次通过评为优秀；而我虽然为写论文做了几万字的笔记，却写不好三千字的毕业论文，几易其稿才完成任务，勉强得了个良好。幸好我国有很多名言在激励我：笨鸟先飞，勤能补拙。走上教师这个岗位后，我继续大量阅读，经常练笔。即便这样，书到用时方知少，文章出来无文采，这一直是我的遗憾。但想到自己的努力毕竟为自己评职称增加了一些筹码，心中还是颇有一些自得的。

二

我非常赞同龚校长让每个学生给自己设定一个目标的做法。我自己就是这样一个喜欢设定短期奋斗目标的人。我们很多人都有很强的惰性，我的自控力尤其差，惰性很强。为了让自己尽可能少一些后悔，我常常给自己设定一个短期目标。我曾经说过，我在 1995 年评上中一的时候，给自己设定了争取评上特级教师的目标。这个目标激发了我的内驱力，使我在想起这个目标的时候，还能拿起笔写一些论文、做几个课题什么的，而这些东西最终帮助我实现了自己的目标。说实话，我们很多人在获得中高职称之后，没有了追求的目标——我说的是在职称、教学这个方面，在生活或其他方面，我估计还是有目标的——因此，每年的论文写作——省市论文评比也好，学校的教育教学年会也好——我也只是无奈地交上一篇。但是，在外面培训交流时，我发现很多名师都忙于写作、出书，不为别的，只为总结自己丰富的教育教学经验，这反过来又坚实他们作为名师的地位。在北师大培训时，我就碰到娄底七中一个叫王寿山的老师，他是个腿有残疾的人，他的关于作文教学的著作却被人民教育出版社列为全国 18 本教育文献之一出版。我陪他在故宫游览 7 个小时，他硬撑着坚持下来，他的那种顽强的精神至今还令我钦佩，也令我感到惭愧。

天外有天，人外有人。跳出了井口才知道外面的世界有多大。所以最近几年的外出培训与学习，让我有了新的人生目标，不管还能工作多久，我要努力出一本书，要让自己的课堂更精彩，要让学生满意率更高。作为语文组长,要努力保持我校语文全市第一的龙头地位不动摇,要让我校更多的语文老师成为市级骨干教师或教学名师。

三

我的偶像德哥,有一句深深印在我的心里、也是我想说的话:我们已经离不开八中,八中的兴衰关系我们的现在和将来。因此,自进入八中以来,我和德哥一样,极为珍惜八中这所学校,力求为她增光而不是抹黑,心忧学校而不是只忧自己。

无论作为普通教师还是做年级组长、教研组长,只要学校需要,我就会去做,只要对学校有好处,我就会去想、去提建议。

百年校庆时,为了建好校史馆,我2006年的寒假,2007年上学期的双休日、暑假,很少休息,也几乎没拿过什么加班费。每年学校宣传栏更换,我都要和杨其生主任、周向东老师,还有语文组的几个老师加班到深夜。学校的文化围栏建设,名师宣传工作,我都尽己所能去做好。

为了加强学校管理,促进学校上新台阶,我和德哥、均武等九三支社的成员先后向学校提出十几项意见和建议。例如,建立班主任值班制度,狠抓学生迟到等日常行为管理,狠抓学生着校服,注重学生良好行为习惯养成教育,注意节约水电等资源,在各班设立生态委员,强化奥赛辅导,注重尖子生的培养等,这些建议对学校的发展还是起到了添砖加瓦的作用。

我始终认为,"校兴我荣,校衰我耻"是我应该认真记住的话,这正如"国家兴亡,匹夫有责"一样。年轻的教师,可以凭自己的才干调到更好的学校或地方去,但像我这样一把年纪的人,已经没地方可去,只能把后半生都寄托在八中这所学校上面。因此,我希望至少在自己的有生之年,八中能够长盛不衰,这恐怕就是我的私心,我的卑微所在。所以,我并不觉得自己为学校做一些什么事有多么了不起,多么大公无私。

四

尽管我们本来就是凡夫俗子一个,但有时候,我们还是需要守住一份清高。不为名利所累,不为名利折腰乃至失节,否则会被学生瞧不起。

教师这个职业确实有其特殊性。收入不高,要求却高;分量不重,责任却重。孔子为万世师表,而我们也被要求为人师表,但我们是俗人,也得生活。那如何处理好这一矛盾呢?我认为,还是古人说得好:君子爱财,取之有道。还是庄子做得好:在名利与自由之间,选择自由,以守住一份清高。

在这方面,我们语文组有一个典范,那就是吴焕宜老师。我进八中是他介绍来的。但我对他老人家的了解,还是来自同样已经仙逝的周淑娟老师。听周老师说,吴老家庭负担重,日子非常清贫,以至于冬天都没有一件像样的大衣,最后还是他们几个吴老的学生凑钱为吴老买了一件大衣。吴老爱抽烟喝茶,基本都是低档的烟和茶。不管家里如何困难,他从不唱苦,更不曾向学校求援。另一方面,吴老对工作兢兢业业,对每一个人都彬彬有礼,尤其爱奖掖、提携后进。

我总在想,我今天的生活条件,所得到的名利,比吴老好很多了,还有什么不满足呢?相反,在清高方面,在做人方面,在教书育人方面,在对学校的贡献方面,我都远远不及吴老,我真该深感惭愧。也正因为如此,这十几年来,无论是担任教研组长,还是年级组长,我从没为自己争过什么荣誉、利益,为年轻有为的教师,为贡献突出的教师,倒是说过一些话、争过一些利。尽管如此,比起吴老来,我还差得很远,更不用说,像庄子那样,一心存道,淡泊名利了。

社会上也好,学校里也好,常常会有许多事情让你感到愤愤不平,感到委屈。但是,如果我们能多一份平常心,能学一学庄子,能想一想吴老,恐怕就会容易满足,内心平衡了。

五

当我最感委屈的时候,我常常会问自己:为什么总要想自己应该得到什么,而不是去想一想自己为别人、为学校、为社会做了一些什么?我教育家人特别是儿子的时候,也常说:"不要总想着别人为你做了什么,而要想你为别人做了什么。"当你能为别人做点事的时候,说明你对别人、对这个社会还有存在的意义和价值,反之,如果你只能依靠别人才能生存,说明你已经成为别人或社会的累赘。

我真的是这么想的,也是这么做的,虽然做得很少很有限。

胡王俊雄同学在284班就读的时候,我就和黄晓琳副校长、蒋达观副校长、胡晓红老师等去他家里慰问送温暖。其实,他刚上初中来到八中,我就经常指导他的写作。他读大学之后,我也一直关心他的发展。去年,湖南教育电视台做他的专题节目时,还专程来学校采访了熊书记和我。

368班杨玉琦同学从小父母离异,父亲又多病乃至亡故。我知道情况后,一直关心她,帮助她申请各种困难补助乃至读大学的学费。宋仕利副校长也知道她的情况,给予了很多的关心帮助。

近几年,我和九三支社的老师们,或者是和自己的家人,多次到衡阳市社会福利院、城南养老院去送温暖。十余年来,我和爱人一直关心帮助身边一些经济状况不太好的亲戚朋友,或买一些衣服被子,或送一些半新的衣服,或给一些钱物之类的。每当做了一些这样的事之后,我都会感到一些安慰,同时又觉得自己做得很不够。因为,即使在我的身边,也有很多老师做得比我好。但是,我将坚持这样做下去,尽自己的绵薄之力来做一些有益的事,使自己的人生更有意义和价值。

六

古人云:"不求无愧于人,但求无愧于心。"这也可以说是我的座右铭。不论是做事还是做人,不论工作还是生活,我都讲究要对得起自己的良心。我当班主任也好,上课也好,都是这样去做的。对学生我也是这么要求他们的,首先学会做人,其次才是读书。

我这样说也是有感而发,因为,在很长一段时间里,我觉得自己做人是不成功的,是问题重重的。现在虽然有了一些长进,但与在座的很多同事相比,还是小巫见大巫,相形见绌。

教书育人,重在育人,目的在育人。如果我们自己本身做人有很大缺陷,又怎么去为人师表、教育学生呢?我也知道,做人要活到老学到老,活到老学不全。但是,我一定会坚持,也请在座各位监督我、帮助我。

衷心感谢各位耐心听我的唠叨,也希望我们能一起坚守学校这一方净土,坚守人生的一份清高,共同为学校的发展与强大,谱写新的篇章。

责任比激情更重要

　　相信许多人都看过美国系列电影《速度与激情》,也喜欢在生活中有激情的人。很多专家在谈到教育的现状时,常常会说现在的许多教师对于教育缺乏激情,事实上也的确如此。不过,对于教师而言,在责任与激情之间,我更倾向于责任,而不是激情。

　　对于"激情"这个词,一般的解释是"一种强烈的情感表现形式",它往往发生在强烈刺激或突如其来的变化之后,具有迅猛、激烈、难以抑制等特点。但是,在之后还有这样的说明:人在激情的支配下,常能调动身心的巨大潜力;在激情爆发之后,会出现平静和某种疲劳的现象,严重时会出现精力衰竭,对一切事物都抱着不关心的态度,有时还会精神萎靡,即所谓激情休克。我想,这恐怕较好地说明了激情是不能持久的问题。事实上,人如果长期处于亢奋状态,估计会死得很快。

　　而责任心是可以持久而且也应该持久的。特别是在当前的状况下,我以为教育也好,教师也好,不是激情缺乏的问题,首先倒是责任心缺乏的问题。很多专家把教师对教育激情或责任心的缺乏归咎于经济社会、拜金主义等,我还是不能苟同。我以为,责任心的缺失,是当前社会普遍现象,也是人们不重视自身修养造成的。责任心乃是做人的最基本的素质。一个人成了家就有对家庭的责任,参加了工作就有对这份工作的责任,当然,做了教师,就应该有一份对于学生对于家长对于学校乃至对于社会国家的责任。有了对于教育、对于学生的一份责任心,才谈得上激情的问题,如果连基本的责任心都没有了,又何谈什么激情?

　　当前,部分教师责任心不强或缺失主要表现有以下几点。一是觉得教师待遇低,对教书缺乏热情,不愿去钻研业务提高教育教学水平,能应付且应付。二是对学生缺乏爱心,嫌弃那些学习成绩、纪律表现等比较差的学生,动辄训斥。三是对家长缺乏耐心。现在不少家庭都只有一个孩子,孩子是他们的全部,是他们的未来,所以,爱子心切的家长们的啰唆有时是在所难免的,可是,我们的不少教师却很不耐烦。四是对学校安排的工作牢骚满腹,能推则推。五是对分内工作得过且过,而对家教、校外培训或其他等能够多赚钱的事却乐此不疲。我们经常可以看到这样的现象:一些教师常常抱怨工作量大、压力大、工资少、待遇低,对工作没有兴趣,缺乏工作热情;在工作上安于现状,不求创新,教学方法单一、陈旧,不努力学习新的教育方法和教育技巧,一切为了混日子,盼望早日退休;不关心国家新的教育方针政策,思想观念陈旧,不能与时俱进;精神疲惫,体力明显透支,效能降低,总是抱怨现在的学生是如何的难以管理,如何调皮;管理学生做法简单,易与学生发生冲突;评职称到顶峰了,先进该有的也有了,"教案备一下","课上一下","作业想改就改一下",不挨骂不太丢老脸就行。

想必很多人一定还记得老木匠的故事。有一老木匠辛苦了一生,建造了多得数不清的房子。这一年,他觉得自己老了,便向主人告别,想要回家乡去安享晚年。老板十分舍不得他离去,因为他盖房子的手艺是镇上最好的,再也没有第二个人能够跟他相比。但是他的去意已决,老板挽留不住,就请他再盖最后一座房子。老木匠答应了。最好的木料都被拿出来了,老木匠也马上开始工作了,但是人们都可以看出,老木匠归心似箭,注意力完全没有办法集中到工作上来。梁是歪的,木料表面的漆也不如以前刷得光亮。房子终于如期建造完成,老板把钥匙交到老木匠的手上,告诉他,这是送给他的礼物,以报答他多年来辛苦的工作。老木匠愣住了,他怎么也没有想到,自己一生建造了无数精美又结实的房子,最后却让自己获得了一件粗制滥造的礼物。如果他知道这房子是为自己而建的,他无论如何也不会这样心不在焉。

可见,没有责任心是多么的可怕,多么的悲哀。

这个故事也给我们深刻的启示。我想,如果老木匠知道了这最后一栋房子是给自己盖的,他会是这样一种态度吗?肯定不会。同样,如果我们老师教育自己的孩子,会不会马虎应付呢?肯定不会。所以,我只想给那些已经有了一些职业厌倦、责任感不强的老师一个小小的建议:把学生当作自己的孩子,把学校当作自己的家,把办教育当作给自己做事建家盖房子。有了一份强烈的责任心,激情也就有了,岁月也就会燃烧起来。可千万不要在责任心都不具备的时候,还大谈特谈激情。

记住一句忠告:只有有了责任心,一切才有可能。

人师难为的原因及对策

最近读《文史博览》，看到郭沫若先生为广西师大题词时引用一句古语"经师易遇人师难"，很有感慨，于是就去查一下出处，发现这句话出自《后汉书·灵帝纪》。汉灵帝时期，博学多才而又为人正直的郭泰深受人们的爱戴，魏昭儿时多次去拜访他，表示愿意做他的随从帮他打扫庭院，郭泰问他为什么不去读诗书而给他当用人，魏昭回答道："经师易遇，人师难遭。"郭泰十分欣赏他，因为，魏昭是一个真正知道学什么最重要和应该跟谁学的人。反观我们现在，明白这个道理的学生、家长乃至老师、主管教育的领导，不是很多，或者虽然明白这个道理，口头上也常常说这个道理，真正实践起来，却还是把经师放在首位，以至于今天，当经师容易，当人师太难。不久前，我因为外出开会，一位青年教师帮我代课。我回去上课的时候，听另外一位老师转述班里学生们的话说：老师你让我们消化一下，刚才这节语文课老师讲了很多高考考点，不像我们李老师讲的都是大道理。我愣了一愣，的确，我上课，平时喜欢讲道理。喊起立的时候，学生如果还在吵吵闹闹，我就要说道说道；开始上课了学生还没有做好课前准备，我就要检查督促；上课的时候，学生不注意听讲思考做笔记，我就会提醒；学生上语文课做其他科的事情，我就会批评：我告诉他们，学习习惯的养成比知识上的收获重要得多，学习方法的掌握比多做几个题目重要得多。讲课文的时候，我注意指导学生阅读理解的方法，注意对文章的整体感悟与把握，注意引导学生体会领悟课文里面蕴含的人生哲理，而不只是把一篇文章分成支离破碎的字词句等各种知识点。我经常会旁征博引广泛联系，联系历史、联系生活，试图给学生以人生的启迪；我经常跟他们强调做人比读书重要，品德习惯比知识技能重要。我观察到，我的课堂里，大部分学生还是会对我的观点颔首认同，但也有一些学生很不买账,尤其是那些把成绩看得很重要的学生;也有一些老师不认同我的做法,在他们看来,高考成绩才是硬道理。

当然,也有认同我的做法的。最近一位同事到常德出差,住酒店的时候,突然一位老板模样的男士叫她黄老师,她一愣一愣的,好像面熟又不认识,那位男士自我介绍说是八中的学生,姓谢,叫谢某某,是我以前所教的283班毕业的,好不容易在外地碰到老师,一定要请老师一起吃晚餐。黄老师回来同我说起,我说是有这么个同学,那时候成绩不好,还经常迟到、少写作业,但是人品不错,对老师很有礼貌,讲道理,他犯错误你批评他,一定会诚恳接受,父母也很讲道理,毕业之后他跟父母从事摄影,还曾到学校看望过我。黄老师和其他几个在场的老师都很有感慨:成绩不是决定学生未来的唯一因素,综合素质尤其是会做人才是事业成功、人生久远的最重要因素。

的确,教会学生做人,才是我们教育的根本目的所在,正如陶行知先生所说:"千教万教教人求真,千学万学学做真人。"但是,现在,人师难遇,一个很重要的原因是人师难做,做人师很难。

人师难做的第一个难点在教师自身。从魏昭的故事我们就可以看出,人师是多么难遇。人师难遇说明人师稀少,人师稀少恰恰说明人师难做。古代虽有科举应试的压力,但毕竟还没有现在中考高考这么大的压力,那个时候人师都难遇,今天高考升学压力这么大、社会越来越趋于功利的时代,做人师就更加难。教师难为人师,又主要表现在下面这几个方面。

一是我们很多老师自己的道德品行修养不够,难为人师。最近上海携程亲子园老师打孩子、给孩子喂芥末的事件相信已经众所周知了,这种打骂学生的行为在小学、初中、高中乃至大学都不同程度地存在着。1992年,一位年轻教师帮我代课,我们班有一个陈姓学生听课的时候喜欢东张西望,也是他从小养成的习惯,这位老师不了解,上去就打了他两个耳光,把陈姓学生的耳膜打破,学校和我费了好大功夫才把事情处理好。2011年,陕西省横山县石湾中学一位史姓英语老师因为学生顶嘴用棍棒把学生打成重伤,也造成很坏的社会影响。除了打骂学生之外,还有变相要家长送礼、要学生补课的。湖南省某县某镇一所小学的班主任准备换座位了,头几天放学就跟学生打招呼,意思很明显,要家长前来买单,结果被湖南经视一位记者抓了现行。更可恶的是,一些老师经常以换座位为名逼迫家长送礼,一个学期不停地换,有的家长气愤地说,一个红包最多保半个学期。有的老师为了让学生补课,千方百计诱导家长、学生。尤其卑劣的是,有的老师把学生做对了的题目改错,然后指出这位同学的功课还有不足之处,暗示学生或家长需要到自己这里来补课。这样的老师怎么可能成为人师?还有一些老师,他(她)也从来不打骂学生,不乱收钱,但是,他(她)也不负责,不管学生,毫无责任感,这样的老师怎么能够成为人师?在平时的升国旗、集会时,玩手机、吃水果、交头接耳、大声讲话的老师大有人在,上下课时抽烟、嚼槟榔、随地吐痰、乱丢纸屑、满口脏话的老师也为数不少。这样的老师怎么能够成为人师?古语云:"不经一番寒彻骨,哪得梅花扑鼻香。"不经过一番严格的品行修炼,不改掉自己身上的恶习,没有对学生发自内心的热爱,是不可能成为人师的。

二是现在一些教师尤其是年轻教师的功利心太强,急于表现自己的能耐,急于出成绩,急于得到一官半职。为了出成绩,他们给学生加班加点,布置大量的作业,口号就是"只要学不死,就往死里学",全然不顾学生的兴趣,全然不顾孩子的身体,全然不顾学生的全面发展,全然不顾国家的教育方针与素质教育要求,一味地揠苗助长,还振振有词地对家长说"我是为了您的孩子好",以至于很多学生视力下降快,不得不戴眼镜。我们还会看到,不少学生低年级的时候成绩很好,但也很早就开始厌学,越到高年级越不想读书,家长还不明就里:"我的孩子原来成绩很好,怎么现在变成这样了呢?"做老师就一定要从学生健康成长与长远发展这个方面去考虑问题,而不是从怎么样使自己快速出成绩快速成名这个角度去考虑问题,要把孩子当作人来培养,而不是把他们当作自己成功的垫脚石。我建议年轻的教师好好向北京市数学特级教师孙维刚学习。孙老师刚刚到北京二十二中教书时,无论是教数学还是当班主任,都立足于学生的长远发展。他所教班级的数学成绩开始很不理想,学校、家长都替他着急,但是,到了初二,成绩就超过了别的班级,初三与高中阶段,远远超出其他班,奥数竞赛、高考成绩在北京市数一数二。在班级管理上,他坚持"严"字当头,多年之后,他的成功经验——我们要坚持品德第一,学习第二;练发达的脑子第一,学分第二——还被家长传颂,信赖他的家长还编出了另一句教育名言:"宁可孩子将来是个笨蛋,也不能让他成个浑蛋。"孙老师成为学生喜爱、家长信赖的优秀教师的历程表明,只要我们立足长远,一切为了学生的成长成人,自然就会成为顶级名师;相反,如果我们自己一开始就急功近利,效果一定会适得其反。

三是我们一些教师的方法态度失当。从方法上讲,现在,有一些教师存在着管教不管导、管文化音体美特长等考试科目不管学生身体心理健康等现象。从态度上,偏爱成绩好的学生,歧视成绩差一些的学生;对优秀学生态度和蔼极有耐心,对表现不好的学生简单粗暴;心情好时就有耐心,心情不好时就乱发脾气不顾学生感受。有相当多的时候,可能就是因为我们的一句表述不精准的话、一个不恰当的眼神、一次态度不适宜的批评、一次事情处理方法不当,给学生造成一生的影响。我做学生时,有过这样的感受;做老师时,也有这样的经历。1996年,我叫一个男生回答问题,他的声音很小,我在讲台上几乎听不清,我就开了个玩笑:"你怎么像个女生一样,声音细细的?"他突然很大声地重复了一遍,我当时愣了一下,随即明白,我的说笑挫伤了他的自尊心,我马上说了句"对不起"。后来,我又了解到这名学生来自农村,胆子较小,性格比较内向,我更加认识到自己的错误。我读高中时,比他们还内向、还胆小,根本不敢回答任何问题,即使被老师叫起来回答问题,也是声音非常低,我还是坐在第一排。有了这一次经历,又经过认真的反思,再后来,对于自己不很熟悉了解的学生,我不乱开玩笑,不随意批评。只有在对学生很了解,且轻轻打他一下、笑他一下有助于活跃课堂气氛,而且让这个学生觉得老师是很喜欢他,对他的表现、回答等情形不满的时候,才会这么去做。这个方面,我记忆最为深刻的就是陶行知先生的三颗糖的故事,这个故事大家都很熟悉,就不在此赘述了。总之,我们对学生一定要一视同仁,要讲究方法技巧,要态度和蔼可亲,要有爱心耐心,要让学生感知老师的爱心,要让学生明白我们是教育帮助他们的,绝对不能让他们觉得老师待人不公允,对他们有偏见甚至有恶意,那样一来,我们所做的任何工作都会适得其反。

人师难做的第二个难点是学生。现在的学生,生活在一个信息社会中,不像过去,绝大部分信息来自于老师和书本,尤其是中国古代,话语权掌握在老师手里,学生基本只有听教诲的份儿,像宋濂《送东阳马生序》那种"先达德隆望尊,门人弟子填其室,未尝稍降辞色。余立侍左右,援疑质理,俯身倾耳以请;或遇其叱咄,色愈恭,礼愈至,不敢出一言以复;俟其欣悦,则又请焉"情形,在今天是不可想象的。今天的学生,价值观念更趋多元化,对很多问题有自己独特的理解;今天的学生,对社会对世界,有着自己独特的看法;今天的学生,在家里都是宝贝,有一种很强的先天优越感;今天的学生,人格越来越独立,自尊心也越来越强。所有这些因素,都不仅使得当老师越来越难,当人师更是难上加难。有些学生,虽然认同老师所讲的成才先成人的道理,却又常常被激烈的考试竞争所左右;有些学生,表面认同老师所讲的道理,骨子里却是嗤之以鼻的;有些学生,许多坏习惯已经养成,虽然也想按照老师所讲的去做,却常常进一步退两步,如此等等,都使得老师在履行人师责任的过程中,经常会有严重的挫败感。不少老师可能一开始是满怀信心做人师的,经过几次挫败之后,就心灰意冷:"我还是安安心心教几句书算了,免得费了精力又得罪学生、家长,最后连书都教不好了。"的确,我们必须承认,现在的孩子,越来越难教,要求越来越高,想做人师越来越难。但是,这一切都不能成为我们放弃自己做优秀人师的追求。我们应该充分认识到,百分之九十九点九以上的学生是可教的,是讲道理的,是求知向善的,是有良知有爱心的,是尊重老师的,只要我们足够高明、足够耐心,也的确没有教不好的学生。我也曾经经历过把那些刺儿头学生一开了之的情形,但是,经历过一次之后,我就反思:家长把孩子交给学校,说明他们对学校抱有希望,我们能够这样辜负家长的期望吗? 在校读书,学生一般还不会很乱来,一旦走入社会,可能迅速堕落,我们就可以轻松了吗? 觉得教不好就抛弃,是不是很显得我们作为教师的无能呢? 有悖于教师这个职业的神圣呢? 因此,我后来不再想着把那些非常调皮捣蛋的学生推出校门,而是想着从他们的角度想问题,想办法同他们交朋友,而不是排斥他们。这样一来,我发现这些极少数学生,他们的智商普遍并不差,他们的情商普遍比较高,他们的内心都很痛苦,他们都想改变自己,只是坚持不了多久。于是,我就与家长沟通,与学生一起想办法,帮助他们发现自己的闪光点,帮助他们发现自己身上问题的症结,尝试着让他们一小点一小点改变,改变一点点就鼓励表扬。这种方法,大多很快就能收到效果。我曾经教过的 283 班,有好几个这样的刺儿头,其中一个陈姓学生整天游手好闲,经常迟到旷课、打瞌睡、打游戏。后来,我发现他歌唱得比较好,就与家长同他本人商量,让他去试一试学专业,结果他竟然喜欢钢琴,并且进步神速。有了兴趣,玩的时间自然就少了,这个孩子后来两年也没少让我和家长费心,但越到后面越是懂事,高考时以专业优秀、文化课上线考入了武汉音乐学院,毕业后在厦门航空工作。这样的事例,我相信我们很多老师都经历过,如果我们把每一个学生都当成唯一的一个去对待、去教育,学生让我们难为人师这个难题是一定可以解决的。

人师难做的第三个难点是家长。现在的不少家长,对于自己孩子的成绩特别看重,而对于最重要也是最根本的品性习惯的养成不重视。这种本末倒置的结果是,越拼命要求孩子学习成绩提升,孩子越是厌学反感,亲子关系越来越紧张。站在家长立场的老师就不说了,想做人师的老师面对这样的家长可就难了:家庭教育出了很大的问题,孩子的很多好习惯没有养成,坏习惯倒是不少,已经厌学了,可是家长还不依不饶地要老师多加督促,尽快提高孩子的成绩,成绩没有上来,就是老师没有教好,就是老师水平低。没有定力的老师,尤其是刚刚上讲台的年轻老师,很难顶住家长们一波又一波的压力:"老师,你们补课啰,收多少钱我都愿意。""老师,你帮我女儿排在一个成绩很好的同学身边啰。""老师,你帮我多布置一些作业,让他多做一些题目。""老师,我仔考上了一本,我请你们老师去旅游一个星期。""老师,你们班的数学老师、物理老师教的成绩不行,我们要找校长换人。"有恳求,有诱惑,有威胁,只要是为了孩子提高成绩,什么手段家长都愿意用、都敢用。为了孩子,家长们也真是拼了。家长们的心情,我们可以理解,但是,教师无论何时何地,都必须坚定自己的教育观:要成才,先成人。要让家长明白:只有养成了良好的学习习惯,掌握了科学的学习方法,才可能读好书。要使家长懂得,孩子的身体心理健康才是最重要、最根本的。现在的家长,大部分都是受过良好教育的,很多时候,他们只是被暂时的成绩蒙住了眼睛,他们急火攻心,乱了方寸,病急乱投医。我们要充分相信,大部分家长是懂道理明是非的,是知道孰轻孰重的。越是高素质的家长,越是阅历丰富的家长,越能理解老师的良苦用心。我们需要的就是多做一些耐心细致的解释工作;需要的就是让家长放心,我们一直对他们的孩子尽力关心指导帮助;需要的就是及时让家长了解孩子的状况,尤其是各方面的进步情况。只有努力把家长争取过来,成为我们教育的同盟军,我们做人师的成功率才会高起来。

人师难做的第四个难点是教育评价的混乱。毫不客气地说,当前社会对于学校与教师的评价是混乱的,这直接导致了教师难做,人师更难为。为什么这么说呢?的确,教育行政部门本来对于教育是有一个科学、客观而全面的评价体系的,但是,却又常常受到各种因素的干扰,如有关领导、社会舆论、家长要求、学生评价等。这些干扰最终都会落到教师的头上。比如,不准补课,本来是正确的,但是,学生有愿望,家长强烈要求,别的学校尤其是私立学校都在补,主管部门睁一只眼闭一只眼,公立的学校和老师能怎么办?又如,高考升学率,考取北大清华的人数,本来不应该成为衡量一个学校办学质量的标准,但是,社会舆论大肆报道,政府出台高额奖励,家长学生根据这个数据来选择学校,学校与老师怎么可能无动于衷?有的政府或者主管领导,甚至把一个地区一个学校能否考取几个北大清华的学生作为局长校长是否留任的依据。再如,学生在校考试成绩,那些多抓时间、多布置作业、多给学生补课、多逼学生学自己科目、考前还专门划定复习范围的老师成绩自然要好一些。最近看到《"剧场效应"绑架下的教育》中有这样一个故事,非常经典。

一位有近二十年教龄的优秀政治教师,教学成绩一贯优秀,课堂有趣有料,深受学生欢迎,也在各类公开课竞赛中名列前茅。然而,这位公认的爱岗敬业的资深优秀教师却尴尬又无奈地成为了学校考评体系中的"后进教师"。原因是这样的:上个学年,学校师资不够,就让一个学体育专业的职员代理几个班的政治课。这位代理老师缺乏政治课的理论和专业素养,所以也谈不上什么课堂技巧,更没有什么情境化、探究化教学。上课先用十分钟时间让学生划一下重点,剩余三十分钟采取各种手段让学生背,人人过关地背诵。背不熟的同学下课后就到办公室接着背诵,完不成背诵任务的约谈家长。一学期后,这个老师带的班级成绩遥遥领先。学校领导对代课的"外行教师"刮目相看,赞誉有加。批评政治学科其他老师是"假内行",要向这位代课老师学习提高成绩的"先进经验"。

大家想想,在这个时候,那些想做人师的人怎么办?还有几个能够坚持?绝大部分知识分子能够耐得住清贫,但是却舍不下脸面。

的确,我们可以要求老师要有定力,要能抵制住诱惑,要能扛得住压力,要坚持做人师的理想,在大风中能够屹立不倒的人才是真正的英雄好汉。但是,想一想,当我们政府一些领导都扛不住压力的时候,当教育行政部门都扛不住压力的时候,当一所学校都扛不住舆论压力的时候,我们又怎么能够要求一个普通的老师扛住压力?尽管如此,我们还是要尽力而为,而绝不是"举世皆醉我何必独醒,举世皆浊我何必独清"。知识分子尤其是有良知有担当的知识分子,应该有一些庄子的精神,有一些陶渊明的孤傲,有一些林逋的洁身自好。庄子那么清贫,甚至已经到了无米下锅的局面,可是面对楚王送来的相国职位与千金巨资,却能毫不动心;生活在今天的教师虽然普遍比较清贫,但至少还不至于饿肚子吧?如果我们还没有做任何抵抗就望风披靡,举手投降,屈服于那种我们所强烈反对的功利主义教育,岂不是典型的变节,一点知识分子的骨气都没有了?越是此时,越需要我们大家一起对功利教育说"不",越是需要我们坚定做人师的理想信念。

古语云:"时穷节乃现。"又云:"沧海横流,方显英雄本色。"我们作为一名教师,是极为普通极为平凡的,很难成为英雄。但是,即使是一介匹夫,也该学一学陆游"位卑未敢忘忧国"。何况,坚持做人师,还不至于抄家坐牢杀头吧?所以,只要我们敢于坚持,只要我们不随波逐流,就能逐渐改变当前功利教育愈演愈烈的现状,不断靠近我们做人师的理想。我坚信,我们一定能够做到。

刀钝不可怕，只要肯磨砺

好像有人说过"时间就像一把杀猪刀"，的确，我们每个人都是被时间或者缓慢地或者很快地杀死却毫无办法。不过，我想，我们老师何尝又不像一把杀猪刀？我们初登讲台很有激情，很有进取心，很有一番理想抱负，就像一把刚刚开过刃儿的杀猪刀，仗着自己很锋利，什么都敢砍，大骨头也好，骨节也好，一路的砍过去，面对困难与挫折，毫不畏惧，只有对教育的一腔热情，对学生的一片希冀，对前途的一团光明。然而，十年八年过去之后，这把刀钝了，一是要砍的骨头太多，二是没有像庖丁那样遵循规律与自然讲究方法，三是没有及时磨砺，渐渐地发现自己这把刀不要说砍骨头，就是切肉也不利索了，用专家的话说就是进入高原期了。具体说来就是，职称上不去了，教书越来越力不从心了，学生越来越不听话、越来越难教了，对教师的约束越来越多、要求越来越高了。总之，是觉得越来越不适应现代教育的发展需要了。究其原因，乃是因为我们忘记了一条古训"厚积而薄发"，忘记了一条今训"与时俱进"。我们大部分的教师，走上教育岗位之后，一般都忙于提高自己的教学技能，研究教材与学情，忙于写教案、做课件、改作业、找学生谈心等事务性工作，却很少能静下心来规划自己的学习，很少能要求自己每年认认真真读几本书。其结果，当然是自己原有的半桶水不但没有增加，反而逐渐蒸发，而学生则随着社会知识总量的爆发式增长与信息技术的飞速进步，也不再局限于要一杯水，而是要两杯水甚至更多。于是，我们就遇到了杯水车薪的尴尬，书自然就难教了。不仅如此，社会进步的速度之快，让我们原来所学的知识技能迅速陈旧老化，现代技术让我们眼花缭乱手足无措，而学生们则是天生的新生事物的爱好者，其接受速度之快，令我们望尘莫及。于是常常出现这样的现象：许多新概念新技术学生们已经非常熟悉，而我们却还一无所知,因此,在学生们的眼里,我们自然是 out 了,他们心里自然有点瞧不起这个老师了。这样一来,我们的教育教学效果自然要大打折扣了。

要做一把快刀,就要经常磨砺;要想不 out,就要经常学习。所以,我觉得这次湖南省教育厅为我们提供到华南师范大学学习的机会,真是太好太及时了,我们可以得到了一个很好的磨砺自己的机会。30 天里,几十位专家教授分别从哲学、德育、职业道德、教学风格等各个不同的侧面进行理念和知识的轰炸,让我们这些原本已经木讷顽固的脑袋开了花,明白了自己的局限与固执,初步了解了原来教育还可以更美更好的。30 天里,十几位广东基础教育一线名师的介绍与示范,让我们感到新奇与羡慕,原来教育还可以这样轻松与愉悦,教师还可以这样发展与提高。30 天里,来自省内名校的学员们的风采更是让我感慨与惊讶:原来数学课还可以那样艺术,音乐课还可以那样健身,英语课还可以那样趣味横生,语文课还可以那样浪漫诗意。

这中间感受很深的太多,只能略举几例。

一是听王志超教授讲课和参观顺德启智学校。王教授讲的课是《人及人的发展》,他所讲的很多观点,都是吾心以为然却不能言之的道理,如"人性就是现实性,没有超越现实的人性","人过着庸俗的生活,却怀着高傲的观念","人生的意义就在追求之中","让学生有快乐学习体验的老师就是好老师,让学生厌学的老师就不是好老师",如此等等,让我心"有戚戚焉"。然而,最为让我感动的是,王教授不是一个坐而论道者,而是一个身体力行者。他把自己的课程理念特别是人性化教育的理念,放到启智学校去实践,且能十几年如一日地坚持下来,令我肃然起敬。为一个学生付出比较容易,为每一个学生都辛苦付出太难;为一个残障学生付出很难,为一群残障孩子付出更是难上加难。但是,王教授却能根据残障孩子的具体情况,进行人性化的课程设计,帮助所有的孩子学会生活,让他们早日自理以融入社会,其用心之深远,其付出之艰辛,其功绩之卓著,诚令我辈从事普高教育的人汗颜。一位大学教授,十几年如一日,风雨无阻地去帮助一批又一批的残障孩子,绝不是"名利"二字所能解释的,乃是因为有一颗伟大的博爱的心。看到那些孩子在认真地清扫落叶、洗涤衣服、排队买饭,我仿佛看到王教授清晨整理好资料乘车从广州赶赴顺德的情形,也仿佛看到他劳累一天回到家里还伏案写下改进方案的背影。王志超教授,向您致敬!

二是看朱全民老师做事与写博文。大家戏称朱老师为"全才"老师,确实精当。他是一位信息技术课老师,辅导 6 个学生获得国际奥林匹克竞赛金牌,出版两本专著等均不说,那诗歌文章比我这个学中文的写得还好,平时说话与文章字里行间所透露出来的知识之渊博,实在让我惭愧。然而,我最为佩服的还是他的奉献与服务精神。本班学员之中如黎奕娜、陈莉双、邓毅萍等美女都是极富服务精神的,朱全才则是男学员中众多富有奉献精神的一个。比如建立微信群,建立百度云盘,为大家拍照拍微课,建立简报样板,等等。从他的做事,可以想见其为人;看其微驼的背,可以想见其任劳任怨。这样一位师者,自然能得到学生的敬仰。向你学习,"全才"老师!

三是说说我们的班主任郑海燕老师。我做了20多年的班主任,深知其中的艰辛与苦楚,但凡要求学生做到的,自己首先要尽一切可能做到,要准时、守信。海燕老师带我们这班老大不小的学员,不知比我们带十几岁的学生难多少倍,可她就是有这样的耐心。她每天坚持比我们早到来迎接我们,每天都会千叮咛万嘱咐,对我们的生活关怀备至,对我们的意见和建议从善如流,对我们的冒犯当清风拂面。这样一份态度,这样一种胸怀,不正是我们做中学老师所欠缺或者最需要的吗?我因此反躬自省,我在平时的教育教学过程中,能够做到这样吗?郑老师,我们爱你!

还必须得说说我们的小组。我们组是班上最年轻的组,我因此也变得年轻了。30天里我们朝夕相处,如切如磋、如琢如磨,我从他们身上也学到了许多。组长彭莉莎老师似弱柳扶风,柔情似水,又任劳任怨;杨小山老师似白杨像山冈,玉树临风,从容内敛;唐爱民老师结实粗壮,稳重大方,责任感强;黄继华老师风风火火,热情奔放;王辉彬老师持重老成,外木讷而内秀慧;而我,老实耿直背后也有点自傲与灵动噢。这就是第二小组——论剑华南组。

30天里,我这把钝刀,得到了全方位的磨砺。视野开阔了一些,理论修养提高了一些,教育技术增强了一些,品格思维又进步了一些。但是,最重要的收获,恰如张大伟处长在开班典礼时所期许的那样,对教育对学生的激情似乎又开始燃烧起来。的确,我们的这把刀之所以会变钝,其实还是因为我们的激情逐渐消失。只要我们的激情不灭,那么,专家教授也好,一线名师也好,本校同事也好,都会是我们很好的磨刀石,使得我们这把钝刀快起来。当然,我们最好的磨刀石还是学生,古人早就说过,教学相长。

让我们不断磨砺自己,努力使自己成为基础教育战线的一把不老的宝刀。

唤醒学生的梦想与激情

中国古代,很多读书人之所以愿意"头悬梁,锥刺股",之所以会"凿壁偷光",那是因为"朝为田舍郎,暮登天子堂"的梦想,是因为"书中自有黄金屋,书中自有颜如玉,书中自有千钟粟"的诱惑。敬爱的周恩来总理之所以勤奋读书,那是"为了中华之崛起"。总而言之,有了梦想,有了目标,读书就有了动力。但是,我们现在的老师似乎都面临这样一种困境——学生没有学习的动力,更没有学习的激情。

的确,几十年的改革开放,让国人大都实现了温饱,正逐步迈向小康。尤其因为过去几十年的计划生育政策,每个家庭中的孩子数量稀少而珍贵,在物质条件方面,每个家庭都是把孩子放在首位,让孩子们吃喝不愁,要风有风要雨有雨,这就直接造成很多孩子没有了二十世纪七八十年代为了吃饱肚子跳出农门的读书激情。但是,我们并不能因此就说现在的孩子没有梦想,没有激情。我相信每个孩子都是有梦想的,也是有激情的,关键是我们能不能把他们心中的梦想与激情唤醒。我们只有把孩子们心中的梦想与激情唤醒,把"要我学"变成"我要学",读书才会变成学生的自觉行为,教育也才能收到最好的效果。

每个人都会有梦想,然而许多人的梦想都会在不经意的期望中破灭。或者是因为挫折,或者是因为惰性,或者是因为意志力。梦想总是容易破灭、容易沉睡。但是,如果我们能够唤醒他们心中沉睡的梦想,说不定他们能够大有作为。我们经常会看到这样的故事:某个人因为什么挫折,把自己的梦想压在心底,多年之后,有条件了,于是他又重新燃起了梦想。鲁迅先生的医学救国梦想因为一个风景片破灭之后,沉积了很久,直到刘半农来向他约稿,他才又燃起一个文学救国梦想。钱学森曾经带着科学救国梦想去美国留学,然而抗战胜利之后国民党倒行逆施发动内战让他的梦想破灭，因而留居美国，直到中华人民共和国成立，他又重新燃起科学报国的梦想,想方设法不畏艰险回到祖国,终于实现自己的梦想。年轻人总爱生活在虚幻的雨季中,但总会有雨过天晴的时候。很多时候,他们拥有淡然如云和微笑如花的良好心境,怀着暗藏已久的美好愿望,但是却不愿意付诸实践,缺少付出的热情,空怀壮志,成功的梦想自然会破灭。这就需要我们不断去把他们心中的梦想唤醒。

我们学校,每个教室都有心愿起航的宣传牌,上面有每个同学的梦想大学,目的就是为了能够随时随地激励同学们向着自己的目标前进。这诚然是一个很好的举措,也是唤醒每位同学心中梦想的好方法。但是,仅仅依靠一块静默不语的宣传牌来唤醒学生心中的梦想肯定是不够的,我们要运用多种方法来唤醒学生心中的梦想。其一是要用教师的关爱去唤醒学生的梦想。学生可能因为受到了某种挫折而不思进取让梦想沉睡。我们要了解学生是否家庭出了问题,是否心里有了创伤,是否身体出了毛病。如果我们不能够了解学生是因为什么失去了进取心,我们就没有办法唤醒他们,而只有关爱才可能让学生向我们敞开心扉。其二是帮助学生树立正确的价值观、人生观和世界观。学生思想不成熟,有些梦想好高骛远,会不切实际,这样的梦想破灭很正常。而现在社会一些不好的风气也会对学生产生不利影响,会让他们的有些梦想不合时宜,甚至可能走上邪路。这时就需要我们及时予以指导与纠正,帮助他们树立正确的理想。其三是要为学生能够成就他们的梦想奠定基础,蓄积力量。对于现在的学生来说,惰性是他们可怕的敌人,它很容易毁掉学生的梦想。我们要启发告诉学生,依赖像小溪的流水,只能漂走水中的花瓣,托不起成功的巨轮;只有浩瀚壮阔的大海,才能让梦想之轮驰骋。我们要想成就自己的梦想,就必须从现在开始,不畏艰辛,无惧坎坷,砥砺前行,扎实基础,提高能力,做一个有道德、有文化、有纪律、意志坚定的人。

然而,仅仅唤醒梦想是不够的。大多数的时候,绝大部分人,梦想也许还在,但心中的激情已经止息,梦想成为了空想,成为他们自己的笑谈,或者成为他们痛苦的回忆。世事的变幻,人生的沧桑,旅途的坎坷,身心的疾病,或者其他的什么意外,都可能让一个曾经向着梦想不息奔跑的少年,突然停下自己的脚步,向着自己或者已经胜利在望、或者还是遥不可及的梦想,释放出一个或者不屑或者无奈或者痛苦或者解脱的眼神,然后,或者转身而去,或者看着梦想远离自己而去。追梦路上,如果没有激情为伴,则梦想就会成为泡影。这样的人，这样的事，也许我们已经见得很多了。作为老师，我们曾经见过为了物欲偷窃而致梦想成空的，为了爱情走向极端而梦想成空的，为了争一时之气而梦想成空的，为了名利为了嫉妒为了仇恨为了邪念等而梦想成空的。但更多人则是由于被平凡的生活消磨了激情，因激情不再而放弃梦想的，或者说，更多的人是因为主动向平庸的生活投降而放弃自己的梦想的。正因为如此，才会有"岁月是把杀猪刀，刀刀催人老"的说法。

也因为如此，作为老师，一个很重要的任务就是唤醒学生心中可能已经止息的激情。只要他们有了激情，他们追梦的脚步就不会停歇。有了激情，他们学习起来就会特别自觉，做事特别有劲，运动特别有活力。一个富有激情的人，能品出平淡中的清香，能于一片沙漠中看见绿洲，能于渺茫中看见希望的光芒，能于困境中看到机遇，能于不可能中看到可能。

一个充满激情的人，不会因小失大，不会因困境丧失斗志，不会因囧途丢弃梦想。因为有激情，司马迁虽然遭受宫刑之屈辱，却依然隐忍苟活，最终写成"史家之绝唱，无韵之离骚"的《史记》；因为有激情，苏轼虽然几次贬官几次流放，却仍然写出"日啖荔枝三百颗，不辞长作岭南人"的诗句；因为有激情，文天祥才会在高官厚禄的诱惑与死亡的威胁面前，最终选择了"臣心一片磁针石，不指南方誓不休"；因为有激情，毛泽东及其领导的红军才会在面对二万五千里长征的时候"万水千山只等闲"；因为有激情，中国女排才会在里约奥运会上逆势而上，最终夺冠；因为有激情，今天的中华儿女在新的筑梦路上，才会永不停歇，斗志昂扬。

那么，我们如何才能让学生保持自己的激情呢？

其一，是我们老师自己要有激情。也许有老师会觉得我这样说不妥，有些不好听，但是，毋庸讳言，我们现在很多老师只是把教书当作职业，当作谋生的需要，并不热爱教书，也没有激情。大家想想自己身边是不是有这种老师？他们是不是能够把书教好？因此，作为一名老师，一定要有激情，能通过自身真挚、热烈、丰富的情感唤起学生心中沉睡的情感，唤醒他们学习的激情。叶圣陶先生说，朗读课文要"激昂处还他个激昂，委婉处还他个委婉"，这句话虽然说的是语文教师，但其实对所有的老师都适用：无论什么学科，无论什么课程，都要有激情；虽然不一定整堂课一直激情澎湃，但至少要有激情燃烧的时候。一个没有激情的老师，怎么让学生受到熏陶感染爱上自己所教的学科？如果让一位非常理性或者没有任何激情乃至冷漠的人来教我们，我们会不会喜欢他所教的科目？能不能够学好？一个没有激情的老师的课堂语言只能是冷冰冰的、苍白无力的,如同一杯白开水一样淡而无味,学生听起来也必然没有兴致,味同嚼蜡。这样的课自然调动不起学习的主动性,自然也不可能激发出学生学习的激情。我们高中语文教材中有一篇梁实秋先生的《记梁任公的一次演讲》的课文,梁启超先生就是一个极富激情的老师,也因为如此,他所上的课,许多年之后,梁实秋先生还记得清清楚楚,并且能够把梁启超先生当初讲课的情形写出来,把自己当初听课时那种如痴如醉的情形写出来。由此可见,教师本身有激情,才可能激发学生的激情。

其二,教师要不断提高自己的教育教学水平,提高自己的课堂驾驭能力。教师的课堂驾驭能力越强,就越能够很好地激发学生的学习兴趣;反之,即使是一堂原本富有情趣的课,也会让学生索然寡味,毫无兴趣,学生当然也就不可能激情参与其中了。我曾经听过两个老师进行同课异构,同一篇课文,都是《记梁任公的一次演讲》一课。这篇课文本身是很有趣味、引人入胜的。可是,两位老师的课堂效果却截然不同。一位老师通过句段仿读,让学生仿读,特别是读《箜篌引》与《桃花扇》节选,体会梁启超先生讲课时的语调与情感,最后让学生总结这篇课文描写人物的方法。这种方法,激发了学生的兴趣,课堂非常活跃,一节课上完了,学生还意犹未尽,觉得时间过得太快,下课了还有一些学生在底下拉长了语调在读:"公无渡河。公竟渡河!渡河而死;其奈公何?"而另一位老师,一堂课下来,师生互动环节少,老师讲得多又繁,学生听得昏昏欲睡,我们听课都觉得时间好像很久,怎么还不下课。由此可见,教师的教学水平越高,教学能力越强,就越容易激发学生的学习兴趣;反之,则可能湮灭学生的学习兴趣。

其三,注意设计课堂亮点与激趣点。我们看相声小品等,包袱越多,笑点越多,就越能够吸引观众;如果这个小品相声很长一段都没有笑点,我们看起来就会觉得没劲。同样,我们上课也一样,40分钟的时间内,我们一定要设计几个亮点或者激趣点,也可以叫作引起学生集中注意力的点。也许有人会说,我们这门学科的特点决定了不可能有什么激趣点。我看不是这样的。的确,每门学科有每门学科的特点,但每门学科也自有其趣味所在。只要我们认真去研究,认真去备课,一定能够找到亮点,一定能够找到激发学生兴趣的爆点。

其四,注意把握课堂节奏,善于营造课堂气氛。古人云:文武之道,一张一弛。一堂40分钟的课,学生不可能时时刻刻保持激情,注意力很难始终高度集中。这就要求我们要注意把握好课堂的节奏,尽可能做到有板有眼,有张有弛,有讲有练,有特别认真也有相对放松,有教师主导也有学生主体,有传授解释也有思考探究。在学生都非常疲倦的时候,就要适当调整我们的课程。记得魏书生老师在给我们上示范课时,学生已经连续上了三节课,比较疲倦,于是,魏书生老师先是让全体学生站起来伸懒腰,打哈欠,接着讲了一个与课程有关又有趣的小故事,学生们一下子精神状态就好多了,开始集中注意力听课。我们一定要注意学习这种方法,千万不要一心只想着怎么完成我这堂课的教学任务,而不顾学生的状态,不顾课堂效果。那样只会使我们自己越来越不受学生欢迎,让学生越来越没有学习的兴趣与激情。

唤醒学生梦想与激情的方法手段肯定还有许多,我们很多老师也都有自己独到的方法与经验。我这里只是抛砖引玉,提供一些浅见。但是,只要我们想把书教好,想让自己的学生把书读好,就一定要注意,教书其实是次要的,唤醒学生的梦想与激情才是最重要的。我们的付出,如果得不到学生的响应,一切都是白费力气;只有学生自己有理想追求,才会有读书的激情,只有他们自己有读书的激情,才能真正把书读好。一句话,激发学生的梦想与激情,才是我们从事教育最重要最根本的任务。

关键在于改变我们自己
——新课改的体会

我省新课改已经十年了。十年来,在课改大潮的裹挟下,我时而呛水,时而顺流而东,由被动而主动,由难而易,由陌生而熟悉,酸甜苦辣,各种滋味都尝到了一些。同大多数老师一样,我既有疑惑,也有收获。要说体会,最大的莫过于认识到改变我们自己的难度与重要性。

作为一个从教二十多年的中年教师,我既经历过传统教学模式的驾轻就熟与枯燥乏味,也经历了新课堂模式的困惑、生涩与曙光初现。的确,传统教育模式已经到了非改不可的地步了。我们这些经历过传统教育模式的人,对它的弊端认识得更清楚、更深刻。课堂沉闷,千篇一律,教师辛苦,学生乏味,如此等等。回想当初,经过几年的熟练,我这个门外汉迅速掌握了传统教法的窍门:老师主宰课堂,成为主要演员,一讲到底,我想怎么讲就怎么讲,我讲什么学生就听什么。就我们语文课堂而言,本来应该是"有一千个读者就有一千个哈姆雷特",但是,传统课堂却只有老师嘴中一个哈姆雷特,学生几乎很少有思维活动。我们可以用一种教案、一种教学模式来面对一届又一届的学生,因材施教变为"一材教到底"。那些有个性特长的学生逐渐被磨去个性,变成了差不多的同一模式的工业产品。

新课改实施了,一下子把我们从课堂的主演位置拖了下来,没有了那种想怎么教就怎么教的自由,教师与学生平等了,教师得看学生的反应来上课了。让学生当演员,教师退后做导演,我还真的一时手足无措,不知该去如何导演每天都在上演的戏。我又埋怨起新课改来,原来尽管讲得辛苦,但相对比较省事;现在要调动每个学生,充分发挥每个学生的个性特长,要注意每堂课内的生成性问题,不知道何时学生会冒出稀奇古怪的问题,不知道他们大脑里在想些什么。太多的困惑,加之自身的知识功底也有限,常常觉得课堂变生涩了，自己不知如何应付了。

然而，我不得不承认，新的课堂，学生活跃了，笑容多了，他们敢想以前不敢想的问题了，他们会大胆提出自己不懂的问题了。我渐渐地认识到，其实，孩子们的可塑性是非常强的，他们本来就是千差万别的。可悲的是，我们这些曾经千差万别的孩子，一旦被传统教学模式教育训练出来后，又用同样的模式去禁锢框套这些千差万别的孩子，我们自己是曾经的受害者却不知醒悟，以为教育就是这样，然后，我们又成了加害者，也想把现在的孩子变成和我们一个样。我们恰似中国古代的妇女，当媳妇时被婆婆折磨，到自己熬成婆婆时，又去折磨媳妇。直到新课改如春风一般给我们吹开一片新的天地，让我进入一个百花盛开的大花园。十年来的课改实践证明，我们当初的疑虑是多余的，之所以出现那些埋怨，主要是我们自身的观念陋习难改，难怪一位伟人说过：最大的解放是思想解放。可是人的观念一旦形成，又往往是多么的顽固，多么的难以改变。学生的可塑性是很强的，而被陈旧观念禁锢的我们，往往是很难再塑的。没有壮士断腕的决心，有时还真的难以再塑。我庆幸自己被新课改的潮流裹挟着前进，也庆幸自己终于能改变自己的观念，见证并身处在这个教育的春天。

由此看来，一旦我们改变了传统的教育观念，我们对新的课堂教学方式的适应还是很快的。要驾驭好新的课堂，要做好导演，我们首先要做的是重塑我们自己，其中第一步是丰富自己。现在的中学生知识面非常宽广，各种能力都比较强，更何况还有网络。所以他们常常会从一个全新的角度来解读一篇课文，思考一个问题。这种对传统的颠覆往往会令教师手足无措。如果教师只知道一个哈姆雷特，当然没法对学生提出的其他九百九十九个哈姆雷特做出判断和评价。因此，我们要努力汲取各方面的知识，加强自己的学养，力求使自己成为一个通才。大凡是学生在课堂上、平时交流中提到的有关术语、知识点、新书、新科技发明等，我都尽可能上网查一下，以便在与他们交流或上课时不至于茫然无知。每当看到学生"老师竟然连这个也知道"的反应时，我就知道自己的功夫没白费，我就对自己教好学生更有信心。因为我知道：只有让学生信服你、佩服你，才能把自己的这一门学科教好。

其次，改变自身的教育教学习惯，尤其是改变传统的教学模式。传统教学模式基本上是以讲为主，讲练结合。新课改以调动学生思维为主，充分激发学生的主动性。从过去课堂的主宰变成现在的"与学生平等的一员"，一开始还真的很不适应。尤其是，过去都是老师向学生提问，教师可以把握问题与回答的走向,而现在学生可以向老师提问,学生之间也可以提问,教师无法预知学生会提出什么问题,而这些生成性问题往往是发现学生未知、实现课堂高效的关键。为此,我一方面努力备课,以应对本课中可能出现的各种问题;另一方面,尽可能激发学生发现问题、提出问题、分析问题、解决问题的能力,力争让学生自己去解决他们发现的问题。我只是当好自己导演和顾问的角色。把课堂真正还给学生,让学生真正成为课堂的主人。这样,学生很活跃,很高兴,很有收获;教师很轻松,很享受,很受启发。实在有一些解决不了的问题,可以课后通过查阅资料解决;碰到远离本堂课程的有关问题,我及时进行修正。我感到自己逐渐掌握了新课堂的运行规律,逐渐从过去的我变成了一个新的我。

可以说,十年的课改实践,最深的体会、最大的收获是:新的课堂模式塑造了我,学生们改变了我,我自己改变了自己。有人说过:最大的敌人是我们自己。但是,只要我们勇于改变自己,我们就能超越自己,我们就能在三尺讲台前开垦出一片新天地,培育出一个万紫千红的春天花园。

漫说"园丁"

　　长期以来,人们常常用"园丁"来称呼教师,赞誉教师为"辛勤的园丁"。可是, 这个极适合教育生态的称呼却并不被我们每一位教师所理解、所践行,因而,也造成了我们今天不少地方、不少学校教育生态恶化。如果每一个教师都能真正理解"园丁"这一称呼的深刻内涵,真正成为一名"辛勤的园丁",一名高超的"园艺师",那么,校园将会如"拙政园"一般美丽迷人。

　　用"园丁"称呼教师,即把学校视为一个生态公园,而学生都是这个公园中的花、草、树木,或是不可缺少的顽石。在自然生态公园中,到秋天,硕果累累的树是有的,然而,不结果的松、柏、竹自有其四季常青的特点;在春天,繁花似锦的树是不少的, 然而一生从不开花的树也存在。树大参天能成为栋梁,茵茵绿草也自有其宜人之处;花草树木生机盎然,怪石嶙峋也显得姿态万千。谁能说云南的石林不如黄山的迎客松?谁又能说黄山迎客松不如洛阳的牡丹呢?它们各有其特点,都为世人所喜爱,也都成为当地人的骄傲。同样的,每一个学生也是如此,尤其在今天这个独生子女居多的社会,每一个学生都是他们家庭的珍宝,也是他们家庭的骄傲。教师绝不能把任何一个人视为可弃而不用管理的杂草顽石,把他排除在园丁的管理培育之外,而应该把他视为自己这个公园里不可或缺的一分子。如果能这样,我们在对待那些所谓问题学生时,恐怕就会有一种比较好的心态了,而这也是一个教师对学生所应持的态度。

　　"园丁"的称呼明确了教师与学生之间的生态关系。即培育与被培育,管理与被管理,服务与被服务,而非主宰与被主宰。新课改已经明确教师在教育教学中的地位,即平等中的首席。"平等"即强调园丁与花草树木顽石都是生态公园中的一分子,园丁也是公园中的一道风景。首席即强调其示范引导作用。学生毕竟又不同于花草树木，除了有生命灵性之外，更重要的是他们的个性更鲜明，而且有自己的思想。对树木的枝，有些园丁可以根据自己的喜好一剪了之，但好的园丁绝不会这样，他一定会弄清其自然规律，顺其天性来修剪，以利于树木花草的长远发展。同样，教师之于学生，既要注意自己的示范性，更要注意对学生的引导作用，一切以有利于学生的长远发展为前提。示范绝不是让所有的学生向自己看齐，引导也绝不是让全体学生变得整齐划一，向一个方向发展。辛勤的"园丁"会对每一个学生倾注同样多的爱，会对不同的学生给予不一样的引导与关怀，让他们充分发挥与发展各自的兴趣爱好特长。好的园丁绝不会强迫一棵草长成参天大树，也不会强迫一棵大树还要结出累累果实，更不会因为没能达到自己的要求而嫌弃他们。相反，园丁会善于欣赏并赞扬他们不同的美及其所发挥的不同作用。因为，美丽的公园中，本身就是物种多样，相得益彰的。

既然如此，如何做好"园丁"，乃至于把自己打造成为一个"高级园艺师"，就成了当代教师不得不面对的一个重要课题。新课程培训中对教师如何加强自己的素养，如何提高自己的专业技能已提出了明确的要求。我看其中还有一项非常重要的培训与进修，就是教师必须尽快转换心态与角色，迅速实现由导师向"园丁"的转变。如果我们的教师都能首先做好一个"园丁"，进而成为一个"高级园艺师"，那么，我们的教育教学一定会更加和谐，学校这个百花园也一定会更加迷人。

老师可以也应该向学生说声"谢谢"

　　一直以来,听惯了下课的时候学生对老师说"谢谢老师! 老师再见!"而老师呢,只是对学生说了一声"同学们再见!"平时我也是这样做的,只是,当静下心来的时候,总是觉得好像有一点什么不对劲儿的地方,至于哪里不对劲,也不是很明白,不是很清楚。

　　这几天忽然记起自己平时在乘坐出租车的时候, 每次把车费付给司机师傅后,我都会对他说声"谢谢",师傅也都会对我说声"谢谢";又记起自己在商场购物的时候,当我拿着自己买好的东西准备走的时候,也都会对售货员说一声"谢谢",他们也都会对我说一声"谢谢"。我相信,对为自己提供服务的人说一声"谢谢",这已经成为我们很多人的习惯;同样,那些司机师傅、那些售货员对自己的服务对象说声"谢谢",也成为了一种习惯。想到了这些,我忽然觉得,我们也应该对学生说声"谢谢",因为,当我们在给学生传授知识解答疑问的时候,当我们教育引导他们的时候,不只是他们有获得感,我们自己也有获得感。因此,不只是学生,应该理所当然地要对老师说声"谢谢",老师也可以对学生说声"谢谢"! 我们经常说教学相长,在一堂课中,不只是学生得到了老师想要传授给他们的东西,事实上,老师也能从教学中获得快乐。尤其是当学生灵动的思维给我们独特启示的时候,我们是不是会格外高兴呢? 当课堂上学生答出一些你意想不到的答案的时候,你是不是也会感到兴奋呢? 当学生对你的精彩的讲课或者是精彩的点评给予微笑的时候,或者给予热烈掌声的时候,你是不是应该对他们说一声"谢谢"呢? 当学生给你高度的评价,或者,他们把你评为他们最受欢迎的老师的时候,你是不是应该对他们说一声"谢谢"呢? 退一步讲,学生们还让你留在这个讲台,让你觉得站在这个讲台上有一份光荣感,有一份使命感,你就应该对他们说一声

"谢谢"。何况,学生不只是我们教师教育的对象,还是我们服务的对象。如果说服务生对自己的顾客——上帝——说声"谢谢"是理所应当的话,那么,我们老师是不是也应该对自己特殊的服务对象——学生——说声"谢谢"呢?

对学生说声"谢谢"还不止于此,它能表明我们作为老师的一种观念的转变。这就是,我们认识到了自己不是高高在上的老师,而是与学生平起平坐的平等的一员。对学生说声"谢谢",表明我们没有再刻意去维护自己的师道尊严,而是把自己当成学生学习过程中的参与者,一位平等的参与者。反之,则是明确地表明,我们与学生不是平等的,是高高在上的,是觉得自己就是比学生高出一等的。这种观念的转变,有利于我们与学生建立融洽和谐的师生关系,更有利于学生在课堂与课后提出他们有时候不敢提出的很多问题,当然还有利于提高我们的教学效果。新课程的理念告诉我们,教师只是学生学习过程中的组织者、指导者、参与者,是学生学习过程中平等的一员。这就要求我们放下自己作为老师的架子,不要总是把自己看成是老师,不要总是觉得自己高高在上,不要总是觉得自己与学生不同,不要总是把自己看成一个学生知识的施予者、学生能力的培养者、学生人格的塑造者。我们不是学生的恩赐者,我们只是一片森林中的一棵大一点的树,而学生,则是这一片森林中充满希望的小树;我们或许只是一片沙滩中的一颗卵石,而学生则是那一片一望无际的沙子,我们只是碰巧躺在了同一片沙滩上。

对学生说一声"谢谢",还是老师身教重于言教的一种具体体现。百闻不如一见,百教不如一示范。我们经常说学生没有礼貌,我们经常埋怨社会上很多人没有教养,我们自己做得怎么样呢?那些说教是否有效果呢?那些埋怨会不会起到相反的作用呢?与其埋怨,不如示范;与其说教,不如力行。最好最有效的教育,永远是我们做好自己。

事实上,我们很多老师,当学生毕业之后,能够把学生当成平等的朋友,可是,当学生在学校的时候,在他自己班里读书的时候,却常常不能把学生当成平等的朋友,总喜欢居高临下,总喜欢是一副教师爷的心态,总喜欢当学生的导师,总喜欢训斥学生。这种心态很容易造成自己的心理失衡,特别是当学生学不好的时候,我们就会产生那种恨铁不成钢的思想,很容易就会烦躁,就会生气,就会发脾气,就会训斥学生,丝毫不顾及学生的感受。相反,如果你把学生当成朋友,当成与自己平等的一员,你就不会用这样一种方法去教训他,而是会用对待朋友的方式去劝说他,去提醒他。这样的一种方式可能更容易让学生接受,而前一种方式则很容易让学生反感。我们有些家庭里面亲子关系非常好,父子之间、母女之间就像朋友,而有一些家庭亲子关系不好,父亲对儿子总是非常严格,母亲对女儿总是一副教训的口吻。这种家庭关系也如同我们有些老师和学生的关系一样。我们会发现那些亲子关系好的家庭,孩子们往往成长好一些、顺利一些,而那些亲子关系不好的家庭,往往问题就会多一些。如果我们把这种关系搬到我们学校来,大家看是不是也是同样的道理呢?

的确,要我们老师突然从一个老师的角色转变为一个学生的朋友的角色,有点难度,尤其是上了年纪的老教师。但是只要我们真正转变了观念,这一切都是不难的,年轻教师在这方面尤其有优势。我们可能都会有这么一种感觉,当一些实习老师来到自己学校实习的时候,他们和学生的关系就非常地融洽,非常地亲密。当他们结束实习的时候,学生送他们的时候,有的女生还会眼泪汪汪的,非常舍不得。这时候我们一些在岗的老师就会有吃醋的感觉:这些学生,我教了他们这么久都没有这么深的感情,而实习老师四十天不到,他们却有这么深的感情,却这么舍不得,这些学生啊,真不知道是怎么想的。其实,不是学生不会想,而是因为实习老师年轻,还没有走出大学门,他们也还是学生,所以他们很容易把自己当作学生的朋友,和他们无话不谈,所以容易引起共鸣,关系非常融洽。而我们自己的老师,却不是这样。我们总喜欢把自己当作高高在上的老师,总喜欢在学生面前摆出一副严肃的样子,拒学生于千里之外,让学生不得不敬而远之,这样怎么可能搞好师生关系呢!所以,实在是我们应该从实习老师身上去学习,学习他们那种与学生平等处理关系的方法。

转变一种观念,你会发现天地特别的宽阔。因此,下一次,当学生对我们说声"谢谢老师,老师再见"的时候,别忘了,我们可以也应该对他们说一声:"谢谢同学们!同学们再见!"

教育之要是教学生做人

很小的时候就听父亲说过"猫和老虎"的故事。故事讲的是老虎向猫拜师学艺,猫把自己几手厉害的招数都教给老虎。一是吼,老猫一吼,老鼠全都吓得发抖,老虎一吼,百兽全都惊慌逃走;二是扑,猫看见老鼠,只一扑,就手到擒来,老虎一扑,抓猎物极少有失手的;三是瞪眼,猫和老虎瞪起眼睛,令人毛骨悚然,要是晚上,还会发出绿光。等到传授爬树这一招时,猫留了个心眼,他想老虎比我体型硕大得多,要是他学了我的绝招用来对付我,那我岂不是无路可逃? 所以,最后这逃命的一招就撇下了,于是对老虎说:"我所有的绝招都教给你了,现在你可以出师了。"老虎听了很高兴,又一想,要是杀死老猫,他就不能再把这些绝招传给别的人了,就只有我最厉害了。于是老虎瞪起眼睛,一声大吼,向猫扑去。猫师傅吓得"嗖"的一下爬到了树上,很庆幸地说:"幸亏我留了一手。"而老虎则恨恨地走了。

历来的论者,有批评老虎不尊师的,有批判老猫教徒弟不尽心的,争论不休。其实,他们都忽略了一个很重要的问题,那就是:猫只顾传授老虎捕猎的技巧、绝招,却从没想到去引导老虎怎么去尊师,怎么去爱幼,怎么遵守社会规则,用现在的话来说,就是只管教书,不管育人。而教书育人,育人为先,这是大家都知道的。但是,很多时候,人们往往会被功利教育蒙蔽自己的眼睛,只管教出多少高才生,不管他是否会对社会、对他人、对自己有贡献,不管他能否成为一个人格健全的社会人,不管他是否会危害社会、他人、自己,这才是老猫当教师最失败的地方。钱锺书先生在《读〈伊索寓言〉》中说过,孩子将来成为什么人,关键看大人为他们提供一个什么样的社会。以此推论,我们是不是可以这样说,学生将来成为什么人,关键看教师是怎么教的。

古代两个著名射箭师傅的不同遭遇,也很能说明育人比教书更重要。

一个是后羿。他的徒弟逢蒙向他学习射箭,把本事全学到手后,自以为了不起,认为天下人的射箭技术除了后羿外没人能比得上他。于是,他就把后羿杀掉了。

而另一个师傅则不然,那就是子濯孺子。郑国进攻卫国,派遣子濯孺子为将。两军交锋,郑国的军队败下阵来,卫国派庾公之斯追击。子濯孺子说:"今天我的病痛发作了,不能射箭,看来要战死沙场了。"于是就问驾车的人:"后面追赶我们的人是谁?"车夫说:"是庾公之斯。"老将军一听,哈哈大笑:"那就没什么问题了。"车夫说:"庾公之斯那可是卫国最好的射箭高手,你怎么说没问题呢?""庾公之斯是向尹公之他学的射箭技术,尹公之他又是向我学的。尹公之他是一个正派的人,他教徒弟也一定是个正派的人。"庾公之斯追上后,就问子濯孺子:"老将军,您为什么不射箭呢?"子濯孺子说:"我的病发作了,拿不了弓箭。"庾公之斯一听,就说:"我是从尹公之他那里学的箭术,尹公之他是从您那里学的。我不能用从您那里学来的箭术来对付你。但国家的任务不能不完成。"于是,从箭囊中抽出箭,敲掉箭头,对着天空射了三箭,掉转马头,回卫国去了。

所以,孟子评价说,逢蒙杀后羿固然该死,但后羿本身也有过错。今天,我们却有很多老师,教不好学生,常常归咎于社会的影响,很少反思自己的教育是否失误。那么,从这三个故事中,是否可以得到一些感悟呢?

倾注关怀与收获幸福

"老师,我是刘明,我问你一个问题行吗?我现在想自杀,真的……回短信……"

2010年11月13日,当我收到这条短信时,我的心里顿时一惊。我知道,刘明绝不是在同我开玩笑,而是确实面临了巨大的压力。此前,他两次离家出走,旷课一个星期之多,后又因参与打群架,受到留校察看处分,父母对他也很失望,要让他休学去打工。他自己也很想改掉恶习,对所犯的错误认识也很好,对我也无话不谈。这一次,他把希望寄托于我,而且关系到一个年轻的生命,关乎一个家庭的幸福。我顿感自己肩头的担子之重。我立即给他的父亲打了电话,然后赶紧给他回了如下短信:"人生总会有一些坎坷,但没有过不去的。感谢你对我的信任,其实我也一直很喜欢你,因为尽管你常犯错误,但你能勇敢面对自己的错误,从不隐瞒自己的过错,所以我对你的进步是很有信心的。父母给你压力,也是恨铁不成钢,但他们对你的爱,你肯定比我更清楚。何况他们只有你一个儿子,你说是不是?"

经过一来二往的短信交流与沟通,他放弃了自杀的念头,转而求助:"那您告诉我……应该怎样才能让我爸爸再一次冒险送我去学校?"我从这条短信中读出了很多信息,刘明是很不愿弃学的,至少他对学校这个环境是很喜欢的,他还是有很强的上进心。我如释重负,又替他高兴。因为只要有这种思想,就有办法转变进步。我继续与他交流,最后,他发给了我这样一条信息:"老师,我真的不知道说什么了,我一次又一次地做错事情,而你却一次又一次地原谅我……唉……遇见你这样的老师,是我的福气……谢谢你,老师。"

作为班主任,我曾和许多老师一样,希望班上的同学都是那种学习自觉、守纪严格、行为文明的学生,你只需要关心他们的身体和学习就行了。但是,学生的个性却是千差万别的,而且是不断变化的。尤其是那些习惯不好、心理承受力不强的同学,需要我们倾注更多的关爱,做更多耐心细致的工作。当你的关爱与沟通交流让他们改变、进步时,你就会有特别强烈的成就感和幸福感。然而,我也看到过不少老师怀着一片好心找这样的学生谈话,常常以不欢而散收场。那时,我就想,对这样内心特别敏感、自尊心特别强、情绪容易波动的学生,用什么样的方式沟通与教育好呢?我曾经给他们写过信,写过便条,但用得最多的还是短信,方便、快捷,也保密。(也许我所教的是高中生吧,他们大部分都有手机)这种方式逐渐成为我的首选,从效果来看,似乎也很好。

2008年10月,进入高三已经有几个月了,几乎所有同学都投入了紧张的复习迎考中,但一个姓曾的学生却突然没来上课。我赶紧与家长联系,同时给这个学生打电话、发信息,询问他是否病了,是否有什么特殊情况,还托同学传话给他。通过了解才知道,他是对高三紧张的复习感到厌烦,加上父母又要他参加高校特长生自主招生考试,倍感压力,所以选择到外面上网发泄。

接到我的电话时,他说他在解放路,准备回家。而我通过他同学了解到,他其实正在学校附近的网吧上网。第二天上午,他又没来上课,给我发了一条信息:"老师,看到你为年级管理、班级管理那么艰辛地付出,身体一直不好,我很觉得不值。我一直不太愿意勉强自己去做自己不想做的事,能够轻松生活时,决不让自己活得累。"我给他回了一条信息:"你还年轻,吃穿可以有父母依靠,可以不承担责任。但如果像我们做老师的,也任由自己的想法去做,没有责任感,就会影响几十个学生几十个家庭。也许你现在不能理解,以后你自然就会理解。"多次沟通交流,曾同学虽然回到了学校,也通过了特长生自主招生考试,但由于平时文化课复习过于随便,高考时与自己理想的大学失之交臂。2009年教师节的晚上,突然接到一个境外的电话,我初一看,感到很奇怪,一接听,原来是曾同学。他先向我祝贺教师节,然后就满怀歉意地说:"老师,我现在明白你原来对我说的话了,只怪自己当初听不进你的忠告,我现在在新加坡商学院读书,有点吃力,但我会尽力读好,不比那些外国学生差。老师,我过年回来一定去看你。"

接到曾同学的电话,我很感动,也更加明白,教师对学生的关怀、爱护和教育,很多时候并不会马上显现出成效。但是,对于他们的人生迈向成熟,对于他们的事业走向成功,其深远影响将是不言而喻的。教师对于学生思想的教育投入,也许不会像文化学科教学那样立竿见影,但却是不可或缺且影响深远的。

记得著名物理学家李政道先生在回忆自己在清华时的老师叶企孙先生时曾写道:"叶师不仅是我的启蒙老师,而且是影响我一生科学成就的恩师。他在西南联大给我的教诲和厚爱,对我后来在物理学研究方面的发展起了很大作用。我非常敬佩他,永远怀念他。"是的,一个教师,尤其是班主任,只要你真心关怀学生、爱护学生,就一定会被学生铭记不忘,你就一定能够收获做教师的幸福与快乐。

书到用时方恨少
——参加教师资格面试的一些体会

　　前几天，参加了衡阳市教师资格面试，去当考官，发现现在报考教师资格的人，越来越多，今年的人数比去年多了一倍多，不但有学师范专业的学生来考取教师资格证，还有很多非师范类的；不但一些刚刚毕业的大学生来考取教师资格证，还有很多参加工作较久的、已经从事别的专业的人也来考取教师资格证。教师这个职业吃香啦，还真的是一件好事儿。

　　但是，当考官最大的体会，还是发现这些考生在面试时所暴露出来的问题，古人云"书到用时方恨少"，我相信很多考生在考试的时候或者考完之后，对此一定有着极为深刻的体会。具体来说，考生们主要存在以下几个方面问题，我把它总结出来，也许可以给那些以后准备参加教师资格考试的人，提供一些参考。

　　第一，是不懂微课的要求。十分钟的试讲，我们现在通常叫作微格教学，或者也可以叫作一堂微课。它并不是一堂 40 分钟课程的浓缩版，而是一堂微课。考生所拿到的上课材料，都给出了这堂微课要讲的知识点或者能力点等，我们在这个十分钟只需要把这个能力点或者知识点讲清楚就行了。可是，很多考生却偏偏准备把它当作一堂 40 分钟或者 45 分钟的课来设计与讲授。比如说，有一堂微课，是要求分析评价王羲之《兰亭集序》中"故知一死生为虚诞，齐彭殇为妄作。后之视今，亦犹今之视昔，悲夫！"一句所表现的观点，可是有的考生，却从文章开头讲到结尾，讲字词，讲意义的理解，讲重要句子的翻译，到十分钟结束的时候，还没有讲作者在这句话中所表现出来的思想、价值观。你问他，知不知道这段话，里面王羲之表达了一个什么样的价值观，他就说，这个我在后面会讲，也真的知道这句话的意思；可是，在这十分钟的课里面，他就是不讲，他设计到最后才讲。

第二是看不懂题目，或者是不注意题目的要求。比如说，明明是要求评价荀子《劝学》的观点，可是有的考生，却拼命在讲字词；又比如说，明明是要求引导学生理解孟子《寡人之于国也》里面比喻论证方法的运用，可很多考生就是不讲。有一道作文讲评题，大意是说，在一次以"滋味"为题的作文训练中，同学们几乎都只写学习的滋味，周末在家补习的滋味，请你设计问题与教学方式，引导学生打开思路。这个作文讲评题应该说是比较简单的，但是，很多考生，把它变成了作文指导题；还有的考生，就是不知道怎么引导学生打开思路，只顾自己讲"滋味"还有哪些。不按课题要求设计上课流程，是这一次面试中出现最多的问题。

第三是很多语文方面的基本知识没有掌握。高中阶段需要掌握的东西，很多都没有掌握，更不用说在大学应该学习的东西没有学了。比如，有一个题是要求分析王勃的《滕王阁序》里面用典的特点，这里面既用了人物典故，也用了事件典故。有的考生对于其中的人物典故都知道不全，而对于事件典故更不知道。如"冯唐易老，李广难封"，有的考生知道李广却不知道冯唐；又如"北海虽赊，扶摇可接"这个典故，出自庄子的《逍遥游》，可是很多考生就不知道这是《逍遥游》里面关于大鹏的寓言故事。又比如说，有一个题目要求考生分析《诗经·氓》里边第三、四节所运用的手法。"桑之未落，其叶沃若。于嗟鸠兮，无食桑葚"，"桑之落矣，其黄而陨"，这两节里面所运用的是比兴的手法，很多考生不知道。有的考生，把"于嗟鸠兮，无食桑葚"解释为"斑鸠啊，没有桑葚吃"；有的考生不知道"于"通"吁"，直接读成"yú"，不知道后面的"士之耽兮，犹可说也。女之耽兮，不可说也"的"说"通"脱"，直接读成"shuō"。

第四是文史知识、政治地理常识乃至生活常识贫乏。比如说，李白的《春夜宴从弟桃花园序》里面最后一句说"罚依金谷酒数"，很多考生不知道"金谷酒数"这个典故是什么意思，出自什么地方。这个典故确实有点难度，因为很多考生可能根本就不知道石崇的故事。但是，有的考生在回答苏洵的《六国论》有关问题的时候，对于苏洵写这篇文章的目的是为了讽谏北宋的统治者不要向辽与西夏行贿这个历史背景都不知道！他们要么不记得高中学过这一段历史，要么全部还给老师了。知识这么贫乏，怎么可能教好语文尤其是高中语文呢？

的确，很多时候，我们往往都是到了要用的时候才发现书读少了。因此，我向那些正在准备考取教师资格证的考生建议，在进行教师资格证面试之前,最好能够找一些专家里手,给自己做一些简单的培训,不要等到最后看到题目要求之后还不明白,不知道微课该怎么设计该怎么上。对于那些还在读大学还在读高中而以后可能准备考取教师资格证的同学,我建议大家一定要把现在正在学习的知识掌握好。即使你以后不考取教师资格证,你去别的行业就业,去报考别的行业别的职位,很多知识也是必须掌握的,很多能力也是必须要具备的。千万不要等到考试的时候才发现自己的知识储备、能力水平远远不够,最后与自己心仪的工作岗位失之交臂,很好的机遇就这么白白浪费了。

用心做教师

其实，不只是做教师要用心，做任何事都要用心，稍有疏忽，那损失可能将是巨大的，不可弥补的。但是，我还是认为，在所有的工作中，教师的工作是最需要用心的。因为，教师的工作从小处说，关乎一个人的成长与未来；从大处说，关乎国家民族的未来，关乎人类的未来。而且，绝大部分的事，你不用心，影响立即可见，而教育的影响，也许要很长时间之后才会显现出来。比如，众所周知的孔丘老师，他当初肯定没有想到，他的用心教育会形成一种学说，并影响中国乃至整个东方几千年，并且一直延续到现在。又比如说，中国现当代教育比较轻礼义廉耻等文明道德教育，过分注重文化科技等知识技能教育，其负面影响让我们在某些方面有深刻的感受。因此，作为教师，必须充分地认识到自己工作的影响，从而更加用心地去做好教书育人的工作。

用心做教师，最关键的乃是两个：一是用心做好自己，即做好一个人；二是用心对待学生。如果能做好这两个用心，其他便不是问题。

古语说："身教重于言教。"又说："其身正，不令而行；其身不正，虽令不行。"我相信很多老师都会有这样的体会：自己刚教书时，很多学生很崇拜自己。我刚参加工作时，学生模仿我的笔迹，模仿我的文风，模仿我唱歌，模仿我说话，模仿我的神态等。那时的我们刚出茅庐，而学生则乳臭未干，他们最容易为一个知识面广、有些才气的教师所倾倒，要是这位教师长得帅气英俊或者漂亮迷人，那就更使他们崇拜了。因此，古人把教师与"天地君亲"并列为崇拜祭祀的对象绝非偶然。尤其是现在的教育模式下，学生的大部分时间都在学校里，教师对于学生的影响已经超过父母，成为他们成长过程中的第一影响力，我们做教师的怎么可以不谨言慎行呢？

可惜的是，我们有些教师并没有认识到这一点，他们只是把教书当作一门职业,当作一种谋生的手段,平时上班完全是应付差事,百无聊赖时甚至拿学生撒气取笑作乐。例如,最近炒得很热的虐童事件的主角麻艳红,就是这样一个教师。其结果,不但给学生造成了严重的心理创伤,也毁了自己作为教师的形象,乃至影响了整个教师队伍的崇高形象。我认为,在教师这个岗位上都不用心的人,在其他岗位也不可能用心。一位工人,他的技术水平高,生产的产品质量好,或者反之,他的名字、形象在社会上的传播是很慢的,甚至一辈子都不会为人所知。相反,一个老师,如果他培养的学生卓有成就,如果他本身的教育教学水平高,他很快就会声名远播:前者如毛泽东的老师杨昌济,后者如魏书生老师等。当然,如果你是一个巫婆式的老师,也会臭名远扬的,特别是在现在的网络时代。

因此,用心做老师的人,一定会珍惜自己的声名,一定会注重自身形象。陶行知先生就说过:我不怕被先生责骂,就怕被学生责骂。为了不被学生责骂,我们一定要注重自身的道德品质修养,注重拓展自身的知识面,注重提高自身的教育教学水平,注重加强自身的工作责任感,真正做一个自己满意、家长满意、社会满意、学生敬佩的老师。

用心做教师的第二个重要方面就是用心对待学生。中国有句俗话:"人心都是肉长的。"又说,"将心比心""以心换心"。我常听到一些老师唱着"其实你不懂我的心"、说着"我这样帮他,他怎么就不理解呢"之类的。我自己也曾有过这样的经历。有一次,一个学生在教室自习时,又被我发现在用 MP4 看网络小说,我顿时火冒三丈,厉声斥责,并且夺过他的 MP4。此后很久一段时间,该同学既不来认错,也不来要 MP4。一上我的语文课就伏在课桌上。经过观察和反思,我认识到是自己简单粗暴的教育方法让他在全班同学面前丢了脸,伤了他的自尊心。后来,我主动找他谈心,既指出他的问题,也承认自己的方法不对,并在班上向全体同学提出,请同学们监督我。我还特别聘请一些监督员,及时反馈我在班上教育管理上的失误。我相信,很多老师都会有与我一样的经历。我常想:学生是年少的,涉世不深的,自制力不强的,但又是重感情的,凭直觉来判断对他们是好还是坏的。老师是真心诚意地关爱他们、教育他们,只要不是方法太过失当,他们都是能理解和接受的。如果师生之间产生什么矛盾和问题,说明我们对他们的观察了解不够,沟通交流不够,信任理解不够,关心帮助不够。总之,责任主要在教师,因为我们是教育者,而他们是被教育者;我们是雕塑匠,他们则是璞玉;我们是园丁,他们则是花朵。虽说现在的课堂教学要求我们转化成为"与学生平等的一员",但这并不是说在整个教育工作中的作用我们与学生是一样的，更不等于说我们的思想境界、修养水平、工作能力等与学生是一样的,甚至还不如学生。

用心对待学生,就要把学生像爱护自己的眼珠一样来爱护。眼中不可能不掉进灰尘,但要激发其中的泪水把它清洗掉。学生不可能不犯错,我们要帮助他们自觉认识错误,改正错误。眼中不小心掉进了灰尘和沙子,我们绝对不会去骂眼睛甚至去打眼睛。同样,学生犯了错误,我们也不能去责骂甚至体罚他们。当然,也更不能忽视不管。如果我们自己的眼里有了沙子,你会不管吗？

用心对待学生,就要关心他们的身体健康、心理健康、品质修养、性格塑造、习惯养成、知识积累、能力提升;用心对待学生,我们就会对每一个学生了如指掌,谈论起来会喜不自胜或忧心忡忡;用心对待学生,我们就会经常与家长沟通交流,时刻把握学生的思想状况、学习状况、身体状况等;用心对待学生,我们就一定会做到学生的利益高于一切,像张莉丽老师那样,当危险袭来时,挺身向前;用心对待学生,我们就会做到根据学生的个性特长来施教,促进他们早日成才,而当聚光灯照在他们身上时,我们在台下做一个欣赏者,露出会心的微笑。

如果我们真的用心了,就会发现教师这门职业是最令人愉快的,也是最容易成功的。每天面对一张张个性各不相同而又都很鲜活的脸,难道不比面对毫无生命的产品愉快得多吗？只需三年五载,当我们的学生考上理想的大学或找到了理想的工作,争相向我们报喜的时候,我们难道不会为自己的成功而自豪吗？

用心做一名教师吧,你会发现,你是这个世界上最幸福的人。

...... 年高德弥馨 校运会开幕式随想 我们是农民的儿子 5分钟的距离

第 **2** 辑

管窥蠡测

我们是农民的儿子

　　昨晚洗脚的时候，夫人穿了一条有个破洞的长里裤，外面也是一套一摸上去就会电人的比较便宜并且穿了好多年的化纤睡棉衣。她一边指着那条破裤子和旧棉衣，一边对我说："你看，我穿得可比老妈差多了，老妈穿的都是新衣服、好衣服，我穿的都是旧衣服、有点烂的衣服。"我说，这就对啦，如果你穿得比老妈还好，那就是不孝，也不应该。又说，你这是不忘本，是好习惯，值得表扬。

　　说到这里，我不禁想起前几天一位老同学的夫人拿着一件纽扣掉了拉链坏了的棉衣去和平北路修补。老同学家里的经济状况至少在我们衡阳还不差，但是，这么一件已经穿了近十年的旧棉衣，嫂子说可以放在家里穿，穿得还蛮舒服。

　　还是在前不久，参加一位朋友的情谊午餐。吃饭快结束的时候，还有几个杯子里剩下几滴酒，有几个碗里剩下一点饭，德哥和赵总提议说："我们都是农民的儿子，来，我们吃完喝完！"在座的朋友全都举起杯子把那几滴酒喝完，把剩下的一点饭吃完，没有一个浪费的。

　　的确，我们是农民的儿子，从小没有饱饭吃，最知道生活的艰难，最知道粮食的珍贵，最知道父母的不易。我们几乎都是从小就过苦日子，过着紧巴巴的日子，想穿一件新衣服，很难，想吃一顿饱饭，同样很难。我读高中的时候，没有棉衣，更没有毛衣，只有一个棉纱背褡子。这件背褡子从大姐穿起，大哥穿不下了给二哥，再给三哥，到我穿的时候，已经有点破烂，棉线已经发黄。冬天很冷的时候，我里面穿一件旧衬衣，中间就是这件破旧的背褡子，外面也是一件哥哥们穿过的单衣，手冻得满是冻疮，鼻子总是不断地滴着清鼻涕，脚总是想往地上跺。又冷又饿，总是在心里恨恨地骂着："这鬼天气！"总是在心里盼望着，早点放假就好了，回家可以烤火。

现在条件好多了，但是，我们这些农民儿子的习惯，还是改不了。在家里吃饭，如果有饭掉到桌子上，那是一定要用筷子夹起来吃掉的；有什么剩菜，那是一定舍不得倒掉的；有什么破旧的衣服，虽然不再直接穿在外面，只要穿在里面或者在家里穿不让人笑话，只要修补一下还可以穿，就不会轻易丢到垃圾堆去。上次在雁峰区政协开会吃工作餐的时候，大家一起聊到了最好的早餐，竟然惊人的相似——晚餐的剩菜煮面，这样吃既减少了浪费，又节约了油盐，味道还好。这其中，有好几位是区政协的领导，还有好几位老总。

其实，不只是爱人在家里有几件破旧的衣服，我也有好几件。不过，在我们家，儿子的衣服才是最少也是最差的。儿子自己从来就不愿意上街买衣服，都是我们上街觉得哪件衣服实惠、儿子又正好可以穿就顺便带回来。而每次爱人提出带他去买衣服的时候，他都是说："我有衣服，够啦！"非要等到没有衣服换、没有鞋子穿的时候才去买。有一次，他跟着爱人去街上买鞋的时候，左看看右看看，经过了耐克专卖店。儿子开始不肯进去，说是太贵了，但爱人说进去看看吧，他才进去。进去一看，还是觉得很贵。爱人说："你看看哪双穿得合适？偶尔买一双，妈妈还是买得起的。"儿子这才买下来一双打特价的鞋，价格是四百多块钱，时间好像是在高二的时候，儿子第一次买了一双超过四百块钱的鞋子，而衣服没有一件超过三百块钱的。上大学之前，基本上就没有什么衣服，主要就是校服。所以等到他上大学收拾衣服的时候，我们夫妻发现他竟然没有几件能带到学校去的衣服，只好给点钱让他自己去买。儿子在大学很冷的时候才买了一件将近五百元的羽绒衣，还打电话给他妈妈说这衣服太贵了。说实话，当帮儿子收拾衣服的时候，我还真的有一些自责，怎么就从来没有注意儿子几乎什么衣服都没有呢？不过，另一方面又感到非常欣慰。

的确，我们的国家与过去相比，已经富裕很多了，我们现在吃好一点穿好一点的条件也有。但是，司马光说得好："由俭入奢易，由奢入俭难。"所以，不论何时何地，不论我们的国家富裕到何种程度，不论我们自己多么有钱，我们都要注意节俭，节俭永远不会过时。

也因为如此，作为农民的儿子，我们一点都不觉得羞愧；相反，我们为能够永远保持自己的本色而自豪，为自己永不忘本而骄傲。不管在哪里，我们都可以大声地说一句："我们是农民的儿子！"

校运会开幕式随想

2012年秋季田径运动会闭幕了,我们可以按惯例总结说:这是一次团结的运动会,一次成功的运动会,一次胜利的运动会。但是,开幕式上某些不协调的场景,总留存在我的脑海中,挥之不去。

入场式开始没多久,高二才刚开始入场,高三年级的一些同学就开始站不稳了,就擅自离开了,原本整齐的队伍顿时参差不齐;一些同学听到广播提示和老师的劝阻,没有离开,但却就地坐了下来。各年级队伍中,看书的、听MP3的、玩手机的、说笑的、打闹的、跳跃追逐的,盛况空前变成了乱况空前。

升国旗、校旗的时候,有的同学走来走去,有的同学站得歪歪斜斜,有的抱着前边同学的肩膀,有的回头和后面的同学讲话,对国歌国旗、校歌校旗应有的严肃尊敬,被少数人破坏了。

熊晓明书记致开幕词时,运动员、裁判员代表宣誓的时候,队伍摇摇摆摆,掌声稀稀落落,会场热热闹闹。主持人还没有宣布退场,很多同学已拔腿而跑。

这是百年名校的八中吗?这就是八中!这些人是八中的学生吗?他们就是八中的学生!毋庸讳言,这就是我们的现状!

我不禁联想到前一阵,因为所谓"钓鱼岛事件"而引发的国人尤其是同学们的愤怒。我们很多同学都不能忘记日本帝国主义野蛮侵略和残酷屠杀给我们的国家和人民带来巨大的灾难,也对现在的日本右翼势力激化中日矛盾、想强行吞并我国领土钓鱼岛的可耻行为十分痛恨,甚至情绪非常激烈。但我不禁要给同学们泼一瓢冷水,凭你们现在这样的综合素质,我们国家还真不是日本人的对手。

　　我很不情愿地联想到一件事，足以让我们的同学清醒：1994 年广岛亚运会开幕式结束后，6 万多名观众退场时，地上没有任何垃圾。有西方记者感叹道：这个民族太可怕了。

　　我痛恨日本帝国主义曾经对我国的侵略，我痛恨日本历届政府从没认真反省过自己的侵略历史，我更痛恨日本人现在还想侵占我国的钓鱼岛。但我也要客观地说一句，日本人的高素质与很爱国，确实值得我们尤其是作为我们国家的希望与未来的同学们好好学习，我们只有向他们学习，才能超过他们。从某种意义上说，战胜别人，并不一定需要用战争的手段，只需要让自己强大起来，尤其是像中国这样一个人口多、面积大的国家。

　　当然，我们也在不断地进步，近几年来，我们同学的校服穿得更整齐了，上课自习迟到的现象很少了，校园内的破坏性行为基本绝迹了，乱吐乱扔的人少多了。即以这次开幕式为例，我们很多班级都有很强的集体荣誉感，口号激昂高亢，退场之后的运动场也干干净净。但是，我们还有很多的地方值得改正，我们还有很多的良好习惯需要养成，我们还不足以让人听到"我是中国人"的回答时肃然起敬。中华民族的复兴不只是经济的繁荣、国力的强大，更重要的一方面是国人的文明。

　　暴力侵略只能让人表面臣服，而自身文明则能让人心悦诚服。大唐王朝并没有派一兵一卒去攻打日本，可日本人却臣服于唐人的脚下，多次派出遣唐使前来取经。希望我们每一个同学都能文明起来，自强起来，实现中华民族的伟大复兴，让我们民族的文明再次征服世界。

年高德弥馨

　　最近看见两则新闻，心里总觉得不是滋味。这两则新闻都是关于老人乘坐公交车的故事。一则中，老人与不让座的青年发生争吵，在打了年轻人四个耳光后突发疾病不幸死掉了；另一则中，老人见年轻人不让座，则干脆下车拦着公交车不让走，一堵两个小时，造成当地严重的交通拥堵。多年来，由于家庭教育和学校教育中礼仪教化的缺失，年轻人不给老弱病残或孕妇让座的现象，我们常常可以看到，也的确应该批评。然而，老年人以这种非常霸道的方式逼人让座，近年来也不少见。年轻人不让座，既不礼貌，也不道德，然而，用极端方式逼人让座，则既不道德，更不合法。

　　每个人都要老，我们的国家也在快速地进入老龄社会，老年人今天的待遇如何，将昭示年轻人的明天。然而，换个角度来看，这两位老人现在的霸道蛮横，则可以想见他们年轻时是如何横行无忌。换句话说，老人越有修养，越是睿智，越能得到后辈的敬重，即便是个别年轻人不更事，也当以礼折人，以德服人。古人常说，年高德劭，德劭的老人常会自谦地说自己"虚增马齿"，如若只有年高，却无德劭，就会被人斥为白活一把年纪。

　　我是很敬重那些年虽高而德弥馨的老人，跟他们交往，就如同阅读一部古代文化典籍，常常肃然起敬，越读越想读，越读越受益无穷。在衡阳县一中工作时，有位语文名宿唐岱宗老师，人如其名，确实无愧衡阳县语文界的泰山北斗，一代宗师。我参加工作时，他老人家虽已退休，却还被留用。每次见到我们这些年轻人他都会主动热情地打招呼，让我们感到心里暖暖的。据说他在"文革"挨批斗时，被一名年轻教师打断了腿，但当这位教师后来因工作调离时，他老人家却组织了欢送会，给了这位年轻教师一番热情洋溢的鼓励。我相信，那位年轻教师在自愧于心的同时，一定会为唐老胸怀的博大坦荡所折服、所感动。同样还是这位唐老师,冬天霜冻的时候,为了不耽误学生的课程,他老人家硬是拖着残腿从冻滑的台阶和地面上爬到教学楼去上课,学生们的震撼可想而知。从此,只要霜冻天,同学们就会自发地前去搀扶唐老师,以此来表达年轻学子对一位学为人师、行为世范的老人的敬仰。

我的身边还有一位让我非常敬仰的老人,她就是彭杏云老师。彭老师快 30 高龄了,却还任劳任怨地服侍着卧病在床多年的老伴,操持着家务。她每周会把我们住房的楼梯间打扫得干干净净,把扶手擦得一尘不染。碰到我们这些晚辈,她总会微笑点头招呼。每当看到我来去匆匆上下楼梯时,她会迅速地侧身到一边,让我先走。我本是个修养欠缺的人,然而,每当看到彭老师这样的年高德劭的老人,我就会常常反躬自省,也会肃然起敬,会变得礼貌起来。

钱锺书先生在《读〈伊索寓言〉》中说过:"小孩子该不该读寓言,全看我们成年人在造成什么一个世界、什么一个社会,给小孩子长大了来过活。"我是不是可以仿照钱先生的话说一句:我们将来老了被人如何对待,将决定于我们今天如何对待老人。这是我想对我们青年人所说的话。而对于那些极少数的老人,我也想对他们说一句:人老要德弥馨,用您的睿智,您的涵养,您的德劭,去折服那些不懂谦让没有礼数的后辈,而非用暴力,否则,效果只会适得其反。

5分钟的距离

每天早上跑操之前，我们会发现，当许多班级还是稀稀落落的几个人时，当不少同学还匆匆忙忙跑向自己的班级时，423班的全体同学已经整整齐齐地悄无声息地站在那里。在"开始跑操"的口令发出之前，他们已经集合完毕5分钟了。

还记得小时候看电影《南征北战》时，有一个镜头给了我们很深的印象：国共两军为了战役的胜利，都拼命去争抢同一个山头，结果，解放军比国民党军早3分钟到达山顶，从而抢得先机，居高临下，阻截了国民党的援军，打赢那场战役，国民党军则输掉了。

还有更惊心动魄的。一个真实的网络视频，记录的是几个年轻人被突发的山洪冲走的悲剧。山洪刚刚暴发的时候，有十几个人在小溪中游玩，看到上面发水了，大部分人立即跑到了高处。剩下的两男三女看到水淹没了脚脖子，就站在那里等水退去，怕弄湿了鞋袜。结果，山洪越来越大，很快把他们全部冲下了山谷，前后才1分钟不到。

我常常把这些故事与同学们分享，以便他们能够明白，赢得了时间就赢得了胜利，赢得了时间就赢得了生命，赢得了时间就赢得了一切。可惜，我的说教，显得那么的苍白无力，在当今的时代似乎是那么的不合时宜。尤其是对于青少年来说，他们最富有的东西，就是时间。

我常常想，生命的本质是什么？后来终于明白，生命的本质就是存在于地球上一段时间。古人曾经说过，我们每个人都只是这个世间的匆匆过客。其实，不只是人，不只是鼠牛虎兔，一棵大树、一株小草，所有的生命体，其本质都是在这个世间存在过一段时间。然而，生命除了本质之外，还有意义。生命的意义就在于，它的存在，对于别的生命的存在，对于它所存在的世界，是有价值的,是非常重要的。如果只是存在了一段时间,此外没有任何价值,对于别人,对于社会,对于这个世界是可有可无的,也就是毫无意义的。

也许有人会说,一株小草的活与死,它的存在与否,对于这个世界有什么价值?是的,一株小草的存在也许不重要,但是,非洲大草原就是由无数棵小草组成的,它们组成的集体对于地球、对于人类的价值,是不可或缺的,是极为重要的。同样,一个与你毫不相干的叙利亚人,虽然对于你是毫无意义的,但是,对于他们的父母兄弟,对于他的妻子儿女,对于他的家族,却是极为重要的。

虽然,每个生命都是有意义、有价值的,但是,人的生命同自然界的其他生命都不同,这种不同就是人能够有意识有目的地使自己即人生的价值最大化。事实上,人与人的区别很多时候也就在这里。一些人会让自己生存的时间实现最大的价值,让自己活得很充实很有意义,而更多的人,则是想着怎么打发时间、消磨时间,怎么尽快过完这几十年。这种区别让生命有了泰山与鸿毛那样的巨大差距。像卓娅、雷锋,他们的生命虽然只有十几、二十几年,从时间来看,他们只是这个世间的匆匆过客,然而,他们的生命光亮却永远留存于这个世界,照亮了那些在努力追寻生命意义与价值的人们前行的道路。而如我辈这般虚耗光阴、碌碌无为、湮没无闻的人,生命则如蝼蚁,可有可无,最多只是多消耗一些自然资源,使地球环境污染更加严重一些而已。

这个世界上,不论哪个时代,能够明白生命的意义从而珍惜时间的人永远都是极少数,而虚耗光阴的人永远都是大多数。不过,如果这些人中间能够再有几个明白生命的意义与价值,从而珍惜自己的时间,那么,无论是对于他自己还是对于这个国家、这个世界,都将是一件意义非凡的事。

我的善心你永远不懂

我的心是这么的善良，你却不断地利用这一点来欺骗我。

那天上午10点，我在蒸湘北路碰见你和一个女的——估计是你的妻子——由北向南走来，两人精神抖擞，身体非常结实健硕。你对我说，你们是从东北过来找亲戚的，遇到了骗子，连到亲戚家的路费都没有了，只希望我能给你5元钱买个早餐吃，我拿出5元钱准备给你时，你又说是15元，我给了你15元。然后，你一声"谢谢"都没有，木然地向南而去。

前几天的晚上10点，当我下班从学校出来时，我又在黄白路上碰见了你。不过这次你身边的女子怀里抱着一个孩子，你站旁边陪着。你对我说，你们从江苏过来看望在白沙洲工业园区工作的同学，结果，同学已经到别处打工去了，希望我给孩子买点吃的。我知道现在是信息很发达的年代，也是到处都有警察可以求助的时代；我也知道你在骗我，那孩子被你当作行骗的工具。但孩子是无辜且可爱的，于是我在旁边的零食铺给孩子买了一百多元的零食。你千恩万谢地叫我留下电话号码，我只说：希望你们不要骗别人。

还有一次是在解放路口，你带着一个孩子跪在广百地下商场的出口，不停地磕头，你用长长的乱乱的头发遮住自己的脸。我不知道那孩子是不是你的，但是，我牵着儿子从你面前经过时，他被你的可怜相尤其是孩子的可怜样给打动了，从我这里要了一些零钱送给你。

很多时候，其实不是我不知道你在利用我的善心。也许你认为你懂我的善心，所以你才会变换各种方式来欺骗我。但其实，我的善心你真的不懂，我不会因为你的欺骗而变得冷漠麻木，不会因此而放弃我的这一颗弥足珍贵的善心。我总在告诉自己：说不定你是真的需要别人的帮助呢。

当我到福利院去为孩子们献上一点点爱心的时候，那里的工作人员尤其是外国志愿者让我明白,比起他们,我的善心还远远不够;当我班上的同学们为与病魔斗争的潘颜旭踊跃捐助的时候,我知道我的善心甚至比起我的学生都还不够;当我听到最美新娘李成环为玉树灾区的小孩捐送鞋子而不幸遇难的故事时,我知道自己的善心比起很多平凡人都还不够。因此,我不会因为你的欺骗而隐藏我的一颗善心。

你知不知道,这个世界上有很多人的境遇非常糟糕却令我敬佩?每晚10点左右,还是在这条黄白路上,都会有一个快 60 岁的老头,哼着歌,骑着自行车,在每一个垃圾堆里翻寻着破烂,却并没有向我伸手!每天早上,都会有一个佝偻着的老太婆艰难地挑着一些小菜来卖,她甚至算不清账。但如我爱人一样买菜的人都会多错几毛一块钱给她,她也没有伸出乞讨的手!前不久在微信中看到新宁县的 9 岁女孩陈海萱小小年纪已挑起家里全部的家务,从她学会做事开始,就要照顾疯癫的妈妈,每天读书、打柴、种菜、洗衣,过得非常艰难,却又那么坚强,她有理由伸出双手却没有!

从他们身上,我终于知道什么是真正的弱者。原来强者不是因为有健壮的身体与四肢,弱者也不是因为身体的残弱。真正的强者是因为他们有一颗坚强的心,真正的弱者是因为他们精神与内心的残弱。我因此知道了自己的怜悯与施舍并没有错,知道自己的善心并不是被人骗了。我的、我们的善心是真正给了该给的人。

你现在懂我的善心了吗?也许你还是不懂,你还是会自以为得计,会在心里骂我们是傻蛋。不过,没关系,如果你需要我们的这份善心,我们仍然会给你。也正是因为你们的残弱,这个世界才更需要这份善心。

我们的善心,你们永远不会懂。

师者的良知

现在社会上的医患关系似乎越来越紧张，我们可以看到有医生被打乃至被杀的新闻，最新的消息是，医闹要入刑。为什么医生与病人本来是救助与被救助的关系，结果却演变成如此尖锐的矛盾对立？为什么在赤脚医生流行的时代，医患关系会那么好？应该说，医患关系走到今天这一步，是大多数医生为少数只顾追求经济利益而不顾患者感受、没有良知的医生的行为买了单。记得有一个微博，说的是一位年轻医生的父亲患了肝癌并且到了晚期，这位医生对于父亲付出了这么多却还没来得及享福就罹患重症非常悲伤，但是他又知道在当前的医疗条件下，不可能治好父亲的病，最好的方法是保守治疗，这样既能减轻父亲的痛苦，又能让他过一段质量高一点的日子。如果采取手术、放疗、化疗等手段，不但会增加父亲的痛苦，父亲最后的人间日子也就是在医院煎熬等死。可是，我们现在的少数医生碰到这种情况，那就是手术、放疗、化疗，根本不会与患者沟通说明，先为自己捞一把再说。我想，如果这极少数医生都能够把患者当作自己的亲人，从良知出发而不是从医院与自己的经济收入出发，医患关系应该不会这么紧张吧。

同样的，现在的师生关系也有点如同医患关系，我们也经常会听到有老师被学生谩骂侮辱或者殴打乃至杀害的新闻。老师在我们中国的传统中一直享有与"天地君亲"并列的崇高地位，为什么会出现现在这样斯文扫地的现象？恐怕与我们少数教师同少数医生那样把学生当作自己追求功利的工具有关。现在有极少数教师在教书的时候，同样不了解学生的性格特点，不关注学生的心理，不关注学生的需要，一切以自己的需要为出发点，以自己的功利为出发点。具体地说，只要有利于提高学生成绩，有利于塑造自己的教书能手形象，有利于自己简便有效地进行班级管理，有利于自己多拿中考

高考奖金,一切手段都可以用,不管学生是否能够承受。据我所知,有些学校
与教师,为了中考高考出成绩,不顾学生身体与感受,打题海战,打时间战,
打疲劳战。试卷一发一大叠,科科都有,都要回收,做不完就别想吃饭睡觉;
早上 5 点半起床,中午休息连同吃饭不过 1 小时,晚餐到晚自修最多 1 小
时,晚上自习到 11 点的也是见惯不怪。以至于不少学生要靠打点滴、经常搽
风油精等来提神。近年来,高中学生跳楼的事件层出不穷,这中间固然有学
生自身的原因,但背后的老师推了一把而不是拉了一把恐怕也是不争的事
实。衡水某中学最后不得不把整个教学楼变成监狱一般,就是典型例证。然
而,铁栏杆永远阻止不了学生跳楼,只有教师的良知可以拉住学生,只有把
学生当作自己的亲人,才可能缓解目前日趋紧张的师生关系。

做有良知的老师就必须把学生的利益放在首位,而不是把自己的利益、
自己的考量放在学生之上。你是否为了促进个人的发展,只要个人工作能得
到领导的认可,能提高自己的声誉,就不惜牺牲学生的身心健康?你是否为
了追求考试成绩,追求管理效果,不顾学生的体会与感受?你是否为了多一
些奖金或者额外的辅导费而想方设法让学生补课做题、做题补课?如果我们
经常这样问一问自己,就会在学生疲惫的时候让他们多休息,带他们去锻
炼,提醒他们注意身体;就会在学生困惑的时候,为他们联系最好的老师,解
答他们心中的疑问;在他们悲伤时抚慰他们那颗脆弱的心,在他们身心俱疲
时让他们振作,在他们的家庭遭遇困境时给予无私的帮助,在他们选择人生
道路时给予必要的指引与参考。

做有良知的老师就必须充分地了解学生。学生的身体状况、心理状况、
家庭状况、人际交往状况等,都会影响他们的学习与发展。记得一位小学老
师给我讲过这样一个故事:他们班上有一个女生总是迟到,批评她也不作
声,穿得也比较破旧。一个偶然的机会,他才知道这位女生母亲早已过世,她
在家中要忙完家务才能来上学。这位老师知道之后非常愧疚,特地到女生家
中去家访,对她表示歉意,并且自己带头组织班里的同学一起来帮助这个女
生做事与学习。现在的通信与交通都很发达,我们了解学生的机会与手段也
应该比过去多得多。只要我们有心,就能够了解学生的真实状况,从而有的
放矢地进行教育。

做有良知的老师就必须把培养学生做人放在首位,立足他们的长远发
展,而不是只关心他们的成绩。王红教授曾说过一个典型案例。一个同学在
读书的时候很得老师的喜爱——学习自觉,成绩拔尖,但是,当他后来与这

位老师的女儿谈恋爱时,这位老师却坚决反对,并数落出他的许多缺点。的确,他在你班里读书的时候你就知道他有这么多的缺点不足,可是你却不去正确引导,帮助改正,只要他成绩好就行了,到后来可能进入你的家庭时却历数他的缺点坚决不同意,这是否有点不教而诛呢?是否有点不道德呢?这位学生这个时候又会怎么看待他心目中曾经那么高大那么神圣的老师呢?我们教育学生的目的应该不止于让他们取得好成绩,更重要的是让他们以后能够融入社会,具有很强的适应能力、生存能力、发展能力,成为一个合格的健全的社会人。在此之上,成为一个成功人士,一个有社会责任感的人士,一个坚定的爱国者,一个具有世界与未来眼光的人。

做一个有良知的老师的要求还有很多,我们大部分的教师都一直坚守着这一条底线。做一个有良知的老师其实是对教师的最低要求。教师的工作对象是极为特殊的,他们都是有思想、有情感的活生生的人,而且是可塑性很大的人,个性鲜明而又千差万别的人,不是千篇一律的作物或者流水线上的产品。教育工作的成败,从小的方面讲关系到一个人将来生活得是否幸福;从大的方面讲,关系到国家和民族的兴衰。从这一点来讲,教师的工作比医生更重要、更神圣。换句话来说,医生有没有良知,很可能决定于教他的老师是否有良知。因此说,百年大计教育为本。而教育之本在教师,教师之本在良知。因此,如何时刻守住良知的底线,尤其是在当前这样一个越来越功利的社会中,是我们每一位教师的必修课。

初心不为邪风改

　　一个禅师去救一只蝎子,可那只蝎子居然蜇他,但是他依然去救蝎子。旁观的人很不解,就问他:蝎子蜇你,你为什么还要救蝎子呢? 禅师回答说:蜇人是他的本性,救他是我的本性,我的本性不会因为他的本性而改变。

　　看了这个故事,我不禁对这位修养很高的禅师非常尊敬,因为,他不曾为别人而改变自己的初心。同时,也突然生出一个念头:初心不为邪风改。

　　我曾经写过一篇文章,名叫《我的善心你永远不懂》,内容是批判那些骗子把有善心的人当成傻瓜,其实,那些真正善良的人是不会因为受骗就不再去行善的。可是,现实生活中,却常常有许多人会因为别人的行为而改变自己:因为别人的恶,而改变自己一心从善的品性;因为遇到过骗子,从此就不再相信任何人;因为曾经被抛弃,就不再追求美满幸福的家庭生活;因为看见某个人中了彩票,从此相信天上可以掉馅儿饼,如此等等。像这样因为别人的某种行为而改变自己初心的人,的确大有人在。然而,我们也同样会发现,这些因为别人而改变自己的人,最终都会后悔不已。原 21 世纪传媒股份有限公司总裁沈颢本来是一个很有才华又非常敬业的媒体人,那一篇《总有一种力量让我们泪流满面》的社评曾经感动了无数读者。他自己曾说:"在很多前辈的指导下,我一直在坚持一种正义、爱心、良知的新闻价值观,也只有在这样一种价值观的引导下才能去为公众利益服务。"可是,就是这样一位北大才子,却在金钱的诱惑下,忘记了自己的初心,成为一名利用手中资源进行敲诈勒索、强迫交易、职务侵占的罪犯,无数人为之叹息。究其本源,难道不正是因为别人或者社会上的一些邪风而改变了自己的初心吗?

　　古语云:不忘初心,方得始终。庄子当战国混乱之际,知道世事不可为,遂守身如玉,独善其身,绝不为楚王的高官厚禄所诱惑;子罕虽然喜欢吃鱼,但是知道坚守自己的初心，以不贪为宝，所以无论是别人送鱼给他还是送玉给他，都一律回绝；文天祥忠于大宋，虽南宋已经灭亡多年，虽自己的弟弟已经做了元朝的高官，虽然几乎所有的宋人都已经做了元朝的顺民，他仍然拒绝大元宰相职位的诱惑，坚持做亡宋的忠魂。这些人，之所以能够名垂青史、光照千秋，都是因为做到了初心不改。

可是，我们现在有不少人，往往因为别人的一句话或者一件事，或者是社会上的一些歪风邪气，就改变了自己曾经坚持了很久的初心。特别是有不少人，一旦为金钱所诱惑，就迷失了本性，忘记了我们活着的本义，变成了金钱的奴隶。

孟子的《鱼我所欲也》中有一段话，值得我们反复吟诵："一箪食，一豆羹，得之则生，弗得则死。呼尔而与之，行道之人弗受；蹴尔而与之，乞人不屑也。万钟则不辩礼义而受之，万钟于我何加焉！为宫室之美，妻妾之奉，所识穷乏者得我与？乡为身死而不受，今为宫室之美为之；乡为身死而不受，今为妻妾之奉为之；乡为身死而不受，今为所识穷乏者得我而为之；是亦不可以已乎？此之谓失其本心。"所以，我们每个人，一定要有自己的定力，要能够保持自己的初心，千万不能为了别人，为了那些邪风，而改变自己的初心。

人生的境界

　　很多人看到这个题目，可能立马会想到王国维所说的那句有名的话："古今之成大事业、大学问者，必经过三种之境界：'昨夜西风凋碧树，独上高楼，望尽天涯路，'此第一境也；'衣带渐宽终不悔，为伊消得人憔悴，'此第二境也；'众里寻他千百度，蓦然回首，那人却在灯火阑珊处，'此第三境也。"我所说的却是另一个意思，也有一个故事作为印证。

　　从前有个书生，与一个女孩约好某一日结婚。到那一天，未婚妻却嫁了别人。书生受此打击，一病不起。这时，一游方僧人路过，从怀里摸出一面镜子给书生看。书生看到茫茫大海，一名遇害的女子一丝不挂地躺在海滩上。路过一人，看一眼，摇摇头，走了；又路过一人，看一眼，给女子盖上了自己的外套，走了；再过一人，过去，挖个坑，小心翼翼地把尸体埋了。僧人解释，那女尸便是你未婚妻的前世。你是第二个路过的人，曾给过她一件衣服。她今生和你相恋，只为还你一段情。但是她最终要去报答一生一世的人，是那个把她埋葬了的人，那人就是她现在的丈夫。这里也有三个境界：第一个人同情但什么也没有做，第二个人同情并且脱下外套遮住尸体，第三个则做得彻底，把死者埋了。这三个人的行事做派，不正体现了我们平时为人的不同境界吗？我们很多人在平时的生活中，遇到需要帮助的人的时候，都很容易仅仅是同情，一旦需要自己提供一些帮助的时候，则迅速逃离。但是，也有人不但会给予适当的帮助，还会帮人帮到底，"救人须救彻"。

　　说到帮助别人的境界，我就很有感慨。我们一般的人，常常是当别人很需要帮助的时候才会给予很少的帮助，或者，我们往往是自己已经非常富裕的时候，才会拿出极少的钱财去帮助别人。可是，也有一些人，他们自己很不富裕，没有什么能力，甚至需要别人帮助，可当别人需要之际，他们会不顾一切伸出援手。天津市白方礼老先生连续十多年靠自己蹬三轮的收入帮助贫困的孩子实现上学的梦想,直到他将近 90 岁;"5·12"特大地震时,南京一个乞丐把自己乞讨来的所有现金全部捐出来;清华大学赵家和教授把投资全部所得捐出去助学;杭州退休教师韦思浩老人隐姓埋名助学,自己拾荒维护公共卫生,有空就到图书馆看书看报……再看看我们身边那些每天在麻将桌上消磨时间的人,那些为了一些鸡毛蒜皮的事情吵得不可开交的人,那些天天想着自己怎么过得更好的人,那些想方设法骗得更多钱的人,那些还在制造假冒伪劣的人,他们之间的境界,岂止是天壤之别?

人生的境界有高有低,只因为人的思想千差万别,人的修为有好有坏。很多事情,就像一面镜子,能够照出一个人的境界,能够让我们了解一个人。最近看到的一个故事也是如此。面对路旁一棵有毒的树,第一种人大老远就绕道而行,生怕不小心会中毒;第二种人看见了,急着要砍除它,以免有人受害;第三种人心想这棵树也有生命,不要轻易地毁掉,同时圈上篱笆,注明有毒;第四种人看到之后,开始研究树的毒性,研制出救人的新药。后三种人无疑较之第一种人境界高出了许多:他们都知道为他人着想,虽然程度有别,方法各异。第一种人只是想到了自己,境界也就无所谓谈起了。

由此看来,要提高自己的人生境界也不是很难的事:凡事能够多想一层,多替他人想一想,多替更多的人想一想,多替集体国家想一想,而不是只想到自己,境界自然就逐渐提高了。高境界的人生,是智慧的体现,是善心的体现,是责任的体现,是超越自我的体现。人生的长度也许没有办法改变,但是,却可以拓宽。雷锋虽然只活了二十多岁,但是,由于他的人生境界无限之高,他的英名也将无限,永垂后世,被人仰望。

我辈虽然不可能有像雷锋那样崇高的境界,但是,却可以有着比现在更高的境界,只要我们向着这个目标前进,就一定能够有一个更加广阔的人生。

桥的断想

桥有人工修建的，如赵州桥；有天然生成的，如张家界的仙人桥；有传说中的，如奈何桥、鹊桥。

桥有大桥，如长江上的桥，也有小桥，如小溪流上的桥；有平直的桥，也有弯曲的桥；有宽阔的，也有狭窄的；有钢铁水泥的，也有树木石头的。

桥有有形的桥，看得见的桥；还有无形的桥，看不见的桥。人们往往记住有形的桥，看得见的桥；却常常忽视那些无形的桥，看不见的桥。

桥的作用只有一个，让人或者其他动物乃至鬼魂神仙，从它的身上过去，去到自己想去的地方，或者不得不去的地方。

桥不知道有多少人从自己上面走过，人也很少记住自己从多少桥上走过。桥从不计较人走过时是轻是重，是好人是坏人；人有时候记住了桥的大小长短。

桥也有年久失修的时候，也有才修起甚至没有修起就垮塌的时候，其实，那不是桥的问题。或者是因为长年累月风侵雨蚀，或者是因为地震洪水，或者因为人偷工减料。

有的人经常修路架桥，有的人却常常过河拆桥。

我曾经从多少桥上走过，已经不记得了。最初走过的桥，是上小学时必须经过的一条小河上的木桥，三根木头被码钉钉在一起，大约一尺来宽。我走在上面的时候，它已经在那里几十年，到20世纪80年代，木桥被一块水泥预制板代替，从而退出了历史舞台，至于那几根木头的遭遇如何，没有人去关心它，甚至有人会觉得，有必要关心它吗？是的，似乎真的没有必要，尘归尘土归土，该走的要走，该来的自然会来。

后来考上了大学，从衡阳湘江公铁双层大桥经过，我惊叹竟然有这么高大还能过火车的桥,等到再后来经过武汉长江大桥、杭州湾跨海大桥,就再也不惊奇了,虽然后来也还曾专门去看矮寨大桥。

曾经为张家界等地的仙人桥的鬼斧神工惊叹不已,也曾经为穿越云中的北盘江大桥的巧夺天工佩服不已。不过,最让我难忘的还是身边那些平凡的桥——那些人桥。

小时候的我,是一个愚昧无知的乡下顽童,是从小学到初中、高中、大学的老师们,用他们的身躯,用他们的美好年华,用他们的知识学问,筑成一座连体桥,让我能够从愚昧未知的彼岸,走到现在这样一个社会太平、生活富足、受人尊敬的此岸。对于那些老师,就如同我所走过的桥,有的连名字都记不起了。他们也不曾希望走过自己的人记住自己的名字。如今,我自己也成了这座渡人到彼岸的桥链上的一拱,只求在自己失修垮塌之前,能够有尽可能多的人从我的身上走过。

最美的桥是这样一座桥:一群军人,把他们的血肉之躯铺垫在铁索上,让一群孩子从他们的身上走过,他们没有任何痛苦的表情,反而是那样的坦然。

是的,真正的桥,从来就不会居功,他们只管让人们踩踏走过,然后随着岁月的风霜雪雨,消失在历史的长河里。

这就是桥,永恒的桥。

可敬的拾荒者

　　最近看到一则新闻,是说一对年轻夫妻扮作兄妹,以替母亲筹集住院费为名乞讨骗人。昨天——也是中秋节上午,同儿子出去办事时,看到一位 60 多岁的老人在垃圾推车里翻寻,找到一片纸板,就放到自己的一个提袋里。"要是带几个月饼下来就好了。"儿子说,"可是我们不知道正好会碰见他。"

　　对这样的拾荒老人,我所有的不仅仅是同情,更多的是尊敬。因为,他们尽管老了,却还努力通过自己的劳动来谋生。还记得那首歌《酒干倘卖无》吗?一位年迈多病的拾荒者,不但通过拾荒养活自己,还养活一名弃婴,把她培养成人、成才,其中的艰辛,不在其中是难以体会得到的。

　　我的一位朋友,为了便于照顾母亲,在我住的小区买了一套 60 多平方米的房子给老人家住,可是,老人家是一位劳动惯了的人,坐着不动就生病,看到浪费就心痛。她经常跟我们说:过去在家里种菜多么好,不但可以送给儿子媳妇吃,还可以卖点钱;这附近要是有块菜地可以种菜就好了。不能劳作几乎要了这位劳动了一辈子的老人的命;于是,几乎每天她都到小区及附近去拾荒,要是一天能够卖个几块钱,高兴得不亦乐乎。有一次因为拾到了八十多斤的旧纸壳,老人家用力过度,还闪了腰。我很能体会这位如自己母亲一般的老人,以及许多如同她老人家一样的老人,他们觉得,只要自己能够动弹一天,就要劳动,就要少依赖子女。

　　可是,总有一些人,不能理解老人习惯了勤劳,更不能体会老人们曾经经历的艰辛,他们看见老人拾荒,就在背后指指点点。有的说,老人的儿子孝顺不够,以至于母亲这般年迈还要拾荒度日;有的说,老人自己不注意体面,儿子给足了生活费,却不听劝阻捡破烂,给儿子丢脸;如此等等。这些人不是给老人们应该的尊敬,而是以小人之心度君子之腹,而是从自己的面子观念出发,去看待老人们的拾荒举动。

　　我之所以特别尊敬这些老人,除了理解之外,还因为他们同前面所说到的那对年轻夫妻的卑贱乞讨行为形成鲜明的对比。现在,很有一些年轻人,假扮中学生,假扮可怜人,利用人们的善良,博得人们的同情,不劳而获,有的人甚至欺骗年幼没有辨别能力的小学生,他们的卑鄙人格,同这些老人比起来,岂止是天壤之别。

　　曾经有一段时间,很多次晚上下班回家的时候,总会看见一位 50 多岁的男子,骑着自行车,到沿路每一个垃圾箱里翻寻,一边还哼着歌。每次远远地看见他在翻寻的时候,我就心生敬意,走到路的另一面,不去打搅他。我知道,这是一个虽然生活艰难但是却无比坚强的男人,他虽然好面子——晚上10 点才出来——却又很乐观;他虽然生活贫困,精神却非常富有。我真的不知道,当自己不小心落魄到他那样生活难以为继的时候,是否能够像他一样坚强乐观,是否能够像他一样坚持用自己的双手奋力去撑起一个艰难的家!所以,每次看到这些拾荒者,不管是老人还是年轻一点的,不管是男人还是女人,我都满怀敬意,而不是怜悯。

苦痛的大小

　　苦痛的大小,怎么样计算衡量? 学生课前演讲的内容突然引发我的这个问题。确实,同样的苦痛,在不同的人身上的表现是不一样的。比如说,最近一个典型的例子,一位孕妇因为实在承受不了产前的痛楚,跳楼自杀了。可是,我们都知道,一般的孕妇都能够承受产前达到十级的剧烈疼痛,这是为什么呢? 同理,如果不是要生孩子,一般人都无法承受十级疼痛,这又是为什么呢? 我们都知道关羽刮骨疗毒的故事,知道刘伯承不用麻药做眼睛手术的故事,也知道长征时期像贺炳炎那样的红军将士在手术乃至截肢时,由于没有麻醉剂,只能咬住一条毛巾强忍疼痛,可是今天我们还有谁能够这样?

　　这些问题的确令人深思。但是,我们似乎可以从小孩子的表现来开始我们的探讨。我们经常会看见,一个小孩子不小心跌倒了,摔疼了,哭了起来。这时,大人常常会去哄他(她),如果这个时候,大人给他(她)平时喜欢的糖果或者玩具,或者他(她)从来没有见过的新玩意儿,只要不是很痛,小孩子一般都会很快停止哭泣,甚至转哭为笑;相反,他们的哭泣时间就会长得多。这是为什么呢? 表面看,是大人用糖果玩具转移了小孩子的注意力,实际上,是他们的注意力有了新的指向,是他们有了新的目标。所以说,人一旦有了新的指向或者新的目标,就容易丢掉眼前的苦痛。

　　同样的道理,人如果有远大的目标志向,就不容易被小的苦痛磨难所压倒,目标理想越大的人,就越容易战胜那些在常人看来十分巨大的痛楚与磨难。关羽是如此,刘伯承是如此,贺炳炎也是如此,在我们常人看来难以忍受的痛苦,在他们并不是不痛,也不会降低等级,只是他们没有把眼光与注意力停留在眼前肉体的痛楚,而是看得更远,他们有更重要的使命与担当。

　　我们都知道,人生最大的痛苦,不是肉体上的,而是精神上的。正因为如此,很多能够忍受巨大肉体痛楚的人,当遇到精神痛楚的时候,往往选择结束自己的生命,比如那些因为失恋而寻短见的人,比如那些因为炒股失败而跳楼的人,比如那些夫妻父子因为吵架而喝农药的人。但是,一个有着宏大目标理想的人,不但能够藐视肉体的痛楚,也一样能够藐视精神的苦痛。

　　读过《我与地坛》的人,一定知道史铁生。史铁生青年时期突发疾病,导致瘫痪,巨大的肉体痛苦和伴随而来的巨大精神痛苦,使得他也曾经想过自杀。但是,母爱的力量支撑了他,他自己也认识到,"死是一件不必急于求成的事,死是一个必然会降临的节日"。但是,最重要的还是经历思考之后,他深刻认识到,必须做一些什么,才能摆脱那些痛苦。所以,他后来开始写作,埋头于对生命对人生的思考,把自己的经历思考写出来。这样一来,痛苦反而不算什么了,即使后来他患上严重的尿毒症,生命垂危,也能够坚强面对。

　　贝多芬为什么在耳聋之后还能够爆发出巨大的创造力量?霍金在那样的病痛折磨中为什么能够取得那么巨大的划时代的科学成就?都是因为同样一个道理:理想抱负远大了,困难挫折与痛苦就会变小,甚至不值一提,不屑一顾。反之,没有远大理想抱负的人,往往都会把自己的挫折痛苦放得很大,甚至觉得自己所经历的,是别人无法理解体会的,自己是世界上最不幸最痛苦的人。这样一来,还没有做任何事情,还没有向着理想目标迈出几步,就被困难痛苦给压垮了,或者从此丧失了斗志,庸庸碌碌一生,或者直接一死了之,悲乎!

　　所以说,理想抱负越远大,苦痛就会越微小;理想抱负越微小,苦痛就会越巨大。我们是不是可以从中明白自己的苦痛为什么那么大那么多了呢?

人生如花

中秋节那天,陪儿子去机场取机票,顺便到云集镇湘江大桥桥头的花园去看桂花,结果却失望而归:桂花还没有开,只露出一些花芽。今天经过校大门的时候,突然闻到一股浓烈的桂花香味,凑近一看,满树都已是黄星点点。延迟了多日的桂花,终于盛开了。

桂花花朵很小,没有开放时,一点都不惹人注意,一旦盛开,那沁人心脾的芳香,立即引得人们驻足观看,啧啧称赞。桂花开时,很少有人会把她摘下来去欣赏;花开过后,她也不曾留下果实。来去之间,她只留下芳香,而这醉人的芳香,让人们对她再也不会忘记。

由桂花又想起了无花果。春夏之交,不见一点花蕊,不见任何花开,更不曾有半点花香,果子忽然之间凸显,到成熟时,原来青色的硬硬的果子变得红红的软乎乎的,糖浆四溢,引得蜜蜂蚂蚁飞过来爬上去,引得人口水直流。

又想起了梨花。小时候,队里面有几十株梨树。到了春天,两块地里几十株梨树同时开花,煞是好看:一片洁白,白得亮眼。难怪人们那么喜爱梨花,难怪岑参在《白雪歌送武判官归京》里面会借梨花盛开的景象来描绘大雪盖树的景致,"忽如一夜春风来,千树万树梨花开";难怪陆游会兴高采烈地赋诗说"悬知寒食朝陵使,驿路梨花处处开",难怪作家彭荆风还要用一篇散文《驿路梨花》来赞美梨花!不过,我最高兴的不是梨花盛开之时,而是梨子成熟的时候。这个过程对于我们这些农村的馋嘴猫来说,太漫长了,我们需要慢慢地看着梨花蔫了,梨子挂果了,由青绿色变成黄绿色了。到那时,我们就会捡起一块小石头,随意地向梨树上抛过去,总会掉下一两个梨子来,解一解我们的饥渴,那才是最爽的时候。

突然有了奇想,我们的人生,如何又不像花呢?

你看,有的人就像桂花,经过春夏的积聚,到秋天,芳香迷人;有的人像无花果,平时不显山不露水的,突然结出香甜迷人的果实;有的人像梨花,春天开出洁白如雪的花,夏末结出甘甜可口的果。古人之于花,各有所爱。屈原爱兰花,结幽兰而延伫;濂溪爱莲花,出淤泥而不染;陶令爱菊花,悠闲自得;林逋爱梅花,清高孤傲。其实,他们之所以爱这种花,还不是因为他们本身与这些花极为相似。

　　我们平常总爱羡慕年轻人,羡慕他们正处于如花似玉的美好年华。其实,我们每个人都似一朵花,我们的一生都似花,只是,我们自己常常忽视了。很多人往往只看到别人鲜花盛开,而看不到自己含苞待放,闻不到自己花开时的芳香,等不到自己结出果实,岂不是很可惜吗?

　　人生如花,且慢慢等待花开。

人生的时间该如何计算

　　运动场里，8 位参加百米决赛的运动员已经就位，裁判员一声枪响，秒表计时开始，"第一名，博尔特，9.58 秒"。

　　高考考场里，哨声响了："各位考生请注意，还有最后 15 分钟。"这意味着，该堂考试已经进入了 15 分钟倒计时。

　　ICU 病房里，心跳记录仪正在为一位行将告别这个世界的人读秒，那"嘀—嘀—嘀—"的声音，显得格外刺耳。对于这位病人而言，他（她）的生命，只能用秒来计算了。对于那些虽然没有进入 ICU 病房，但是已经老朽不堪的人来说，也只能用天来计算人生的时间了；对于我这样年过半百的人来说，至多也只能用年来计算人生的时间了；可是对于那些还只有二十几岁的青年甚至只有几岁儿童来说，他们的人生，还得用时间段来计算：少年，青年，壮年，老年……所以，不同人生阶段，时间的计算方法是不一样的。

　　曾经有一位朋友，已经快 50 岁了，为了激励女儿读书，对她说："我就只有一万来天可活了，你这一辈子还得靠你自己。"女儿一下子没有明白过来，觉得一万天似乎很短，伤心地哭了。后来一算才发现，一万天就有接近 30 年，原来还有那么久。人也确实真怪，有时把几十年化为一万多天觉得很快，有时候觉得把一天化为 86400 秒就觉得很长。但是，一般而言，人们都还是喜欢以大的时间段来计算时间，因为，一旦进入读秒的时间，往往意味着时间所剩无几。很多人往往都要等到时间所剩无几的时候，才发现自己的时间已经不多了。

　　记得德国作家里克特有一篇名作《两条路》，他在文章里塑造了一位梦中追悔青春的年轻人的形象。小说以对一个追悔莫及的老人的心理描写开端，以"青春啊，回来！"的呼喊贯穿全文，告诫那些"依然在人生的大门口徘徊逡巡,踌躇着不知该走哪条路的人们"应该珍惜时间,切莫浪费了青春。是啊,我们很多人往往都要等到时间过去之后才追悔莫及,往往都要等到自己生命只能用天用小时用分钟甚至用秒计算、所剩无几的时候,才会明白时间对于自己的价值。古语云:一寸光阴一寸金,寸金难买寸光阴。可是,我们大部分人,常常把一寸又一寸、一尺又一尺、一丈又一丈、一里又一里的光阴,白白地浪费了。

光阴是非常值钱的,我们决不能浪费,要充分利用和实现它的价值。时间的计算方法是不一样的,我们要选择实现时间价值最大化的那一种,决不做"白了少年头,空悲切"的那一种。我们要明确每个时段都有每个时段的任务与价值,少年就该"惜取读书时",青年应当"立志做大事",壮年要顶天立地,"会挽雕弓如满月,西北望,射天狼",老年要"烈士暮年,壮心不已";决不能少年时"惜取金缕衣",青年时"十年一觉扬州梦",壮年时"听雨客舟中",老年时"寂寞梧桐深院",晚景凄凉。

孙子曾说:"夫未战而庙算胜者,得算多也;未战而庙算不胜者,得算少也。多算胜,少算不胜,而况于无算乎!"同样的道理,人生路上,怎么能够不去计算好时间? 事实上,我们常常会看到,那些把时间计算得多、计算得好的人,最后往往都成为了赢家;而对时间计算得少、计算得不好的人,也因此成为人生的输家或失败者。由此看来,弄清楚时间的计算方法,学会用最好的方法来计算和使用自己的时间,难道不是一件极为重要的事情吗?

关键在于落实

  党的十八届三中全会吹响全面深化改革的号角,应该说,这是中国共产党巩固自己执政地位的需要,也是现实社会的迫切需要,更是人民群众的需要。因为,这一次改革,是问题倒逼出来的,是对当前社会难点与热点问题的回应。改革的措施无疑是好的,然而成功与否,还在于能否突破利益的藩篱,最终落实到实践当中去,落实到各个领域中去。

  纵观历史上的许多改革,落实是成功的关键。

  商鞅变法的各项举措无疑是好的,也得到了百姓的欢迎,然而却遭到了以太子为首的一大批贵族势力的坚决反对,难以贯彻落实。是秦孝公以王权的巨大威力,以刑罚太子师傅的方式,坚定地表达了变法的决心,才使得秦国的改革变法得以落实。虽然后来商鞅本人被清算,但其改革措施已经深入人心,并且取得了富国强兵之效,不可逆转,因而才为秦国统一天下奠定了坚实的基础。

  赵武灵王以"胡服骑射"为标志的改革,当初同样遭到贵族势力与习惯了传统的普通民众的强烈反对,同样是凭借王权的威力强行推动才得以取得部分的成功,使得赵国军队成为战国时代诸侯中唯一能与秦军抗衡的一支军队。然而,毕竟反对势力巨大,其他的政治经济改革措施落实不到位,使得赵国的政治体制与经济实力同秦国相比,差距太大,最终还是被秦国灭亡了。

  吴起在楚国的变法可以说是早于商鞅变法的,而且在楚悼王在世时就已经取得了巨大的成效,不但拓展了楚国的疆域,增强楚国的经济实力,楚国军队的战斗力也大大增强。如果能够一以贯之,凭借楚国的地广人众,完全可以统一天下。然而,吴起的变法同样遭到了楚国既得利益集团的强烈反对,王权加强后,他们的权力削弱了;百姓得实惠后,他们的经济利益受损了。结果,吴起的变法随着楚悼王的死亡而结束,原本强大的楚国日趋腐败与衰弱,直到最终灭亡。其教训最为惨痛,也最为深刻。

北宋时期王安石变法的失败和明代万历新政(张居正变法)的一度成功,均说明同样的道理:只有突破既得利益集团的藩篱,坚决地把各项改革措施落到实处,改革才能成功;反之,就会以失败告终,而国家的前途也将黯淡。近代戊戌变法的失败,使中国陷入半封建半殖民地的深渊,其教训之惨痛,犹在眼前,国人不可不警醒。

而要将改革措施落实到实处,首先是中央要有权威,要有坚强的决心。应该说,相对于别的国家而言,中国政治体制的最大优势就是中央有足够的权威。像美国那样的所谓民主国家,一项惠及民生的医改法案因为各种利益集团的争论不休而最终难以落实,不能不说是一个巨大的讽刺。以三中全会本身来看,中央的决心还是很大的。所以,这一点是问题不大的。但也要看到历代变法中,中央的权威前期都是毫无疑义的,但为什么有的变法最终失败或半途而废?关键还在于遇到阻力之后,决心坚强不坚强。只有中央具有壮士断腕的决心,改革才可能取得最终的成功。

其次是既得利益集团要有远见,要把国家利益和自己的长远利益放在首位,而不是一味固守自己利益的藩篱。改革最终能否成功,既得利益集团均是最重要的因素之一。这个集团的人必须深刻认识到,他们要顺历史潮流而动,放弃自己眼前的部分利益,成为改革的坚定支持者,并最终赢得自己的长远利益。否则,要么被不可阻挡的改革洪流冲毁,成为被人民和历史抛弃的对象,或者虽然成功地阻挡了改革的洪流,结果却导致国家的衰败乃至灭亡,也导致自己随之成为国家衰亡的牺牲品或陪葬品,成为国家民族的历史罪人。

最后是普通百姓要成为当代改革的坚定支持者和实践者。国家兴亡,匹夫有责。普通民众千万不要做改革的旁观者,也决不能因为改革可能导致的暂时的利益不均而反对改革。普通百姓都是最大的受惠者,因而他们的热情也最大,改革的最终成功也完全决定于民众。特别是在今天这个媒体发达的信息社会,普通民众应该支持中央的改革部署,积极参与到各项改革实践中去,推动有利于自己的改革的进一步深化。

如果三股力量能形成合力,那么,我们的改革将会非常顺利,卓有成效,中华民族的复兴也指日可待。

唐僧给悟空的一封信

悟空徒儿：

你好。来信收悉，得知取经回来后你和大唐现在的一些情况，心情很是沉重。大唐现在经济繁荣，国力蒸蒸日上，确实令人欣慰，但道德沦丧、人文精神缺失的现象也确实严重。为师也听说过不少的事：有人用瘦肉精喂猪，有人用老鼠肉狐狸肉冒充羊肉，你花果山的老猴子也有不少把猕猴桃当仙桃卖，把梨子整成人参果卖。尤其是官二代、富二代、星二代们，或仗势欺人如李岗，或持枪吓人如王乐，或轮奸妇女如李天二。作为曾经的大唐子民，我也对大唐的道德文明不断弱化感到担忧。

我们的大唐，曾经"夜不闭户，路不拾遗"。当初我们西行所经过的国家，没有一个不夸赞我们大唐的子民文明素养很高。曾经野蛮愚昧的东倭，通过派使者来大唐取经和我大唐派高僧鉴真等人去送经，得到文明的教化，一洗野蛮之气，倒成为当今世界文明程度很高的国家之一。而我们大唐的文明水准反倒不断下降，确实令无数有识之士扼腕叹息。

之所以会出现这种状况，愚师以为，主要是因为经济发展了，人们富裕了，却没有能够"仓廪实而知礼节"，反倒是"饱暖思淫欲"。更重要的是，人们在物质生活丰富之后，满足于现状，失去了高雅的生活情趣，没有了崇高的精神追求。想当初，我在长安慈恩寺讲道时，无论是高官、富商、明星，还是卖菜小贩，没有不赶来听我宣讲的，以至于慈恩寺门庭若市，一票难求。同样，当我们师徒四人一路历尽千辛万苦取得真经回大唐，我们立即成为大唐民众的偶像。之所以如此，乃是太宗皇帝以身作则，重视精神文明之建设，形成了良好的社会风气，一旦有不合文明规范者，立即会成为千夫所指、万民之敌。当然，我们不能一味把这种状况归咎于经济发展，更需反省我们每一个人的自身修养。

说到请人拯救现在的大唐，我倒记起观世音菩萨曾经说过的话："求人不如求己。"《圣经》里也有这样一句话："只有自救，上帝才能救你。"古巴比伦曾盛极一时，最终因为文明沦丧而亡国，没有谁能拯救他们。同样，上帝也好，玉帝也好，如来佛祖也罢，都没法拯救道德文明正在不断弱化的大唐。因此，我不同意你说的让我去请如来佛祖来拯救大唐的建议。佛祖也不可能救得了大唐，如果他真有这个能力，他的祖国印度肯定会成为当今世界第一强国，印度就不会发生那么多的强奸案了。所以我认为，只有我们大唐人自己，才能拯救大唐。

悟空徒儿，我还想对你说的是，我对我们大唐的文明复兴，还是很有信心的。毕竟，随着受教育程度的普遍提高，信息传播越来越快捷方便，绝大多数大唐人对当今的危机是有着清醒的认识的，那些道德沦丧之人也毕竟是极少数。所以，我希望你能团结更多的有识之士广泛宣传，大声疾呼，同时身体力行，率先垂范，大唐文明的复兴一定指日可待。

最后，我还是要说一句：我们大唐人一定能拯救大唐的文明，菩萨一定会保佑我们。

祝你愉快，阿弥陀佛。

愚师唐僧
5 月 18 日于西天

四美论

　　"沉鱼落雁，闭月羞花"，自古以来并称四美，然吾心有不平，以为四美并称大失公允，故为"四美论"。

　　羞花杨玉环，能歌善舞，善得晚年唐明皇的欢心，与明皇意趣相投，两情相悦，为古之皇帝与贵妃之间难得的一段爱情佳话。其美貌，其才情，其善取悦帝心，均可谓亘古少有。因其先配皇子李瑁，后嫁父皇李隆基，为四美中唯一的乱伦者，曾备受指责，此实非玉环所能掌控，非其过也。然其迷惑创造了"开元盛世"之明皇，使其"从此君王不早朝"，其"一骑红尘妃子笑，无人知是荔枝来"，其与唐明皇"霓裳一曲千峰上，舞破中原始下来"，贪图享乐、醉生梦死，只顾家族富贵荣华，不顾国家前途命运，不顾百姓辛劳死活，其心可诛，至于马嵬坡为六军将士逼迫赐死，实乃应得之果。如果以今之美女外貌标准论之，则玉环过于肥胖臃肿。故吾谓玉环位列四美之中，于外太肥，于内更丑。

　　沉鱼西施，病时之态，亦被人仿效。足见其一举一动、一颦一笑，甚为优雅迷人。然西施乃勾践被夫差追杀至会稽山上，越国种族乃余五千人之际不得已而实施的美人计，足见其美的代表性有限。即以当今一般而论，香港小姐自当不如中国小姐，中国小姐自当不如亚洲小姐，亚洲小姐自当不如环球小姐，乃属正常。西施处国难当头之际，虽非自愿，然能牺牲小我，完成迷惑夫差、颠覆吴国、挽越国于将亡之重任，足见其非只是外貌迷人，尚需颇有一番智慧，方能不辱使命。吴国亡，夫差死，西施以卑贱之躯引得范蠡与其泛舟隐居，为终身伴侣。其外貌之迷人，心智之卓越，实乃不可小觑。

　　落雁王昭君，善弹琵琶，可见才美；从全国性的选美大赛中脱颖而出进入宫中，可见貌美；不赂画师以求宠幸，可见德行之美；当和亲乏人之际，能挺身而出,许国安边,可见眼界之阔,胸怀之大,运筹之远。然余以为,昭君之美多刚少柔。其不赂画师,乃过度孤傲清高;其自荐和亲,乃不满于汉宫中庸庸碌碌,不被皇帝待见,宁为鸡头不为牛后。如此心高气傲之人,一旦欲望不得满足,后果殊为严重,常人娶其为妻,亦难享家庭琴瑟和鸣之美。

闭月貂蝉,能歌善舞,可见才美;身虽下贱,能主动替主人分忧以报恩,可见心美;于董卓吕布两虎之间游刃有余,诱其相斗,替天下除害,不辱使命,可见智慧之美。当吕布命丧白门楼,其不愿辜负多年珍惜自己的吕布,以死拒绝了曹操将自己赐给关羽的命令,可见德行之美。貂蝉以一弱女子而处三国虎狼之际,已属艰难,犹能以微贱之躯挽大厦之将倾,为汉室献身尽智,为国家牺牲小我,实乃古今罕有之奇女子,难怪王允亦为之下拜,虽吕布之流亦当为之汗颜。才、色、智、德俱全,外秀而内慧,堪称四美之首。

《甄嬛传》有云:"心善则貌美。"故当今很多女子能获得网民之"最美"之赞。如《红楼梦》中王熙凤,《甄嬛传》之皇后宜修、华妃世兰,虽貌若天仙,智若孔明,然心若蛇蝎,实不可以"美女"称之。至如貂蝉、李香君之属,有德有义,知恩图报,心存国家百姓,虽卑微下贱,或是家养歌舞伎,或是青楼卖春女,亦足当"美女"之称谓,且传世而不朽矣。

匹夫也要常忧国

"起来！不愿做奴隶的人们！把我们的血肉，筑成我们新的长城！中华民族到了最危险的时候，每个人被迫着发出最后的吼声……"每当听到这首《义勇军进行曲》，我总是热血沸腾，我的脑海里总会想起马占山将军鏖战白山黑水的场面，佟麟阁、赵登禹将军血洒卢沟桥的场面，平型关八路军首战大捷的场面，台儿庄日寇遗尸无数的场面。每次想起抗日英烈们的壮烈事迹，我都会肃然起敬：如果没有他们，成为了亡国奴的我们，今天的命运将会怎么样，恐怕难以想象。

然而，每当歌声与热血过后，我又常常会想：为什么一个世界人口最多、国土面积很大、经济总量那么高的国家，竟然会被日本这样的弹丸小国不放在眼里呢？这难道不引人深思吗？

曾经有人说，那是因为中国国力弱小。其实，中国的人口也好，国土也好，经济总量也好，都没有减少什么，综合国力并不弱，相对于当时的日本、荷兰、葡萄牙等国家而言，仍然是一个庞然大物，一点都不弱小。真正弱小的是我们民族的心，真正的原因是我们的国民没有忧患意识，没有危机感。

无论是哪个时代，一个国家的国民如果没有危机感，没有忧患意识，都将面临亡国灭种的命运。我国古代的北宋与南宋政权，在面临辽金与蒙古这样的强敌环伺的时候，忘记了"忘战必危"的古训，始终想着媾和，追求偏安一隅，幻想卧榻旁边的豺狼虎豹总会有饱餍的时候，即使是已经被迫签下了"澶渊之盟"，即便是被追得舟居海上，仍然没有危机感，仍然不图崛起恢复，直到靖康之变、二帝被掳，直到崖山，赵昺跳海而亡，为"山外青山楼外楼，西湖歌舞几时休？暖风熏得游人醉，直把杭州作汴州"一诗作了一个最好的注脚。

苏联同样如此。作为超级大国，其国土面积、经济总量、军事实力，都是在全世界数一数二的。然而,由于苏联从上到下忘记了"美帝国主义亡我之心不死"的教诲,对和平演变失去应有的警惕,结果,一个庞大的国家顷刻之间四分五裂、土崩瓦解。

再回到中国的近代。中国之所以会遭受鸦片战争、甲午战争、抗日战争等一系列战争的侵略,其根源是在经历一百余年的所谓"康乾盛世"的安逸生活后,从上到下没有一丝的危机感,举国上下都欣欣然地以中央帝国自居,一派歌舞升平的景象,全然忘记了历史教训。加之闭关锁国,完全不知道国门之外已经是虎狼成群,强敌环伺。

古语云:生于忧患,死于安乐。又说:忧劳可以兴国,逸豫可以亡身。一个国家,无论处于何种时代,都必须具有忧患意识,都必须具有强烈的危机感,无论其国力多么强大,否则,就会很快倾覆灭亡。基于此,我特别敬佩以毛泽东同志为代表的老一辈革命家的远见卓识,他们一字不改地把《义勇军进行曲》确定为中华人民共和国的国歌,时刻提醒着每一个中国人,中国曾经遭受过的屈辱,差一点灭亡的危险,让每一个中国人都具有强烈的危机意识、忧患意识。

然而,今天的中国,虽然基本实现了小康,物质生活比较富足了,但是,吸食"鸦片"的人似乎超过了道光咸丰时期,赌博、游戏、冰毒等新式鸦片,让不少人越来越成为鲁迅先生笔下那种"麻木愚昧冷漠"的国民。

也许有人会说:国家大事,只需要领导层考虑就行了,我们这些平头百姓,操什么空心?我要说,国家不只是领导人的国家,是每个国民的国家。当民族危机真正降临的时候,最先受难的往往都是普通百姓。从甲午战争到抗日战争胜利 50 年间,中国人死伤近 4000 万,平民百姓占多少?绝大多数!古语说得好:天下兴亡,匹夫有责。陆游也说:"位卑未敢忘忧国。"有责忧国的人,当民族危机降临时,一定是敢于抛头颅洒热血、坚守民族气节的人,而无责、麻木冷漠的人,往往最先成为通敌卖国的汉奸贼子。

今天的中国虽然比近代强大了一些,但是,这个世界依旧不太平,希望中国四分五裂、日思夜想中国倾覆灭亡的大有国在!我们不要去做乾隆皇帝那样"天朝上国"的美梦,但也决不能再回到被列强任意宰割的时代!孙子曰:"上下同欲者胜。"让我们全体国人牢记历史,警钟长鸣,紧密聚集在中国梦想的旗帜之下,为建设一个更加富强的中国、为实现民族复兴伟业而各尽智力。

"……起来!起来!!起来!!!我们万众一心,冒着敌人的炮火,前进!冒着敌人的炮火,前进!前进!前进!进!"

计长远者勿贪小利

　　清朝康熙年间,有个南昌人在京城书铺买书时,不小心失落一文铜钱。旁边一个秀才用脚踩住这枚铜钱,待南昌人走后,拾起来放进了自己的腰包。旁边坐着个老头子,忽然站起来,问这人的名字,冷笑两声,走了。后来,这个京城秀才被选任为常熟知县。他收拾行装赴任,先到苏州见江苏巡抚汤斌。汤斌却传令下去,通知此人不必赴任。那人问:"我为何不能赴任?"汤斌传话说:"贪污!"又问:"我尚未赴任,哪来的赃款?"又答:"你难道不记得当年书铺之事了?做秀才时,你就已爱钱如命,侥幸当上了地方官,岂不要伸手到人家的口袋里去偷盗,成为戴着乌纱帽的窃贼?"那人这才知道,当年那个老头,竟是这位汤老爷。于是,他羞愧地辞官而去。

　　这就是有名的"一文钱"的故事。因为贪图一文钱,结果却葬送了自己的功名前程,也败掉了自己的声名,乃至遗臭万年,何苦乃尔?估计这位秀才一定会悔不当初。可是,不少人在身败名裂之前,还是喜欢贪图小利的。历史上贪图小利而身败名裂最为典型的当数虞公。晋献公为了夺取崤函要地,决定南下攻虢,但虞邻虢的北境,为晋攻虢的必经之途。晋献公遂采用各个击破之计,先向虞借道攻虢,再伺机灭虞。于是,晋献公派荀息携带美女、骏马等贵重礼品献给虞公,请求借道攻虢。虞公贪利,又被荀息花言巧语所迷惑,遂不听大臣宫之奇劝阻,借道与晋。结果,晋军攻下虢国之后,班师途中,乘虞不备,突然袭击,俘虞公,灭其国。这就是"假虞灭虢"的故事。

　　细观历史,自古以来,那些贪图小利者,基本上都没有什么好结果。而那些有远大理想、有广阔胸怀、有坚定原则、有高尚修养的人,是一定不会贪图眼前的一些小利的。春秋时代的子罕不贪小利,成就一世英名与一个美好的郑国。有个人得到一块玉石,将它献给子罕。子罕不肯接受。献玉石的人说:

"我曾经把这块玉石拿给玉工鉴定过,他认为这是一块宝玉,因此我才敢献给您。"子罕说:"我把不贪图财物的这种操守当作宝物,你把玉石作为宝物。如果你把宝玉送给了我,我们两人都丧失了宝物,还不如我们都保有各自的宝物。"东汉时期的杨震,因为不贪小利,成为官员楷模,留名青史。杨震调任为东莱太守时,路过昌邑。昌邑县令王密是他在荆州刺史任内荐举的官员,听到杨震到来,晚上悄悄去拜访杨震,并带金十斤作为礼物,既对杨震过去的荐举表示感谢,也想通过贿赂请这位老上司以后再多加关照。可是杨震当场拒绝了这份礼物,并说出了"天知、地知、你知、我知,怎说无知?"这句名言。子罕也好,杨震也好,他们除了品德修养高之外,还都非常清楚,玉石也好,十斤金也好,与自己的功名前程,与自己的一世英名相比,永远都只是小利。或者,我们可以这样说:这些人的理想、人品,决不只值一块玉、十斤金。

不需说这些历史上的伟人,就是我们平常生活中的许多凡人,也知道小利是不能贪的,为小利而牺牲自己的人品清名是不值得的。随便去网上搜一搜,就可以看到很多环卫工人拾金不昧的报道,我们同学中间也有很多这样的故事。可是,我们中间也还是有一些人,以为有便宜不占是傻瓜,不占白不占,譬如到超市买东西,乘收银员不注意,顺便搞点夹带。这些行为,其实是在作践自己,是在丢自己的人,在败坏自己的人品,在毁掉自己的理想前途。殷鉴不远,可不慎哉?

狐狸爬上了树

　　金狐尚进出生于豪门，其家族曾经凭借智慧而显赫一时：曾祖父借助老虎的威势，不但骗过了老虎，还震慑了百兽；祖父在山中发生大火、百兽唯恐逃之不及时，大肆吹捧猫的爪子厉害无比，让晕了头的猫为自己火中取栗，不仅让自己饱餐一顿，还把猫族狠狠要了一把。不过，凡事有利亦有弊，一系列的事情下来，金狐家族固然享有了动物中"智多星"的称号，但暗中也结下了不少梁子，一些人早就等着看金狐家族的笑话。这不，到了尚进父亲的时候，因为吃不着葡萄，就说葡萄是酸的，被那些人狠狠地嘲笑了一顿，弄得金狐家族很长时间抬不起头来。尤其是曾经被要了一把的猫族，更是轻松地爬到树上，摘下葡萄来炫耀，然后把葡萄用脚踩成泥，就是不给狐狸们吃。因此，尚进的父亲临终时，流着泪对尚进说："儿啊，为父死不瞑目啊，古人说，知耻而后勇，可惜我无法雪耻了，希望你能爬上树去，摘下葡萄来，重振我们家庭的雄风。你要让所有的动物知道，我们金狐家族不只是个靠取巧得胜的家族，也是一个勤奋有实力的家族。"说完，就瞪着双眼，撒手而去。

　　办完父亲的丧事，尚进就开始练习爬树，可才爬一步，就上不去了。猫在树上一看乐了："快上来呀，快上来呀。"狗则摇着尾巴慢悠悠地过来安慰尚进说："算了，我也曾想上树去追猫，可不但没能爬上去，还留下个什么'扶猴子上得了树，扶狗上不了树'的笑柄，我就放弃了，依旧专心地练我的短跑，攻我的长项。"别的家族的狐狸看了，也过来对尚进说："我们狐狸天生是'智多星'，是靠脑袋吃饭，而不是靠技术或力气吃饭。我看你还是安于现状吧。"尚进听完，一股倔劲顿时上来，说："我就不信我爬不上树。"说完退后两步，再往树上一冲，"噔噔噔"连上几步，正高兴着，爪子却抓不着树干，立时头下脚上摔了下来，灰头土脸的，旁边的动物们一齐哈哈大笑。有的说："不听老人言,吃亏在眼前。"有的说:"树岂是谁都能爬得上的。"尚进在一片嘲弄声中,灰溜溜地回到了家中。

"算了吧,我们天生不是爬树的料!""爬不上树,我们不照样过得很好吗?"家中的人你一言我一语地劝慰着尚进。尚进呆呆地看夜空,没有说话。他在想:狗熊体重那么大,可以爬上树去,蛇没有爪子,可以缠上树去,猴子们不但能爬树,还可以在树上跳跃,为什么我们狐狸就爬不上呢?

第二天,尚进出去捕猎。快到一棵松树底下时,他发现两只松鼠正在树下拾松子吃,便蹑手蹑脚地走过去,没想到还是被耳朵很灵的松鼠听到了。他们"倏"的一下就爬上了松树,在树上一边吃松子,一边对尚进笑着说:"上来啊,上来啊!"尚进对着树冲上去没几步,又摔了个鼻青脸肿,悻悻地回到家中。

晚上,望着夜空,尚进觉得自己真没用:"算了吧,我真的不是那块料,为什么要拿自己的短处和别人的长处去比呢?我可以继续发扬自己的长处嘛!"然而,父亲临终时的话又回想在耳边:"希望你能爬上树去!希望你能爬上树去!""我不能就这么被人嘲笑,我一定要爬上去!"尚进咬牙说着,翻身走到家门口一棵歪斜的树旁,慢慢练起来。夜深人静,没有人鼓劲,也没人嘲弄,然而,进展却太慢。几天下来,斜的树干可以上去几步,而笔直的树根本无法着手。

累得筋疲力尽的时候,尚进躺在地上,突然想到自己曾经观察的狗熊爬树的情形。以前没想过要爬树,也就没怎么在意狗熊是怎么爬树的。第二天,狐狸跑出去看狗熊爬树,晚上回来就偷偷地练。一天到晚,常常是精疲力竭,躺下来就想睡。但是,只要想到如果能爬上树,不但能一雪家族的耻辱,还能吃到更多的东西,尚进就有使不完的劲。

又是一年葡萄熟了,高高的葡萄架上满是一串串紫色的珍珠。猴子和猫正在葡萄架下歇凉,看到尚进带着妹妹过来,两位"嗖嗖"两下蹿上葡萄架,不怀好意地对尚进笑着、喊着。尚进看了看葡萄,对妹妹说:"你想吃葡萄吗?"妹妹说:"这葡萄是酸的!""不,这葡萄很甜,不信哥摘给你吃就知道了。"猴子和猫听了,一齐嘻嘻地笑,突然,一团金色的火焰一闪就上了高高的葡萄架,一反手摘下一串葡萄扔向地面;再一闪,就下了葡萄架,惊得猴子和猫目瞪口呆,回过神来发现是尚进时,立马飞奔而去。妹妹一边吃着葡萄一边说:"哥哥,这葡萄真的很甜很好吃呢。"尚进回答说:"当然!如果你能不迷信,走出我们狐狸天生不是爬树的料这个思想牢笼,你会发现,很多东西是甜的。"说完,尚进轻轻地嘘了一口气,遥望着远方。

地面之脏脏了谁？

张学友的衡阳演唱会结束之后，衡阳体育中心内外一片狼藉，让很多人想起了过去两年平安夜解放路的狼藉景象。集会过后的地面之脏，令我们都非常气愤，人们都齐声谴责那些低素质的行为、不文明的行为。然而，没有参与的衡阳人也难以逃脱被指责的命运，因为，大家都是这样说的：你看，衡阳人的素质就这样！

我不禁想起自己前不久在学校监考时发生的一幕。当我信心满满走进一个所谓高素质班级考生所在的教室时，我发现自己没有放试卷的地方：讲台上一片狼藉，地面满是纸屑垃圾。为了不影响考试，我只是把讲台收拾干净。下考的时候，我对这个班的学生说："你们在这样的环境里已经考试了几堂，还要考几堂，难道就不想要一个舒适干净一点的环境吗？这满地的垃圾你们也看得下去？"有同学说，这是一个公共课教室，考试之前就这样。我回答说："你们在这里考试几天，看到的人会怎么说？一定会说你们的素质低下！这个教室的地面肮脏，最终脏的是你们！我希望，凡是你们走过的地方，都不会留有垃圾，都是干干净净的。我希望你们记住，这也是一场考试！甚至是比我们纸上的考试更重要的考试！"半个小时后，当我再次走进教室的时候，同学们已经把教室收拾得干干净净，我对他们表示了赞扬与感谢！

回到衡阳体育中心，当那么多的衡阳人在参加一场高水平的文化盛宴的时候，当我们在享受现代文明带给我们的快乐的时候，我们留下的却是极端的不文明甚至是野蛮，这合适吗？后来，我在与班里的同学讨论这个热点话题的时候，我说：我们经常把这种情况称之为狼藉，其实很不对，是对狼的侮辱，因为，这种情形只有低素质的人才干得出来，是典型的一片人藉。身为衡阳人，我感到非常的惭愧。

但是，我们决不能以为这样的情形只是脏了那一部分坐在教室的人，那一部分坐在体育中心看演唱会的人，它脏的是我们所有的同学老师，它脏的是我们所有的衡阳人。所以，看到这样的情形，我们所要做的不是指责，而是行动！不是谴责那一部分人，而是监督他们，同他们一道，把地面的垃圾捡起来，同他们一起保持衡阳的干净整洁与文明。

我们常常以为乱丢垃圾的人的行为只是显示了他自己的低素质，我们常常以为搞脏一个地方的人只是搞脏了他自己，所以经常会"事不关己高高挂起"，所以只是气愤地在旁边指指点点，不停地谴责甚至咒骂。这种想法其实是大错而特错了。回想20世纪90年代，部分人把衡阳火车站搞臭了，结果是整个衡阳人背负一个坏名声："火车好坐，衡阳难过。"一场"贿选案"更是让整个衡阳人蒙羞，绝不只是衡阳官场！我不相信衡阳官场如《苏三起解》里面唱的那样，没有一个好人，我接触的官员就很有几个好人，有很有事业心的人，有乐于帮助那些孤残贫困户的人，有很有正义感的人。但是，因为一场贿选案，他们同样蒙受羞辱。我也不相信观看演唱会的所有人都是低素质的，但是，极少数人的行为却让全体观众埋单，让整个衡阳人背负不文明之名。

创建文明衡阳，人人有责绝不是人人无责，而是真的有责、负责。如果我们还有人抱着隔岸观火的态度来看待文明创建，以为只要那一部分不文明的人文明起来就好了，我们已经很文明了，不及时对不文明的行为进行监督提醒，不从自己做起，从身边做起，那么，我们也同样摘不了不文明衡阳人的帽子。

我们一定要记住：身边的地面脏了，如果我们没有任何行动，最后一定会脏了我们自己！

边关军人的一曲悲壮之歌

两情久长是一门学问

直道而行，还需讲究策略

庄子的诡辩术，高明

第 **3** 辑

经典重读

边关军人的一曲悲壮之歌
——读《采薇》

我们都熟悉范仲淹的《渔家傲·秋思》："塞下秋来风景异，衡阳雁去无留意。四面边声连角起，千嶂里，长烟落日孤城闭。浊酒一杯家万里，燕然未勒归无计。羌管悠悠霜满地，人不寐，将军白发征夫泪。"因为"燕然未勒"，所以有家不能归，无论将军还是征夫，都很想家，都忍不住伤心流泪。

中国边关军人的这种情怀，自古以来都差不多，唐人王翰的《凉州词》也很有名："葡萄美酒夜光杯，欲饮琵琶马上催。醉卧沙场君莫笑，古来征战几人回？"汉人陈琳的《饮马长城窟行》分别以旁观者的口吻、边疆战士的口吻、家中思妇的口吻，真实地诉说了边塞征战之苦。不过，最早抒写军人边关之苦的还是《采薇》。

《采薇》用第一人称的手法，从三个角度写了边关军人的生活情感。一是边关生活之艰辛，二是战事之频繁激烈，三是对家乡亲人思念之强烈。

先说边关生活之苦。那个时候的后勤保障与后来红军长征过雪山草地差不多，只有靠自己去采摘野菜充饥。薇只是所采众多野菜的一种，也是众多野菜的代名词。而且，所采的薇——野菜，普遍都是从刚刚长出嫩芽就开始采摘，一直要采到薇菜又老又硬的时候。简言之，全部靠野菜充饥，哪里有什么营养？吃的如此，住的又怎么可能好到哪里去？一年四季甚至几年不能回家，穿的也不会干净整洁，何况还要在战场上冲锋陷阵？

再说边关战事之激烈。诗中有好几处直接叙写："王事靡盬，不遑启处。""岂敢定居？一月三捷。""岂不日戒？玁狁孔棘！"因为战事频繁激烈，边关军人连一天的好好休息都没有，每天不是严密的戒备，就是惨烈的搏击。"一月三捷"——一个月就多次打胜仗，既说明军人们的英勇善战，屡战屡捷，也说明战事之频繁不息，战士们战斗之艰苦。虽说军人是为战争而生的，但是，如果不是为了保家卫国,真正有谁愿意日夜战斗在战事不息的边关?又有谁愿意每天都生活在激烈的战争时期?军人们的艰辛付出可想而知。

至于对家乡亲人的强烈思念,则是贯穿全诗的主线,笼罩全诗的情感。本诗的主人公正行走在归乡的途中,正所谓"近乡情更怯,不敢问来人",越是久离家乡人,在快要回家的时候,越是着急,越是心切,越是担心,越是害怕。一方面,过去的通信手段太落后、太慢,何况是远在边关;另一方面,生活艰苦,战斗激烈,也就更加思念在家时温馨宁静的生活。可是,作为军人,必须卫戍边关,舍小家为大家,正如霍去病所说,"匈奴未灭,何以家为"。所以,他们只能把对家的思念牵挂放在心里,直到彻底打退了敌人的骚扰,彻底打败了敌人,在回家的路上,才有时间来思念一下家乡与亲人。但是,回家的路上,又冷又饿,既思念家乡又不知亲人的情况,叫这些多年在边关戍守打仗的军人,怎能不悲伤?军人有泪不轻弹,只因未到伤心时!

可贵的是,这些军人,他们虽然在那么恶劣的环境中戍边打仗,却能够尽职尽责,却能够克服一切困难,战胜敌人,取得保家卫国的胜利,为国家安定了边疆。过去一段时间,我们国家曾经大力宣传军人之伟大献身精神,好像军人是铁铸的而不是肉长的,似乎没有七情六欲,不食人间烟火,有些过了。但是,反过来说,边关的艰苦与危险的确不是我们一般人所能想象的。所以,再怎么赞扬卫国戍边军人的伟大,都是不为过的。今天,我们也有条件能够不让戍边卫国的军人再去采野菜吃,能够满足他们与家人联系见面的愿望,但是,我们必须记住,我们可以要军人为国流血,却应该尽量避免他们流泪,我们要尊重军人,赞扬他们的无私奉献,真正把他们看作最可爱的人。

向历朝历代为了保家卫国、戍边杀敌而无私奉献的军人致敬!

两情久长是一门学问

——读《氓》

　　《氓》可以说是《诗经》中写婚姻悲剧的典型，是爱情很浪漫、婚姻是坟墓的典型。《氓》的女主角与氓是自由恋爱、自主婚姻，甚至可以说是在家庭其他成员反对的情况下毅然决然嫁给了氓。可是，这样一个本来美满的姻缘，最后为什么会以悲剧结束呢？

　　历来的论者，都是站在女主角的立场，谴责氓的负心薄幸。的确，从女主人公的控诉来看，这位与她青梅竹马的男子，身上缺点不少："女也不爽，士贰其行。士也罔极，二三其德"；"言既遂矣，至于暴矣"；"信誓旦旦，不思其反"。这位男子背叛了当初的爱情誓言，三心二意，甚至对自己的妻子实施家庭暴力。总而言之，男子的行为令女主角忍无可忍，最后决定离婚，休了他！其实，还不止这些，还没有结婚的时候，这位男子就没有宽广的胸怀，不仅不对自己没有找一个好媒人去说合这门亲事以至于婚事延期进行反思，反而埋怨女方故意拖延婚期。诗歌太短，内容有限，相信女主角的苦楚还有很多没有说出来，或者还有一些不好说出口的，都打了省略号。

　　我也对这位女士充满了同情：失败的婚姻，受伤更多的往往是女性。同时也对这位女士满是赞叹：有那么大决绝的勇气从不幸的婚姻中抽身而出。但是，我也要指出，一个巴掌拍不响，女主角本身在这场失败的婚姻中，同样负有不可推卸的责任。也许会有人感到奇怪，且听我解释一番。

　　应该说，女主角和氓是自由恋爱结合的，从开头准备结婚的情况和后面追忆小时候"总角之宴，言笑晏晏"的情况看，女子对于男主角是"一日不见如隔三秋"，极为喜欢的。相反，她的家庭可能从一开始就不看好这场婚事，这从"兄弟不知，咥其笑矣"一句可以看出一些道道来。很多事情都是当局者迷旁观者清。爱情很容易蒙蔽人的眼睛，这位女子也是如此，所以，是她自己

090

做决定把自己嫁给氓的,我相信关于这一点没有人会反对。也就是说,这位女子不愿意听取别人的劝告,结果造成了自己的悲剧。

俗话说,"知己知彼,百战不殆"。结婚的两个人要长期相处,一定要互相了解并互相理解。这位女生既对男生不了解,也不愿意听取亲人的劝告,还不了解自己,反而喜欢责怪埋怨对方。从"匪我愆期,子无良媒。将子无怒,秋以为期"一句看,婚事日期的决定权还是在她的手里,可能是男生没有满足她的某个要求,于是就假托对方没有良媒。但是,当看到自己喜欢的男子可能因为自己的拖延有了脾气,甚至可能结婚成为泡影的时候,她立即妥协了:那就秋天吧。原来她心里所坚持的底线也好原则也好,统统都挡不住一个"情"字。

不仅如此,这位女子还是一个典型的情绪化的角色。"不见复关,泣涕涟涟。既见复关,载笑载言。"对于这种人,说得好听一些,就是感情丰富,说得不太好听,就是比较任性。比较任性的人往往伴随着好强——不是那种事业上的好强,而是那种斗气时的好胜,吵不赢决不罢休。这或许就是男生为什么'至于暴矣"的原因吧。

这位女子确实能干又勤劳:"三岁为妇,靡室劳矣。夙兴夜寐,靡有朝矣。"但是,她把这些作为丈夫应该对自己珍惜的理由就大错而特错了。很多女人,结婚之前,把恋人看得比谁都重,而一旦结婚特别是有了孩子之后,又常常把丈夫抛诸脑后。这位女士看起来还没有生孩子,成家之后,她很快进入角色,想迅速发家致富,因此"夙兴夜寐",但是,家庭最需要的不是金钱,而是温情。七仙女下凡找董永,虽然生活清贫,但是却有很高的幸福指数。"你耕田来我织布,你挑水来我浇园"的背后,更多强调的是夫唱妻随,夫妻和睦,相濡以沫,而不是勤劳致富。这位女子认为自己为家里操劳挣钱,就应该得到丈夫的重视怜爱,实在是本末倒置了。情感才是家庭与婚姻的纽带,而金钱不是,哪怕"没有钱是万万不能的"。

婚姻需要以感情为基础,若是希望感情长久,婚姻幸福,则一定需要用心经营。如果像这位女士那样任性,还总是把所有的责任都推给对方,这样的婚姻,怎么可能长久?怎么可能幸福?

直道而行,还需讲究策略

——读《离骚》

每次读完《离骚》,总要为屈原的不幸命运而悲叹,为屈原的直道而行而赞叹,为屈原的超人才华而慨叹。不久前的端午节,我还写了一首不成调的诗来纪念屈原:"汩水长流可曾记,屈平投水日有几?粽叶飘香龙舟闹,楚辞渐疏精神离。买椟还珠平常事,弃人取物从不稀。但愿明年端午节,追思先贤风能遗。"

的确,即使是在自己一再被疏远被贬斥被流放的时候,屈原的那种爱国忠君情怀、那种报国的抱负、那种直道而行的品质一直没有改变。"不管世人如何苟且,我只是初心不改。"这种人,无论是过去还是现在,世间实在是少之又少。古往今来,因为挫折打击而改变自己的品行节操甚至信仰的,多了去了,此处不留爷自有留爷处的人也多了去了,以至于康熙皇帝要专门为那些明朝的叛臣作一部《贰臣传》。屈原所在的战国时代,朝楚暮秦的人则更多了。然而,屈原是个例外,他是楚国的赤子,不管在自己家里如何委屈,他做人做事的原则都不愿意稍做一些改变,更不用说让他背叛楚国到别的国家去。我们看看屈原的内心表白:"亦余心之所善兮,虽九死其犹未悔。""固时俗之工巧兮,俪规矩而改错。背绳墨以追曲兮,竞周容以为度;忳郁邑余侘傺兮,吾独穷困乎此时也。宁溘死以流亡兮,余不忍为此态也。"这就是我们伟大的屈原,宁折不弯,宁死不屈,他虽然姓了一辈子的屈,也受尽屈辱,但是,却从来没有"屈"过,也从不曾想过要"屈"。

屈原就是这样,认准了一条路,一直走到黑,从来不曾想过改变。正如但丁所说:走自己的路,让别人说去吧。

但丁的这句名言,自然有其道理,但是,如果世界上每个人都只顾走自己的路,而不顾别人怎么说,那么,可能最终也会无路可走。屈原就是这样。

屈原也曾经发光过。一段时期,他备受楚王的信任,因为是楚王的本家,"为楚怀王左徒。入则与王图议国事,以出号令;出则接遇宾客,应对诸侯。王甚任之"。那一段时期,楚国里有些励精图治的味道,外则联盟齐国抗衡秦国。但是,屈原缺乏"功成不必在我"的器量,当上官靳尚想夺屈原制定法令制度的功劳时,屈原坚决不给:明明是我制定的,你根本没有这能力与水平,我为什么要给你?虽然从做人的原则看,屈原没有错,甚至做得很对,就应该坚持原则;但是,如果从做事情的角度看,却不一定是最好的选择。如果从有利于事情的成功,有利于百姓有利于国家的角度看,只要事情能够做好,是不是挂了做事情的人的名字,一点也不重要。只要事情办好了,功劳归于他人又何如?可惜,世间常常有很多人,宁肯把利国利民的好事办砸了,也决不愿意推功于人。也因此,古语云:圣人无功,故能成其功;圣人无欲,故能成其欲。庄子也说过:"至人无己,神人无功,圣人无名。"真是至理名言啊。

从这个角度来说,屈原确实错了,错在没有注意方法与策略。当国家危亡之际,到底是自己做人做事的原则重要,还是把事情做好使国家转危为安乃至兴旺发达重要?很显然,国家利益至上,人民的利益至上!与大我相比,小我可以忽略不计。为了人民与国家,我们的生命都可以毫无保留地付出,何况什么名利?我们所追求的目标,是那些利国利民的事情可以办成,而不是自己得到一个好名声。我们看历史,就可以看到不少书生气十足的人,为了博得一个忠臣之名,不要说陷国君皇帝于昏君的境地,很多时候,乃至置国家危亡于不顾,明末东林党人就是典型,当大明王朝已经摇摇欲坠的时候,当崇祯皇帝已经吊死在煤山的时候,南京城里,东林党人与阉党余孽还在那里争权夺利,斗得你死我活。

屈原还真该跟张居正学一学,为了心中的抱负,可以忍辱负重,可以委曲求全,可以虚与委蛇。只要自己的主张得以贯彻施行,国家人民受益,个人是不是被历史被后人记住,那已经不重要了。但是,屈原没有这个器量,屈原只能过那种顺风顺水的日子,他只可以被宠幸信任,而不能被排挤打击。一旦抱负不能实现,一旦遭遇贬谪打击,他就牢骚满腹,他就怨声载道,他就上斥君王的昏庸,中诅咒上官们的奸佞,下说世风工巧。总之,举世混浊只有他独清,举世皆醉只有他独醒。这样把所有可能帮助自己成就事业的人都变成自己的敌人,而不是团结一切可以团结的人,屈原怎么可能不以悲剧收场呢?倘若屈原能够像张居正那样做一些改变,团结一切可以团结的人,既坚持自己的底线毫不动摇,也讲究一下做人做事的策略,凭着楚国的地广人多物博,最终能够统一六国的,是不是秦国就很难说了。可惜,历史是不会重来的。

悲哉屈原!惜哉屈原!

庄子的诡辩术,高明

——读《逍遥游》

　　春秋战国时期的诸子百家,真正能够后继有人的,可能就只有儒家和道家了。儒家自不必说,因为得益于千年封建王朝的"独尊儒术",一家独大,成为国教,绵延至今。而道家之所以能够流传至今,主要得力于庄子学说思想的影响力,尤其是他高明的诡辩术。这种诡辩术,单从《逍遥游》一课之中,就能够领略一二。

　　第一,虚虚实实,真假难辨。"北冥有鱼,其名为鲲。鲲之大,不知其几千里也。化而为鸟,其名为鹏。鹏之背,不知其几千里也。"北海到底有没有这样的大鱼? 世间到底有没有这样的大鸟? 谁也不知道,庄子也是道听途说,说是专门志怪的《齐谐》里记载的。你不相信? 可以。那么,"且夫水之积也不厚,则其负大舟也无力。覆杯水于坳堂之上,则芥为之舟;置杯焉则胶,水浅而舟大也",这个道理与事实,你总得认账吧? 既然认账,那么,同样的道理,在天空中,如果风也就是空气积聚得不够厚,则"其负大翼也无力",对不对? 对,那么,是不是有可能存在那样大的鱼那样大的鸟? 你没有办法承认,你也没有办法否认,因为,你拿不出证据。庄子当然也拿不出证据来证明它们的存在,但是,他根据这种逻辑推理,推论传说中的东西存在,至少,他让你没有办法坚信你原来认为根本不存在的东西。到了这一步,庄子实际上已经做到了他想做到的事。这是他的第一招,恰如《红楼梦》中所说的那样:"假作真时真亦假,无为有处有还无",真真假假,假假真真,虚虚实实,实实虚虚,以真证假,以实证虚,让你难测虚实,难辨真假,从而相信他所说的"道"。课文后面,庄子同样用了这一招。宋荣子能够"举世誉之而不加劝,举世非之而不加沮,定乎内外之分,辩乎荣辱之境",这是真的,今天我们也有人能够做到;然而,列御寇能否做到"御风而行",并且是"旬有五日而后反",谁又能说得清呢?

第二，你不信只是你无知，只是因为你没有看到，你相信就跟我修道。蜩与学鸠之所以讥笑鹏鸟要飞那么高，就是因为它们不懂得"适莽苍者，三餐而反，腹犹果然；适百里者宿舂粮，适千里者，三月聚粮"的道理，他们平时"抢榆枋而止"，飞得低，所以它们永远不知道鹏鸟为什么要飞那么高。同样的，"朝菌不知晦朔，蟪蛄不知春秋"，你跟只有一个早上寿命的朝菌去说还有初一十五，你跟只有一个夏天生命的蟪蛄去谈一年有春夏秋冬，打死它们也不会相信。你还别以为我们人类多么聪明，多么有见识，布鲁诺只因为相信并宣传地球不是宇宙的中心、地球是围绕太阳转这么一个在我们现在看来再简单不过的真理，就被那些打死他们都不相信的人烧死了；塞尔维特也只是因为提出了血液在心肺循环流动的生理学说被烧死。的确，"小知不及大知，小年不及大年"，没有达到一定的高度，你可能永远都没有办法去理解别人，理解他们的行事方法，他们的理想与追求，就像现在网上有的人，他们依据在他们看起来非常科学的论证方法，认为邱少云没有办法忍受烈火的焚烧，黄继光的血肉之躯没有办法抵挡子弹。庄子的论辩术的确高超，他以一种雄辩的逻辑告诉你：如果你达到了一定的高度，具有了一定的知识或见识，你才能理解更高一层的事物与道理；如果距离太大，你就没有办法明白与理解比你所认识的高得多的事物与道理。房龙在《宽容》序言里也讲过这样一个故事：长期在一个封闭的山谷里居住的人，永远都不相信山外面有一个更精彩更美好的世界。古希腊著名哲学家芝诺也有一句经典名言："人的知识就好比一个圆圈，圆圈里面是已知的，圆圈外面是未知的。你知道得越多，圆圈也就越大，你不知道的也就越多。"这句话说得很好，它告诉我们，越是那些知识面宽广的人，他们越是能够清楚地意识到自己所知道的是多么的有限，未知的是多么的无限；而我们绝大部分人的圆圈都很小，与未知的世界接触面也就越小，这就容易给我们造成一个误解：我未知的东西并不多。而我们常常沉迷于这样的误解中沾沾自喜，自以为是，并且顽固地认为那些新奇的知识事物简直就是奇谈怪论。回过头来再说《逍遥游》，庄子就是用这样的道理这样的逻辑，让你不得不信他：你认为没有道？那只是你不了解而已。你认为达不到那种逍遥游的境界？那只是你现在连宋荣子的境界都还没有达到而已。如果你跟我修道到了列子的境界了，你自然就会相信，总有一天你能够达到逍遥游的境界！

读了《逍遥游》，你不能不佩服庄子雄辩的逻辑，至少我们平时的作文里面，真可以好好学习他的这种论辩技巧。愿不愿意跟着庄子去修道？不愿意；服不服庄子所说的道理？至少我是真的服，很佩服。

教育切莫急功近利

——读《孟子见梁惠王》

　　近日,偶然又读到了《孟子见梁惠王》,不由得想起一些事,联系起在华南师大研修期间各位老师与同学们之间讨论的关于现在教育功利性的问题,很有一些感触。

　　可以这么说吧,人的本性都是趋利的。人在刚刚出生时,不明是非,只知道吮奶,只知道饱肚子,不知道为父母为别人着想,更不知道为社会为天下着想。所以,古代的教育非常注重对人进行善的诱导,抑制其趋利的一面,培养其趋善趋仁趋义的一面。宋代程朱理学之所以主张"存天理,灭人欲",正是因为看到了人的本性中趋利性的社会危害与长期危害,其实质是与孟子的思想一致的。

　　如果我们仔细分析孟子的话,就会发现,他的教育思想与主张极为重要。作为诸侯王,梁惠王当然希望孟子的到来,能够为自己带来实实在在的看得见的利益,这种露骨的趋利想法,立即遭到孟子的批判。如果作为诸侯国首脑的君王一开口就离不开一个"利"字,则必然引发国人的效仿,这种领导人的示范带头作用,在春秋战国时期也是很常见的。"楚灵王好士细腰,故灵王之臣,皆以一饭为节,胁息然后带,扶墙然后起。比期年,朝有黧黑之色。""齐桓公好服紫,一国尽服紫。当是时也,五素不得一紫。"可以想见,梁惠王开口闭口言"利",将会带来什么样的后果。其实,这种后果,这种危害,我们今天比之古人应该感触更深。所以孟子对梁惠王说:"未有仁而遗其亲者,未有义而后其君者也,王亦曰仁义而已矣,何必曰利?"意思是说,梁惠王只要宣讲好"仁义"二字,就可以得到他想要的利。也许有人会说,孟子这样说,岂不是言不由衷、巧言善辩?不然。我们今天的人往往讲究"种瓜得瓜,种豆得豆",却不知种瓜可以得豆,种豆可以得瓜。我们都知道有这么一个故事：彼得·潘问上帝天堂和地狱是什么样子，上帝便带他来到地狱。地狱有个大房间，十个人每人持着一个大汤勺，围着一口热气腾腾的锅，锅里有许多美食，但他们的勺子柄都太长了，却送不到嘴边，只好望着锅里流口水。上帝又带他去天堂。一切都和地狱一样，但这里却充满了欢声笑语。原来他们互相喂给对面的人吃。地狱中的人之所以下到地狱还吃不到美食，就是因为他们自私，只想到自己的利益，没有想到通过满足他人的利益来实现自己的利益，即"我为人人，人人为我"。说到这里我倒想起了一件事：我的大外甥小时候最喜欢把好一点的菜劝给大人，然后得到大人的表扬，又得到大人劝给他的好菜。我还曾经给学生讲述这样的故事：一是姐姐和弟弟吃苹果时，弟弟把好的大的苹果让给姐姐，结果姐姐还是把大的好的苹果给了弟弟；二是弟弟想姐姐总是把大的好的苹果让给自己，我不如直接拿大的好的，把小的差的给姐姐。然后，我问学生：两者都是弟弟吃好的苹果这样一个结果，到底有没有什么区别？学生都回答：有，这中间有本质的区别。前者姐姐虽然没得到好苹果，但她得到了尊重，得到了关爱弟弟的喜悦；后者不只是得到一个差苹果，还得到弟弟的自私和对她的不屑一顾。前者姐姐实现了心理平衡，后者则造成了严重的心理失衡。这种情况多了之后，就会造成严重的后果：自私成为正常，矛盾不断增多，风气逐渐败坏。这也恰恰是我们很多人对现在的社会风气不太满意的原因。回到孟子与梁惠王的对话，孟子就是要求梁惠王做到像天堂中的人和第一则故事中的弟弟那样，欲将取之，必先予之。要想别人对你好，你首先得对别人好，要想得到你想要的利，你首先得对百姓有仁义。这样做，老百姓也心甘情愿。因为，至少他们的心理实现了平衡：国君对我们讲仁义，我们当然也得给他一些利。这就是种瓜得豆的道理，也是我们常说的"我为人人，人人为我"。如果每个人都先想着"人人为我"，然后再去"我为人人"，其结果一定是人人都为自己，不可能会出现"人人为我"的局面。

再回到我们讨论的教育话题吧。今天的教育之所以经常遭受社会各方面人士的诟病，不是因为教育本身的功利，而是因为，我们的教育不该直白地只讲功利，正如梁惠王对孟子说的那样。教育的目的肯定是培养人才，但我们不能直白地说只是培养人才。我们今天从幼儿园、小学到初中、高中、大学的教育，无论是家长还是老师，给学生提的首要目标就是考个好学校，找个好工作，赤裸裸的功利！当然，我们也不能全怪教育，全怪老师家长，因为整个社会都功利过头了。我们的国家很长一段时间就唯 GDP，唯经济发展，世风如此,教育又能如何? 但是,教育人作为传道授业解惑者,作为塑造灵魂的工程师,作为培养习性、塑造人格、传承文化的工作者,还是要勇于承担起扭转世风的重任。其中最为重要的,就是让我们的教育目标回归传统和本源,即育人。正如陶行知先生所说的那样:千教万教教人为真,千学万学学做真人。

非常可怕的是, 我们很多老师还没有意识到目前这种功利性的教育所带来的后果,还没有意识到这种教育将可能给自己带来的危害,他们还在那里对功利孜孜以求,或是以补课求金钱,或是以压迫学生多读书多做作业日夜加班废寝忘食以求功名。近几年教育系统很多案例都足以说明这种唯功利性的教育所造成的严重后果,只是我们很多教育工作者没有认真地反省。我记得有这么几个典型案例。中科院院士、复旦大学附属眼耳鼻喉科医院王正敏教授被自己的学生兼前任助手王宇澄举报,江西临川二中、湖南邵东县先后发生的弑师案,等等。我不想对这些案件作过多的评述分析,我尤其对于两位兢兢业业的高中老师表达我的尊敬与悲哀。但是,我不能不说,这些案例之所以发生,都有我们老师汲汲于功利的因素。如果我们多关心学生的身心与做人,而不是只关心他们能否成才考大学,也许就不会有这些事情发生了。关于这一点,也许会有人不同意我的看法,所以,我也想借孟子对古代两个案例的分析来证明,不同的教育所造成的不同结果。逢蒙学射于羿,尽羿之道,思天下惟羿为愈己,于是杀羿。孟子曰:"是亦羿有罪焉。"公明仪曰:"宜若无罪焉。"曰:"薄乎云耳,恶得无罪? 郑人使子濯孺子侵卫,卫使庾公之斯追之。子濯孺子曰:'今日我疾作,不可以执弓,吾死矣夫! '问其仆曰:'追我者谁也?'其仆曰:'庾公之斯也。'曰:'吾生矣'。其仆曰:'庾公之斯,卫之善射者也。夫子曰吾生,何谓也? '曰:'庾公之斯学射于尹公之他,尹公之他学射于我。夫尹公之他,端人也,其取友必端矣。'庾公之斯至,曰:'夫子何为不执弓? '曰:'今日我疾作,不可以执弓。'曰:'小人学射于尹公之他,尹公之他学射于夫子。我不忍以夫子之道反害夫子。虽然,今日之事,君事也,我不敢废。'抽矢,扣轮,去其金,发乘矢而后反。"两种不同的教育,导致两种不同的结果。以功利为目标的教育,所导致的必然不只是教会学生去追求功利,还会产生很多出人意料的、危害极大的副产品。然而,古人云,"出乎尔者反乎尔",求仁得仁,我们又能够怨谁?

如果我们不改弦更张,仍然以功利性目标来定位我们的教育,从小的方面来说,恐怕会有更多的叛师案弑师案发生,从大的方面说,我们的社会将会越来越功利,最终可能会变成巴尔扎克的《高利贷者》所描绘的那样的社会:父子相怨,兄弟相残,师生反目,夫妻成仇。

但是,教育绝不是教育者的事,今天趋利性的教育也绝不只是教育者本身造成的,而是整个社会造成的,那些引领社会风气的楚灵王、齐桓公、梁惠王才是问题的关键。俗话说得好,解铃还须系铃人。令人欣慰的是,以习近平同志为核心的党中央已经充分意识到社会趋利的危害性,明确提出了社会主义核心价值观,并以此来引领和规范社会风气。教育人应该趁着这股东风,及时调整我们的教育目标。我们当然也看到了,教育部正在研究制定各学段学生发展核心素养体系,衷心期望教育能够早日回到育人育德这一本源上来,回到陶行知先生所说的教人求真与学做真人上来。如果能够如此,则不只是教育者之幸,也将是我们全民之幸、社会之幸、国家之幸。

附:《孟子见梁惠王》

孟子见梁惠王。王曰:"叟!不远千里而来,亦将有以利吾国乎?"孟子对曰:"王!何必曰利?亦有仁义而已矣。王曰,'何以利吾国?'大夫曰,'何以利吾家?'士庶人曰,'何以利吾身?'上下交征利而国危矣。万乘之国,弑其君者,必千乘之家;千乘之国,弑其君者,必百乘之家。万取千焉,千取百焉,不为不多矣。苟为后义而先利,不夺不餍。未有仁而遗其亲者也,未有义而后其君者也。王亦曰仁义而已矣,何必曰利?"

爱子女当为之计深远

——读《触龙说赵太后》

近读《触龙说赵太后》一文,联想到自己及不少人的爱子之法,甚为感慨不已。父母究竟应该怎样爱子,怎样才是为之计深远,的确值得我们反省与思考。

左师公触龙在劝谏赵威后的时候,拿赵威后对自己的女儿燕后与儿子长安君的两种不同方式的爱护方法进行对比,认为威后对女儿的爱远超于长安君,并且说出了一番道理:"父母之爱子,则为之计深远。"然后以事实证明:"媪之送燕后也,持其踵,为之泣,念悲其远也,亦哀之矣。已行,非弗思也,祭祀必祝之,祝曰:'必勿使反。'岂非计久长,有子孙相继为王也哉?""今媪尊长安君之位,而封之以膏腴之地,多予之重器,而不及今令有功于国,一旦山陵崩,长安君何以自托于赵?老臣以媪为长安君计短也,故以为其爱不若燕后。"一番说辞下来,赵威后非常爽快地同意长安君到齐国去做人质。

今天的很多父母,当然不可能给自己的子女"封之以膏腴之地",但还是想方设法"多予之重器"——金银财宝、房屋汽车、公司股份,乃至为其谋取职位铺平道路,这样的情况还是大有人在的。即使如我这样的工薪阶层,也是要想点办法给子女留下一些产业,每天总想着万一子女将来的生活没有着落,总还有地方可以住,有点钱可以吃饭,不至于成为乞丐。真是可怜天下父母心。

但是,我最近一直在思考这个问题:我们留下的这些财富真的是子女们需要的吗?我们给子女留下物质财富真的是为之计深远吗?从《触龙说赵太后》一文中看,触龙与赵威后都知道一个事实:那些得到物质财富的诸侯子孙,都后继无人了,一个重要的原因就是这些物质财富"近者祸及身,远者及其子孙"——没有例外。我不禁出了一身汗,反思自己的行为与做法来。

我们夫妻——主要是我——曾经一心一意为儿子考虑一切事情:上学、买衣服、考驾照、买房子、买车子、娶妻生子,等等。考虑到只有一个儿子,我们一直觉得不能让他走得太远,最好就在衡阳。我们甚至对儿子说过:现在一共有三套房子,等你读完大学回来就卖掉一套旧房子买一套新的,给你买一辆中档的汽车,在衡阳这个地方你一定会过得比较舒服,不需要太辛苦,不需要太拼命。我们几乎从来没有考虑过儿子是否愿意,是否舒服,这样是不是为他考虑得长远。事实上,儿子也一直反对我们夫妻对他一生的规划,他曾经说过:"那都是你们的描绘。"我们辛辛苦苦替儿子打算,以为他过得很舒服,其实他一点也不舒服,而且几乎没有任何能力!我几乎毁掉了自己的儿子!想一想都后怕。

儿子后来停学参军了,打电话跟妈妈说:"我现在才发现自己是那样的无能,几乎什么事情都不会做,什么话都不会说。挨了几次训斥之后,觉得进步很大。"的确,儿子到部队之后,我们通过电话交流发现,儿子进步很大,能力得到很大的提高,因为,在部队,几乎所有的事情都得自己去做。我真的不再担心他以后离开我们无法生活了,他已经具备独立生活能力了,初步知道怎么接人待物了。

触龙认为,为子女计深远的办法就是让他(她)有用——对国家,燕后因为能够生养燕国的继承者,长安君因为能够在国家危难之际挺身而出到齐国做人质从而挽救赵国。我们经常说"授之以鱼不如授之以渔",的确,我们对于子女也应该"授之以渔",而不是"授之以鱼"。"鱼"总有吃完的时候,而会"渔"则受用不尽且可以传之子孙。过去很多匠人师傅特别注重把自己的一门好手艺传给子孙,他们的子孙也因此相比那些没有一技之长的家族绵延更长久。可惜,我们一直却不明白这个道理,或者虽然明白这个道理却还是不放心,不愿意那样去做。我们总想着为子女留下一些物质财富,而不是想方设法去提高他们的生存能力,不是想方设法让他们成为一个对国家对社会对别人对家庭有用的人。

自己有用,才能生存。让子女成为一个有用的人,才是真正为之计深远。其他都不是。有用的人,没有的一切最后都会有;无用之人,即使拥有了一切,最终一定都会失去,甚至可能危及自身的生命。秦始皇留下那么大一笔财富给胡亥,最后不是送掉了胡亥的命吗?我估计,今天的人们给子女留下的财产绝不可能有谁超过秦始皇的,即使超过又能如何?

我已经错过了把儿子培养成为一个有用的人的最好时机,希望儿子自己能够成长为一个有用的人。但是,我还是希望自己的错误与反思,能够给那些可能与我犯同样错误的人一些借鉴与警醒。

风萧萧兮易水寒,用人疑兮壮士亡

——读《荆轲刺秦王》

　　记得读《三国演义》刘备三顾茅庐一节时,水镜先生司马徽曾经感叹道:"卧龙虽得其主,不得其时,惜哉!"在我看来,诸葛亮既得其主,又得其时,他虽然常被后人评价"出师未捷身先死,长使英雄泪满襟",但如果没有刘备的绝对信任,如果不是处在那样的乱世,他想建立一番令许多人仰慕的功绩几乎不可能。所以,诸葛亮身处汉末乱世也好,遇到刘备也好,都是他的幸运。而荆轲就没有他那么幸运,处乱世而又未能遇明主,结果只落得成为被后人同情的悲剧英雄——事情没有办成,自己被砍成肉泥。

　　历来的人们读《荆轲刺秦王》多赞扬其舍生忘死、扶弱济困、反抗暴秦的精神,或者说他凭一己之力去阻挡大一统的历史潮流如同螳臂当车,很少有分析荆轲行刺秦王为什么会失败的。其实,如果我们仔细看一下,就会明白,荆轲之失败,就在于我们今天常说的碰到了"猪一样的队友":太子丹、秦舞阳。这中间的关键是太子丹。太子丹急于求成,又贪多务得,既不了解秦舞阳,更不了解荆轲,从而造成了刺杀秦王的失败。

　　当荆轲希望得到樊於期的头颅作为出使秦国亲近秦王的信物时,太子丹说:"樊将军以穷困来归丹,丹不忍以己之私,而伤长者之意,愿足下更虑之!"俗话说,成大事者不拘小节,太子丹把拜见秦王看作很简单的事,且又讲究小仁小义,本就不是一个能够成就大事的人,荆轲在他的手下做事,哪有可能成功?此其一。秦舞阳虽然十二岁杀人,但是,那是为了救自己的命。不能否认秦舞阳自小聪慧,也有胆量,但他毕竟没有见过大世面,小时候是初生牛犊不怕虎,大了可能会变的,荆轲了解这一点,太子丹却不了解这一点。最终,见秦王时,秦舞阳不但没有能够帮助荆轲,还差点坏了事,足见太子丹无知人之明。此其二。当荆轲为了等自己的朋友一起去的时候,"顷之未发,太子迟之。疑其有改悔",就故意激将荆轲:"日以尽矣,荆卿岂无意哉?丹请先遣秦武阳!"俗话说,任其事则信其人,太子丹要荆轲去做事,却又不给他足够的信任,甚至还怀疑荆轲言而无信,难怪荆轲"怒,叱太子曰:'今日往而不反者,竖子也!今提一匕首入不测之强秦,仆所以留者,待吾客与俱。今太子迟之,请辞决矣!'"可以想见,在这样一种极为仓促的情况下出使到秦国去完成那样艰巨的任务,失败也就很正常了。此其三。有此三点,我们就可以知道为什么荆轲最终会失败了。

昔人云:用人不疑,疑人不用。尤其是让一个人承担重要岗位或重要职责时,更是如此。太子丹既要荆轲去完成那么艰巨的任务,却又不完全信任他,不全力支持他,甚至还怀疑他,要是换做别的什么人,可能早就撂挑子了。荆轲不会,他是言而有信的人,虽明知不可为,还是勉力为之,明知山有虎,偏向虎山行,置个人之生死荣辱于度外,这也就是荆轲之所以为后世人景仰的原因。然而,他自己因此而成为一个悲剧英雄,历史进程因此而改变,却又让无数人感慨不已。

诸葛亮因为遇到明主而成就事业,荆轲因为遇人不贤而成为悲剧英雄,岂不令人叹哉?古代有很多君臣风云际会的故事,有很多士为知己者用乃至死的故事,有钟子期俞伯牙高山流水遇知音的故事,像荆轲这样不遇明主仍然为其所用直到牺牲生命的却很少。这也是荆轲的故事之所以令人感慨的又一个重要原因。

易水永是流逝,荆轲也已壮烈,然而,荆轲失败的深刻教训却很少有人论及,也就鲜有吸取者。甚至还会有将失败的过错一股脑儿推给荆轲,从不反省太子丹的错误的。设想一下,如果荆轲的朋友能够同他一起去咸阳,一个拿地图,一个拿人头,秦王岂不是完全在他们的掌控之下?那时,秦王在挟持之下,只得按照荆轲的要求写下契约,荆轲也能够实现"得约契以报太子"的目的。但是,这一切从一开始就已经被太子丹毁了,岂不惜哉?

风萧萧兮易水寒,用人疑兮壮士亡!我们今天一定要吸取这个深刻的历史教训,不管做什么事,都要坚持"疑人不用,用人不疑"。

轻利重心,成其久远

——读《烛之武退秦师》

"以利相交,利尽则散;以势相交,势败则倾;以权相交,权失则弃;以情相交,情断则伤;唯以心相交,方能成其久远。"习近平总书记在刚刚召开的杭州 G20 峰会上引用中国古人的话,希望 G20 成员能够以心相交,共筑和平世界。然而,从古代到现代,这只能成为美好的愿望,大多数时候,国与国相交,往往都是以利为上,很少能够以心相交的。当然,其结果也一定是利尽则散。重读《烛之武退秦师》,看秦晋之盟被烛之武几句话就拆散了,固然因为烛之武高明的游说技巧,但关键还是因为秦晋之盟本来就是因利而合,最终当然会因利而散。

秦穆公当初把女儿嫁给晋文公也好,派兵送晋文公回国也好,都绝不是为了晋文公能够安定晋国成为天下的霸主,而是为了与晋国这样一个大国和平相处,为自己消灭周边的梁、芮、大荔等国家创设一个有利的外交局面,秦穆公在没有占领这些国家前,也不愿立即与晋国这个大国直接冲突。而晋文公因为秦穆公有恩于己,刚刚回国之时当然就只有对穆公的扩张行为睁一只眼闭一只眼了——吃人的嘴软拿人的手短嘛。

但是,晋文公是一个很聪明的人,加上在外流亡近二十年,见多识广,回国之后,凭借自己的政治才干和一班能臣的辅佐,很快安定了晋国,并迅速成为春秋时代继齐桓公之后的霸主。他开始有恩报恩,有怨报怨。他行事不再有所顾忌,而是一切以国家利益为重。这样,秦晋两国必然由当初的晋国对秦国的礼让,转而成为为国家利益、为争夺霸主地位的明争暗斗。只不过,在秦晋围郑的时候,两国之间的利益纷争还没有明朗化而已。但是,一旦这种利益纷争被烛之武明确之后,秦晋之盟也就到此结束,之后就只剩下纷争了。秦穆公"与郑人盟,使杞子、逢孙、杨孙戍之",是秦晋利尽而散的开始——派军队帮助郑国防守都城,对付晋国的进攻,防止晋国灭掉郑国之后更加强大。烛之武只是顺势而为,点醒了一直在逐利的秦穆公要提防同样逐利的晋文公而已。

国与国的交往,固然得以国家利益至上,但是,如果能够实现双赢或者共赢,岂不是更好?同样的,如果人与人之间的交往总是利益至上,那一定会利尽则散,当然不可能长久。古人云:"君子之交淡如水,小人之交甘若醴。"所谓甘若醴,实际上就是与人交往时希望获得一些甜头,获得一些利益。所谓淡若水,即是无关利益往来的交往,完全是互相尊重基础上的交心。君不见,有很多商人利用一些手握权力的官员获得项目赚取大把大把的钞票,同时他给这些官员以丰厚的回报,而一旦被查,这些商人如竹筒倒豆子把那些获得好处的官员全部供述出来,以至于一些官员对商人又爱又恨。习近平总书记曾提出政商之间应该是"亲"与"清"的关系,其实,很多人际关系都应该是这样一种关系——感情上亲近,经济上清白。师生之间的关系何尝不应该如此?如果我们的老师利用手中的资源,在排座位、辅导题目等方面获得一些利益,一定会让自己的形象在学生心中大打折扣,严重影响我们的教育效果。经济上不清了,感情上也不可能亲;相反,如果我们经济上"清"了,感情上自然就会"亲"得多。学生亲其师,自然更容易信其道,我们的教育效果自然也就好得多。一个老师的成功,不在于金钱上的富有,而在于精神上的富有。如果我们能够得天下英才而教之,最终能够桃李满天下,难道不比发点小财有成就得多、幸福得多吗?

年有所尽,学无所穷

——读荀子《劝学》

"君子曰:学不可以已",这是荀子在其《劝学》一文中开宗明义的一句话。得乎哉,荀子之言!人的一生,学习是不可以停止的,事实上也没有谁会停止。由此看来,似乎每个人都是君子。但是,实际上我们都知道那是不可能的。那么,荀子所指的君子,或者所指的"学而不已"的人到底是什么人呢?

虽然,我们每个人似乎只要不死,就在学习,但是却有很大的区别:一类人是被动的学习,因为生活需要,或者是被迫,从而不自觉地学习或者学到一些东西;另一类人则是主动学习,有目的地学习,有计划地学习,是为了提高自己的修养或者使自己具备某种能力。我以为,荀子所说的君子,应该是后一种人,而绝无可能是前一种人。

在荀子所处的时代,社会发展很慢,很多技能——比如礼、乐、射、御、书、数这"六艺",学到手了就可以用很久。可是,荀子还是劝人们不停地学习。而我们今天这个时代,社会瞬息万变,昨天你还在为自己有一技之长而沾沾自喜,说不定明天就可能面临下岗的风险。我印象中比较深刻的就有补锅匠。著名歌唱家李谷一就是主演花鼓戏《补锅》成名的,现在好像已经没有这个职业了。其他如棉匠、篾匠、铁匠、铜匠、织匠等,要么没有了,要么很少了。我的一个表哥在20世纪七八十年代曾经是周围非常有名的木匠,到90年代几乎没有什么生意了,到新世纪,去给别人打工时,别人非常嫌弃他:年纪也大了,对新式木工也很生疏,做工的效率太低。

很多人,很多时候,只有需要时才会想起自己没有这种能力或本事,也只有到需要时才会想起去学习,所谓"临时抱佛脚",指的就是这种情况吧。然而,最近看到清华大学赵家和教授的事迹,让我非常感动。赵教授最初学的是无线电专业,颇有建树,后来因工作需要又改行从事电化教育管理专业,再后来因为同样的情况又改行从事金融专业,成为著名金融学家和金融学教育家。似乎是被动学习,其实却是主动——他不像我们是为了生存而迫不得已去学习,而是为了工作为了国家更多地贡献自己的力量。像赵教授这样的学者,在我们国家还有很多,他们才是荀子笔下的"君子"。赵教授退休之后,把投资所得的 1500 万元全部用于资助贫困学子,却不舍得拿出一分钱为身患重病的自己买一些好药,是他作为"君子"最好的注脚。

古希腊著名政治家梭伦曾经说过:"活到老,学到老。"我国古代著名教育家、音乐家师旷也曾经有言:"少而好学,如日出之阳;壮而好学,如日中之光;老而好学,如秉烛之明。"学习,是本来也应该伴随我们一生的事情,无论是为了应对可能出现的人生危机,还是为了把握可能出现的人生机遇,还是为了使自己的人生更加丰富,还是为了使自己得到更多人的喜爱,我们都需要学习,不断地学习。当出现危机时,我们才发现自己本领不强不够,黔驴技穷;当机遇来临,我们才发现自己还没有准备好;当与人交流时,我们才发现自己是多么的浅薄;当别人嫌弃自己时,我们才发现自己的修养太差。这个时候,是不是晚了一点?

当然,也许还不算晚,还可以学习,还可以提高自己。姜子牙一直学习,直到 70 岁才遇见周文王,终于能够一展才华,不负平生;苏秦游说秦王不成,回家又受到嫂子妻子的轻视,发奋为学,以锥刺股,终于说动燕文公,挂六国相印,一举成名;吕蒙一介武夫,战功优异,仍免不了受人轻视,得孙权教诲,乃立志于学,遂有"非复吴下阿蒙!"的美誉。不论是功业已经有成的吕蒙,还是碰壁而归的苏秦,或是皓首才遇赏识的姜子牙,都不停地学习,如我辈庸庸碌碌之人,岂可停止学习?岂可不主动学习?岂可不多学习?

是为记,借以自勉。

"仁义"何时能够战胜"名利"?

——读孟子《寡人之于国也》

有些道理,即使千年之后,仍然颠扑不破,使人由衷敬佩提出这个道理的先哲,孟子恐怕就是其中这样一个先哲吧。

我读《寡人之于国也》,感慨颇多,什么"五十步笑百步",就很能表现孟子杰出的辩才,三句两句就把一个正在为自己的政绩沾沾自喜的梁惠王打入冷水里。不过,让我印象最为深刻的还不是孟子的辩才,而是他的远见,他的仁政思想。

"不违农,谷不可胜食也;数罟不入洿池,鱼鳖不可胜食也;斧斤以时入山林,材木不可胜用也。"古代的人,主要是靠天吃饭,靠自然吃饭,同时,由于古时候地广人稀,因此,顺应天时,就可以获得好收成——只要不是遇上天灾人祸。民以食为天,农民自己自然是不可能去违农时的,只有统治者无休止的劳役与徭役,才可能让农民违农时,无法及时播种耕耘收获。但是,古代同样有为获利而不择手段的人。为了获得更多的东西,他们会"数罟入洿池",会"竭泽而渔,焚林而猎"。只要能够满足自己眼前的私欲,哪管以后洪水滔天!

"谨庠序之教,申之以孝悌之义,颁白者不负戴于道路矣。"在孟子看来,办学校的主要作用,不是培养满腹诗书的书呆子,当然更不是让人学文化去做官,而是培养人,培养懂礼节讲孝顺的人。这样,家里的年轻人就不会让自己鬓发斑白的老人到外面做那些重体力活了,即使偶尔碰到还"负戴于道路"的斑白者,年轻人也会帮助这些老人卸下重担。每个人都会老,每个人家里都有老人,我们必须"老吾老以及人之老"。这一点在我们现在这样一个已经跨入老龄社会的国度,是不是显得更加重要更有现实意义呢?教育的要义是培养人,教育最初的目的是消除人原本具有的野性、兽性,使之更具人性、理性;或者说,教育是为了去除人身上那些极度自私极度自我的行为,使人从一个野蛮人变成为一个具有高度文明高度自觉性的人。可惜的是,我们今天的教育,越来越偏离教育的本义,在追逐功名利禄的道路上越走越远:无论是教育者,还是被教育者;无论是正规的学校,还是如雨后春笋般的培训机构——不为名,即为利。

追名逐利,或许无可厚非,因为,从古至今都是如此。孔子曾说:"吾未见有好德如好色者也。"这句话换一下更合适:吾未闻好义如好利者也。古往今来,从来只见对名利趋之若鹜者,很少有对仁义视若至宝的;从来只有对名利永不满足者,甚少有对施行仁义觉得远远不够的。就拿梁惠王来说吧,他根据孟子的建议施行仁政,做了一点点事情——当百姓遭遇灾荒的时候,"移其民于河东,移其粟于河内"。至于减轻百姓的赋税,减免百姓的徭役,与百姓同乐等,都还没有做到,百姓们是不是吃饱穿暖了也还不知道。但是,他却认为自己已经做得很好了,至少比起别的国家做得好多了。不只如此,他觉得自己做好了,就应该得到"利"的回报:让别的国家的百姓都到自己的国家来。他的最终目的,不是为了百姓,而是为了能够称霸诸侯,统一天下。说白了,还是为了那个"利"字。这也是他同孟子对话的目的。而孟子能够用来说服梁惠王实施仁政的东西,也还是离不开一个"利"字:"斯天下之民至焉。"不以"利"去诱惑,任何君王都不会给孟子陈述自己仁政主张的机会,用"利"去诱惑那些君王实施仁政,可也真的难为孟老夫子了。不过,这难道不是很荒谬的吗?堂堂正正的仁政主张,却不得不靠"利"这块敲门砖才能入得君王的"法眼",难道不是很悲哀吗?其实,可悲的不是孟子,而是我们这个社会,我们常常因为利而迷失了人性。人与人之间也好,国与国之间也好,从来多是以利相和,最终也都是因利而相恶,因此也就有了尔虞我诈,有了背信弃义,有了荼毒生灵,有了战争杀戮。

什么时候,我们能够把"义"放在"利"的前面,社会才会太平,世界才不会有战争,人类才会实现真正的大同。这虽然是一个美好而遥远的梦想,而且这个梦想已经延续了几千年,但真的希望能够在某一天成为现实。

秦朝灭亡教训一说

——读贾谊《过秦论》

"然秦以区区之地,致万乘之势,序八州而朝同列,百有余年矣;然后以六合为家,崤函为宫;一夫作难而七庙隳,身死人手,为天下笑者,何也? 仁义不施而攻守之势异也。"每次读贾谊的《过秦论》到此处,都不由得想起自己小时候学历史时的印象:秦始皇是历史上最典型的暴君,秦王朝之所以灭亡就是由于暴政。这些印象似乎都印证了贾谊的结论:仁义不施而攻守之势异也。随着后来学的知识越来越多,看到的资料越来越多,我逐渐对贾谊的这一观点有了疑问。再后来,看到毛泽东主席致信郭沫若先生时说"劝君莫骂秦始皇,焚书之事待商量。祖龙虽死魂犹在,孔丘名高实秕糠",就引发我的进一步思考:为什么秦国用商君之法能够统一天下,而治理天下却失败了呢? 为什么商君之法在秦国行得通,到天下统一的时候就行不通了呢? 为什么秦始皇在世的时候国家稳定,到他死了就翻天了呢? 仅仅一个"仁义不施"是解释不了的。

秦始皇在位的时候,连年的对外扩张用兵,百姓负担不可能不重,兵役、徭役、赋税等应该不会比后来天下统一之后轻,但是,经历商鞅变法之后的秦人,能够严格按照严苛的秦法办事,打仗也特别能够吃苦。前不久央视一套播出的《大秦帝国之崛起》有这么一个情节:白起在长平之战后想立即攻下邯郸,却被秦昭王一纸和议召回;赵王毁约之后半年,秦昭王又命令秦军出函谷关攻打邯郸。秦军劳师远征,出而无功,纪律非常严明,绝没有不听王令叫苦叫累说不愿意打仗的。即使到了大唐王朝,关中子弟还是最能吃苦打仗的,有杜甫的诗为证:"况复秦兵耐苦战,被驱不异犬与鸡。"从商鞅变法开始到两汉一直到大唐,基本上都是得关中者得天下,这中间除了关陇得天独厚的地理优势之外,关中人吃苦耐劳能打仗应该才是最重要的原因。相反,战国时代除了秦国之外的其他六国，尤其是齐国与楚国的士民军队是最不能吃苦也最不能打仗的，我们看看秦国统一六国时所打的仗及死伤的人数就知道：与赵国死伤最多，其次是魏韩，与楚国因为人多地广稍多，而灭齐死伤最少。反过来看，秦末章邯镇压农民起义之时，陈胜很快失败，项梁也很快失败，赵国最难啃，在诸侯都作壁上观的时候，是项羽身先士卒率领楚军打败了秦军。有史料表明，章邯之所以失败，一个最重要的原因是他的手下从秦二世与赵高那里回来后，告诉他，无论胜败，他可能都难逃一死，章邯因此没有了斗志。一个没有斗志的羊统帅所率领的一群狮子与项羽这头狮子所率领的一群羊搏杀，结果可想而知。项羽胜利之后为什么要坑杀二十万秦军，我想谁都会明白其中的道理了。

那么，秦王朝灭亡的原因究竟还有什么？我看，统一太快、消化不良也是一个很重要的原因。从秦始皇十七年即公元前 230 年灭韩国，到二十六年即公元前 221 年灭齐，秦始皇统一天下只用了九年。虽然，统一是大势所趋，人心所向，统一也停息了诸侯之间的战争。但是，六国的贵族不会甘心于他们失去的权力与地位——张良就是典型，六国的士民还没有做好遵守秦国那种严苛法律的心理准备——他们原来都懒散惯了。秦王朝虽然实现了天下政权、文字、货币等的统一，或者说很多东西形式上的统一，但是，最重要的人心却还没有能够统一。他们原来希望止息战争给自己带来安宁，没想到最先到来的却是一道紧箍咒。那些懒散惯了的人和那些已经适应了严格按照法律办事的人，差别是非常巨大的，前一种人纪律松散，后一种人纪律严明；后一种人能够做到吃苦耐劳令出必行，前一种人则容易生出怨言，或消极怠工，或暗中搞破坏。秦王朝没有让六国士民尝到统一的甜头，也没有让他们知道遵守法律的好处，只是让他们感到了严苛法律带来的死亡威胁，因此，在原来的秦国能够得到很好遵守与执行的法律制度，到统一之后的其他六国就变成了枷锁。快速统一导致的消化不良就成为秦王朝灭亡的根源，只是因为秦始皇的威望太高，能力也卓绝，所以他在位时还没有人敢于反抗，一旦到了秦二世这个纨绔子弟继位，问题就全都爆发出来了。

秦王朝留给后世的财富是非常巨大而深厚的，它确立的郡县制，统一货币、文字、度量衡等，对于今天大中华的形成，具有极为重要的奠基性作用。它灭亡的深刻历史教训，也是留给后世的一笔巨大财富，前人已经总结了很多，但是，还有很多没有总结出来，或者，由于过去的统治者不愿意从那些角度去总结。

司马光曾经说过："由俭入奢易，由奢入俭难。"我把这句话换一下就是：由严守法律到自由散漫很容易，由自由散漫到严守法律很难。一支部队，没有严明的纪律，就一定没有战斗力，就一定会打败仗，从晚清到民国，中国之所以备受列强蹂躏，就是因为没有一支纪律严明的军队。同样，这一时期，也是我们国民素质极为低下的时候，最没有法律法制观念的时候，最为自由散漫乃至自我糜烂的时候。是共产党把国人组织起来，中国才能在朝鲜打败"联合国军"；是共产党建立法制社会，中国今天才有一支能打仗的军队，中国才有比较强大的凝聚力。

谁都希望自由，人的天性都不愿意受到束缚。但是，一个国家如果没有法律制度，一个人如果没有法律制度的束缚，将会怎么样？所以，我们每个人都必须学会遵守法律。"自由平等"与"公正法治"是分不开的，我们如果想要"自由平等"就必须同时需要"公正法治"，而绝不能只要"自由平等"却不讲"公正法治"。

如果当初六国的士民都能够像秦国的士民那样遵守法令制度，今天的中国是什么样子？历史无法假设，但是可以想象。至少，我觉得中国人口素质会更高，国家无论国力还是疆域都会更大。可惜，也无须可惜。我们更需要的是现在。

机会垂青于有准备的人

——读《廉颇蔺相如列传》

　　每次读到司马迁的《廉颇蔺相如列传》，都会被蔺相如"吾所以为此者，以先国家之急而后私仇也"的胸怀所感动，也会为廉颇那么一个战功卓著、地位崇高的将军敢于负荆请罪的大丈夫行为所感动。不过，最让我印象深刻的还是蔺相如，还是他的才智，他的成功，最能说明一个我们所熟知的道理：机会永远垂青于有准备的人。

　　秦王索取和氏璧，表面只是要一块玉璧而已，实际上却考量着赵国危机应对能力，也是在为挑起新的战争寻找借口。正因为如此，赵国君臣才感到进退两难："赵王与大将军廉颇诸大臣谋：欲予秦，秦城恐不可得，徒见欺；欲勿予，即患秦兵之来。计未定，求人可使报秦者，未得。"王世贞认为，给秦国，也只是一块玉璧而已，那是站着说话不腰疼：就这样被秦国挟持了，赵国与赵王的脸面何在？国民如何看待？其他诸侯国如何看待？如果真的如王世贞所说，赵国就不可能成为战国时代抵抗秦军侵略最为顽强的国家。当赵国面临一场外交危机乃至战争危机的时候，当赵国君臣都束手无策的时候，是蔺相如提出了解决危机的最佳办法："秦以城求璧而赵不许，曲在赵。赵予璧而秦不予赵城，曲在秦。均之二策，宁许以负秦曲。"不仅如此，当看到赵王无人可使的时候，挺身而出，并且立下军令状："王必无人，臣愿奉璧往使。城入赵而璧留秦；城不入，臣请完璧归赵。"由此，我们可见蔺相如的智慧与胆略。

　　或许还会有人认为，两国相争，不斩来使，蔺相如出使秦国，需要什么胆略？如果我们看看前不久热播的《大秦帝国之崛起》就会知道：秦昭王为了替范雎报仇，专门侮辱魏使须贾，还威胁其杀了范雎的仇人魏齐。可见秦王势力的影响之大，诸侯对秦的惧怕之深。由此我们也就可以知道，秦王要是杀了蔺相如或者别的诸侯国的什么人，你拿他一点办法都没有。不过，仅仅有胆量还是不够的,蔺相如之所以能够成功,还在于善于察言观色,随机应变。当他发现秦王毫无诚意的时候,立即索回和氏璧:"璧有瑕,请指示王。"然后又义正词严地指斥秦王:"今臣至,大王见臣列观,礼节甚倨;得璧,传之美人,以戏弄臣。臣观大王无意偿赵王城邑,故臣复取璧。"并且坚定表示自己与玉璧共存亡的决心:"大王必欲急臣,臣头今与璧俱碎于柱矣!"每当读到此处,我都感叹:蔺相如此时是真的做好了必死的准备,他绝不只是演戏给秦王看。俗语说过,君心难测,这也就是赵国很多人都不敢承担使命的原因——丢了性命不值得。

当然,戏还没有演完,因为秦王也在做戏:召有司案图,指从此以往十五都予赵。秦王固然是演戏的行家里手,但是却不幸碰上了更为高明的蔺相如。当他清楚自己所面临的形势时,立马来了一个拖字诀:让秦王斋戒五日,设九宾于廷——因为赵王就是这么做的,秦王当然也不可能去调查,即使去调查也是真的,何况一来一往时间还不止五日。但是,暗中派人把和氏璧送回赵国,有五天足够了。这个蔺相如,几乎就在朝堂之上,把所有的事情,都想清楚了,秦王只能听他的——和氏璧在他的掌握之中。

后面的事情,我不想多讲了,大家都清楚。我想讲的是,秦王真是愚不可及:真正的至宝不要,却念念不忘一块不值钱的和氏璧。和氏璧送回去了,蔺相如留在秦国,可比那块劳什子强多了。可惜的是,秦王却轻轻松松让蔺相如回去了,放虎归山,以至于几年之后,当秦王与赵王会于渑池的时候,又要被他羞辱一番,真是活该。如果不留用在秦国,至少也该杀了他。赵国后来很长时间能够与秦国为敌,成为东方诸侯的领袖,一个很重要的原因,就是因为蔺相如成为了赵国的相国,并且与廉颇为"刎颈之交",文武相济,而赵国也因此能够君臣一心,共同抵御秦国的侵略。

我们常常讲,乱世出英雄。不错,乱世的确为那些英雄提供了很好的舞台,提供了更好的用武之地。但其实,和平年代,同样也有很好的舞台,也有大显身手的好机会。只不过,机会永远都只垂青于像蔺相如、诸葛亮这样的有准备的人,平时不努力学习,不锻炼才干,不研究形势,不时刻准备,即使机会到了我们的身边,我们也抓不住,只能眼睁睁看着机会从身边跑了,然后还要怨天尤人:本来那个岗位是我的,本来那个职称指标是我的,本来那个商机是我发现的,本来我看中了那块地,本来我都准备好了来着;都是那个该死的东西抢了属于我的东西,都是现在这个社会很不公平,都怪我的父母没钱没用没关系。好了,少一些时间埋怨,多一些时间去准备,下一个机会也许就会来了,我们赶紧去准备吧。

智者实现双赢，愚者葬送自己
——再读《廉颇蔺相如列传》

　　重读《廉颇蔺相如列传》，除了感悟出机会永远垂青于有准备的人之外，还有一点很深刻，那就是：智者实现双赢，愚者葬送自己。

　　当蔺相如还是宦者令缪贤的舍人——寄人篱下的门客——的时候，廉颇早已经因为军功卓著成为赵国的上卿，而且还"以勇气闻于诸侯"。在战国时代，什么最重要？打仗最重要。而打仗最重要的则是将领，所谓千军易得一将难求，秦国如果没有白起、王翦等名将，商鞅变法再怎么成功，也不可能兼并六国统一天下。由此可见廉颇在赵国不可撼动的地位。虽然，赵王亲眼目睹了蔺相如的力挽狂澜，也很看重蔺相如与自己在渑池会时那一段同生共死的情谊——因此才拜相如为上卿，位在廉颇之右——但是，如果一定要在廉颇与蔺相如之间做一个抉择，我估计那会很难，蔺相如一定会胜过廉颇成为赵王的优选项吗？恐怕不一定。何况，蔺相如几年之间从一个舍人升为一人之下万人之上的上卿，嫉妒不满者，也一定不止廉颇一个人，暗中支持廉颇打败他这个暴发户的恐怕不少。事实上，以蔺相如的智慧，他对于这一点，应该是很清楚的。他也明白，摆平了廉颇，也就摆平了其他所有的人。有了赵王的信任，再有廉颇的支持，他的地位才算真正的稳固。正因为如此，蔺相如上演了一曲流传千古的将相和。他先是躲避廉颇，对廉颇所说的难听的话，都当作没听见，然后，通过门客，把自己的话传出去。这一段话很经典，很值得玩味。"夫以秦王之威，而相如廷叱之，辱其群臣，相如虽驽，独畏廉将军哉？顾吾念之，强秦之所以不敢加兵于赵者，徒以吾两人在也。今两虎共斗，其势不俱生。吾所以为此者，以先国家之急而后私仇也。"第一句话告诉廉颇，秦王我都不怕难道还会怕你？第二句话高度肯定廉颇对于赵国的价值与作用，顺便也把自己抬高到与廉颇一样重要的地位；第三句话则是告诉廉颇与自己争斗的后果:玉石俱焚,谁都没有好果子吃;第四句话则是提醒廉颇要以国家利益为重,同时也给廉颇下个套子:再这样对我就是在危害国家。这些话,既说给廉颇听,也说给其他的人听,也包括赵王。既说得有理有礼有节,又暗含警告。也因为如此,廉颇不得不负荆请罪。最终,将相和好,实现了双赢。

假设一下,如果蔺相如看到廉颇侮辱自己,就气不打一处来,一定要想办法搞掉廉颇,结果会怎么样?其实,我们不需要假设他们两个,历史上还真有现成的事例,那就是唐朝的牛李党争。牛僧孺、李宗闵还是举人时,在唐宪宗朝一次人才选拔考试的考卷里批评了朝政,当时的宰相是李吉甫(李德裕的父亲)。他见牛僧孺、李宗闵批评朝政,揭露了他的短处,对他十分不利,于是在唐宪宗面前说这两个人(牛僧孺、李宗闵)与考官有私人关系。宪宗信以为真,就把几个考官降了职,牛僧孺和李宗闵也没有受到提拔。结果,这件事却引致朝野哗然,朝臣们争为牛僧孺等人鸣冤叫屈,谴责李吉甫嫉贤妒能。迫于压力,唐宪宗不得不将李吉甫贬为淮南节度使,另任命宰相。牛李两党从此结下解不开的冤仇,一直斗了四十多年,把晚唐时期好不容易得来的中兴局面搞得乌烟瘴气,加深了唐朝后期的危机,加速了唐王朝的灭亡。牛李两党的成员也是你当权就搞死我,我当政时就搞死你,基本上都没有好下场。

我们古代除了一个"两虎相斗,必有一伤"的典故外,还有一个大家耳熟能详的故事:鹬蚌相争,渔翁得利。正因为如此,我们古人经常提醒人们:和则两利,斗则两伤。无论是同为一家的兄弟,还是在一个单位的同事,还是一朝为官的同僚,还是共处一个地球的两个国家,都应该从蔺相如与廉颇的故事中得到教益。

英雄都有一颗坚强的心
——读《苏武传》

京剧《红灯记》中铁梅的一句唱词："他们和爹爹都一样，都有一颗红亮的心'，让我印象深刻。后来，英雄的故事看多了，我就想把这句唱词改一下，那就是："英雄都有一颗坚强的心。"这是我每次读到或者看到英雄故事时，感受最深刻的一点。我读到苏武牧羊十九年不改汉节的故事时，再次强化了这个认识。

当苏武出使匈奴的时候，汉与匈奴之间并不是很友好，只是因为"且鞮侯单于初立"，政权还不是很稳固，"恐汉袭之"，才不得不对汉朝表示了想和好的愿望；而汉朝也是希望匈奴越乱越好，这也就是当"缑王与长水虞常等谋反匈奴中"，准备"劫单于母阏氏归汉"，并且想设伏射杀卫律的时候，与苏武的副手张胜一联系，张胜就暗中支持的原因。然而，这一切都不是苏武所能够预见的，即使能够了解这些，他也无能为力，他的使命，就是尽可能实现汉匈之间的友好往来，尽可能止息汉匈之间的战争。

但是，事与愿违，苏武还是未能完成自己的使命，受到了虞常谋反案的牵连。当苏武知道自己可能有辱使命的时候，他的第一反应是自杀以不辱国家，"见犯乃死，重负国"。由此可见，苏武出使之初，其实就已经做好了最坏的打算，否则，不可能没有丝毫的犹豫。虽然这次自杀被张胜、常惠阻止了，但是，苏武所抱持的宁死不辱的信念，却已经充分表现出来了。也正因为如此，当卫律前来审讯苏武等人的时候，苏武第二次毫不犹豫地选择了自杀，一边说"屈节辱命，虽生何面目以归汉"，一边"引佩刀自刺"。卫律本来想给苏武来一个下马威，不想却被苏武给他来了个措手不及。如果不是抢救及时，苏武这一次可能就光荣了。高明的医术固然让苏武之后蒙受了更多的磨难与痛苦，也使得苏武有机会成为一位古往今来的爱国典范。

苏武的气节，苏武的坚贞不屈，使得敌人乃至单于都不得不钦佩。正也因为如此,就更加希望苏武能够投降,为此不惜运用一切手段。等待苏武的,首先是卫律的劝降,卫律对苏武胁之以生死,诱之以富贵,却只得到了苏武一顿义正词严的指斥:"汝为人臣子,不顾恩义,畔主背亲,为降虏于蛮夷,何以汝为见?"这一计不成,再施一计:单于"幽武置大窖中,绝不饮食",想把苏武饿服、冻服,可苏武却"啮雪与旃毛并咽之,数日不死",让匈奴人以为他是神,冻饿不死的。其实,他们哪里知道苏武的顽强,哪里知道信仰的力量!古人常常说,人要到困穷之时,才知道自己的潜能无限。真正能够使人潜能无限的不是困窘的处境,而是坚定的信念、坚强的内心。

匈奴人的第三计就是"徙武北海上无人处,使牧羝。羝乳,乃得归。别其官属常惠等,各置他所"。他们相信,时间是使人屈服的最好的手段,让苏武一个人孤独地在北海牧羊,而且看不到任何的希望——"羝乳,乃得归",总有一天,苏武会屈服投降。的确,很多人一开始都能够坚守理想信念,不抛弃不放弃,不屈服不投降,但是,随着时间的推移,慢慢地就顶不住了。洪承畴一开始也是宁死不屈,但是后来也投降了后金;中国共产党的 13 个一大代表中,也有一半多的人或者脱党或者叛党,除了牺牲的几个之外,只有毛泽东与董必武坚定不移到终身。所以,人们常说:时间是最好的试金石。而苏武就是被时间所试出来的最纯的一块金子。

苏武在北海熬了十几年后,匈奴人派来了另一个更好的说客——李陵。李陵与苏武可是铁杆,从李陵投降十几年不愿意前来劝降苏武可以知道,李陵还是了解苏武的,也是知趣的。但是,食人之食忠人之事,李陵不得不来。不能不说,李陵的劝降技巧很高,怪不得电影电视里常常说:最可怕的不是敌人,而是叛徒。李陵对苏武晓之以理动之以情:汉武帝对你们全家并不好,哥哥弟弟都被迫自杀,家里别的人也不知所终,你已经没有什么可想念牵挂的了,还是想想自己眼前怎么过好吧。什么叫作前功尽弃?李陵就是;什么叫作坚守不移?苏武就是!李陵为自己辩护了半天,苏武一句话就给打发了:"臣事君,犹子事父也。子为父死,亡所恨,愿无复再言。"最终,李陵不但没有说降苏武,反而为自己的行为感到羞愧,对苏武的宁死不屈钦佩不已:"嗟呼!义士!陵与卫律之罪上通于天!"

即使到了今天,苏武的故事仍然让许多人感慨不已。我们今天再读《苏武传》,最重要的不是感慨于他的英雄事迹,而是学习苏武坚定信仰不动摇,坚守节操不玷污,坚守初心不改变。而这一切的前提就是,我们必须像苏武和古代的许多英雄伟人一样,有一颗坚强的心。

科学创新需要耐得住寂寞，不为名利所惑

——读《后汉书·张衡传》

诚如郭沫若先生所赞誉的那样，张衡这样"如此全面发展之人物，在世界史中亦所罕见，万祀千龄，令人景仰"。单就科学创新而言，张衡的成就就非常巨大，可以说，张衡是中国科学创新历史进程中的一座丰碑，也是世界科学创新历程中的一座丰碑。

每当读到《张衡传》，我常常就会有一个疑问：在那样一个"天下承平日久，自王侯以下，莫不逾侈"，而且"政事渐损，权移于下"的社会，一个表面看起来很浮华实际上已经是危机四伏的社会，张衡是如何能够在充满了明争暗斗的官场生存下来并且取得如此巨大的科学成就的？通过仔细阅读本文，我最后得出了一个答案：耐得住寂寞，不为名利所惑。

张衡"少善属文"，到东汉的最高学府——太学进修之后，更是"通五经，贯六艺"。注意，我国古代通五经的人不少，但是能够贯六艺的人不多，因为，通五经主要说明阅读理解能力强，而贯六艺则说明这个人几乎是个全才——不只是文武全才，而是礼乐射御书数样样皆能。不只是如此，张衡的德行修养也是出类拔萃的。所以，才会一再被举荐被征召，"举孝廉不行，连辟公府不就"。古人曾经说过："学成文武艺，货与帝王家。"读书的目的是什么？就是为了升官发财。可是，张衡却是一个另类，他喜欢文学创作，喜欢科技创新，喜欢发明演算，唯独不喜欢做官。也许有人会说：张衡后来不还是去做官了吗？对的，因为他不得不去做官，"举孝廉"他可以"不行"，"连辟公府"他可以"不就"，但是皇帝"公车特征"他不能不去，他可以藐视地方长官，可以藐视朝廷大员，但是却不能不给皇帝面子，那样就是与整个朝廷过不去，最后连自己的身家性命都难保，明初大散文家高启就是因为这样被朱元璋一刀两段给腰斩的。但是，张衡的内心是不愿意做官的，是好静的，是不慕富贵与名利的，为了

自己喜欢的文学创作与科学创新,他"从容淡泊,不好交接俗人",在我看来,他实际上是很不愿意把宝贵的时间花在那些不必要的应酬上面的,他是最喜欢一个人静静地思考演算的,一个人静静地构思研究的。

即使后来不得不出来做官,他也没有我们很多人所谓的"人在官场,身不由己",而是专心在自己的太史令职位上专注于著书立说、发明创造。太史令这个官职对于别人可能是一个闲职,一个没有任何油水的官职,而对于张衡这样想做事的人来说恰恰是最好的选择,可以与世无争,可以专心于自己想做的事情:"遂乃研核阴阳,妙尽璇机之正,作浑天仪,著《灵宪》《算罔论》,言甚详明。"同样因为如此,在别的官员别的人看来很不公平的事情,对于张衡则很无所谓:"所居之官辄积年不徙。自去史职,五载复还。"对于那些汲汲于仕途的人来说,多年没有升迁而且还又回任原职,那岂不是一种惩罚?但是对于张衡,正好又有机会与时间搞创新与发明了,候风地动仪就是他再任太史令时期发明的。也许,我们还真的需要感谢那些故意压制张衡的权贵,是他们让张衡有时间机会发明地动仪,从而成就了中国一位伟大的科学家与发明家。不过,真正成就张衡的,实际上是他自己,是他那种对科学发明的潜心钻研,是他耐得住寂寞的精神,是他不慕名利的高尚品行。

如果以为张衡是天生的科学家而短于政治才干那就大错而特错了。事实充分证明,张衡还是一个杰出的政治家。对于河间国包括国王在内的那些不遵典宪的豪右,张衡三下五除二就把他们全部收服了;在朝廷上,他也成了宦官们的眼中钉肉中刺。但是由于张衡正道而行,才能卓著,又没有任何私心,也没有任何把柄,所以,宦官们也只是把张衡排挤出显要之位、排挤出朝廷罢了。不过,就张衡一生来看,从政实在是不得已而为之,也只是他丰富多彩而又成就辉煌的人生的点缀,他最喜欢的还是科学研究,有史为证:"衡善机巧,尤致思于天文阴阳历算。安帝雅闻衡善术学。"

的确,我们见过了很多科学奇才被高官厚禄或者富贵名利毁掉了。前不久,武汉某著名高校一位副教授因为制毒而被判处无期徒刑;而第二次世界大战期间,像石井四郎那样杰出的医学家沦为日本军国主义杀人的帮凶,德国很多科学家成为纳粹战争的工具,更是数不胜数。究其原因,就是没有张衡那样的德行,那样能够耐得住寂寞,不为名利所惑。科学家一旦失去了坚持科学研究的定力,为名利所桎梏,要么就不可能再有什么建树,要么就可能走向科学研究的反面,成为祸害人类的毒瘤。由此看来,我们今天重读《张衡传》,学习这位伟大科学家的淡泊精神与高尚品德,还是有着极为重要的现实意义的。

也说刘兰芝的爱情婚姻悲剧

——读《孔雀东南飞》

　　一曲《孔雀东南飞》,不知道让多少人为刘兰芝与焦仲卿的爱情婚姻悲剧伤心流泪。他们博得了人们的同情,而焦母与刘兰芝的兄长却因此长留骂名,被评论家们指斥为害死一对好鸳鸯的凶手,焦母成为恶婆婆的代名词,刘兄则成为势利小人的代表。在中国,有个传统,死者为大。人们一般都同情死者,一般不会去指责死者,即使死者有什么责任问题,也不再追究。比如,行人违规过马路,被正常行驶的车子撞死了,人们往往都是同情死者,而指责驾驶员,这车怎么开的? 尤其当被撞的是一个小孩子或者老人的话,这个司机可能就麻烦大了。现在的很多医闹问题,也与此类似,反正我们家的人死了,没有道理也有道理。结果还是医生医院赔款道歉的多,而按照原则区分责任处理的少。因为,中国人已经习惯了息事宁人,这反过来又助长了一些不良风气。

　　言归正传,我们还是来说一说刘兰芝的爱情婚姻悲剧问题。刘兰芝的悲剧结局,固然有焦母、刘兄的因素,但是,如果我们不去分析刘兰芝自己身上存在的性格缺陷,无论是全面理解这曲悲剧也好,还是作为现代婆媳关系处理的借鉴也好,都是既不公平也不客观的。

　　刘兰芝的悲剧实际上似乎是一个能干的婆婆与能干的媳妇之间无法避免的一场悲剧。从诗中我们可以看出,焦母是一个很能干的婆婆,应该很早就死了丈夫,一手把一对儿女拉扯大,她在这个家庭里当家理事,而且说一不二,并且还把家庭建设得不错,所以才能娶得刘兰芝这样家境也还不错的漂亮能干媳妇。这样一个习惯了家长制权威的女人,一旦遇到挑战,她会毫不犹豫地维护自己的权威,何况这种权威,也是当时的社会极力主张和维护的。刘兰芝呢? 也不是一盏省油的灯,也是一个非常能干还似乎比婆婆更能干的女人:十三能织素,十四学裁衣,十五弹箜篌,十六诵诗书。她在焦仲卿面前诉说自己的能干、勤劳、忠贞,目的只有一个:我是十全十美的,你妈在故意找我的碴儿。刘兰芝似乎吃准了焦仲卿一定会站在她这一边,所以,根本不怕焦仲卿责骂她不守妇道、不孝顺婆母。但是,她没有想到,她这样挑拨焦家母子之间的矛盾,只会让婆婆更加讨厌她、痛恨她,只会更加与她水火不容、有我没你。

刘兰芝的确能干勤劳漂亮:"鸡鸣入机织,夜夜不得息。三日断五匹,大人故嫌迟。""腰若流纨素,耳著明月珰。指如削葱根,口如含朱丹。纤纤作细步,精妙世无双。"但是,作为媳妇,她忘记了最为重要的一点,那就是:孝顺公婆。如果我们仔细阅读诗歌,就会发现,焦母之所以挑她的刺,甚至鸡蛋里头挑骨头,主要原因就是认为她对自己不尊重、不孝顺:"此妇无礼节,举动自专由。吾意久怀忿,汝岂得自由!"焦母说的是不是事实?我们且来看看刘兰芝的做派。她已经要离开焦家的时候,特意把自己打扮得很漂亮、很时髦,这不是向焦母示威是什么? 她对焦母所说的告别之词满怀讥讽:"昔作女儿时,生小出野里。本自无教训,兼愧贵家子。受母钱帛多,不堪母驱使。今日还家去,念母劳家里。"前面在焦仲卿面前说自己怎么个教养好,这里却说自己"生小出野里,本自无教训",完全不是由衷之言,焦母岂有听不出的? 我们可以充分估计,刘兰芝平时与焦母的交流一定很少,即使有,也常常是话不投机,或者语带机锋。她认为自己很能干,却被这样一个婆婆压制着,自然很不满;她没有体会理解焦母带大一双儿女的艰辛,只看到婆婆对自己的不满,她没有反省自己对婆婆态度的不诚恳,只看到婆婆找自己的碴儿,结果把矛盾闹腾得越来越大,越来越没有办法调解,岂不是自己作孽玩死自己?

生活中,我曾经多次听到有一些女同事这么说:要我对婆婆像对我妈妈那样,永远不可能。很对! 但是,反过来,你已经这样定位,你怎么能够希望婆婆对你能够像对自己的女儿一样呢?很多时候,我们只看到别人对于自己的不好,却不愿意反省自己一开始就存心不愿意诚恳对待别人,哪怕是自己丈夫的母亲,却希望别的人能够诚恳对待自己,或者经常埋怨别人不能诚恳对待自己,岂不是很荒谬吗?

刘兰芝的确很漂亮也很能干,焦仲卿也很爱她,但是,这一切都不应该成为她因此可以和婆婆角力的资本,尤其是在那样一个社会,更不应该成为她挑战婆婆地位与权威的资本。她本来可以也应该能够处理好与一个好不容易撑起这个家的婆婆的关系的，只要她的言辞诚恳一些，脸色不是那么的高傲自负。可惜，她读了那么多的诗书，不是想着怎么融洽与婆婆的关系，而是选择了暗中与婆婆的对抗，甚至给丈夫出了一道非此即彼的选择题，就像我们都熟知的那一道有名的选择题："如果我和你妈都掉到水里，你先救谁？"出这种选择题的人，难道不是很愚蠢的吗？

我们在处理婚姻关系、家庭关系、朋友同事关系的时候，最重要的不是你的能干，你的知识渊博，更不是你的漂亮或者帅气，而是你的关心体贴、善解人意。所以，我们可以看到一个村妇因为孝顺公婆，相夫教子，和睦邻里，得到大家的一致称赞，而一位女博士却可能因为婆媳关系闹心，夫妻反目成仇，同事明争暗斗，没有一个不说她的坏话。

正如一位作家所说的那样：做人的成败与教育无关，与教养有关。刘兰芝所受的教育无疑是很不错的，但是，她的教养无疑是有问题的。这才是造成她自身爱情婚姻悲剧的根源或者说关键所在。可惜，她自己不懂，而且至死也没有明白，这才是真正可悲的啊！

人生最难得是精神的自由

——读陶渊明《归去来兮辞》

　　庄子在濮河钓鱼,楚国国王派两位大臣前去请他做相国,庄子拿着鱼竿看都没有回头看他们,说:"我听说楚国有只神龟,死时已经三千岁了,国王用锦缎包好放在竹匣中,珍藏在宗庙的堂上。这只龟是宁愿死去留下骨头让人们珍藏呢,还是情愿活着在烂泥里摇尾巴呢?"两个大臣说:"情愿活着在烂泥里摇尾巴。"庄子说:"请回吧!我要在烂泥里摇尾巴。"庄子没有出仕过,却深知人在官场的不自由,对于官场有着清醒的认识,即使高官厚禄陈于前,美女金钱置于后,也绝不会动心,是真正的智者雅士。想想我们今天的许多人,为了高官厚禄金钱美女孜孜以求,最后身陷囹圄才明白自由之可贵,岂不是太晚了吗?

　　陶渊明虽然比不上庄子,但是仍然不失为一个智者,知道"亡羊补牢犹未为晚",知道"悟以往之不谏,知来者之可追",也是很难得的。

　　中国自从汉武帝"罢黜百家独尊儒术"之后,一向是儒家思想当道。到了魏晋时代,政权更替频繁,过去那种忠君思想一下子没有办法改得那么快,很多文人都没有办法做到后来五代时期的冯道那样,摇身一变,就成为新朝的重臣。但是,皇权的高压又让不少文人性命堪忧,因为,你不向我表达忠心,就说明你留恋旧朝,那就得杀,比如嵇康,就是榜样。于是乎,阮籍他们只好混日子。更多的人则是寄情山水,消极避世,道家的那一套也就盛行起来了。陶渊明就是这么一类人的代表。

　　从庄子到陶渊明,这些人表面追求的是身体的自由,实际上追求的是精神的自由。因为,如果身体不自由,如何实现精神的自由?一旦栖居官场,就得守官场的规则,一旦拿了皇家的俸禄,就得做皇帝的奴仆,所谓"食人之禄忠人之事",所谓"吃人的嘴软,拿人的手短",就是这个道理。你进入体制之内,还自夸自己怎么怎么有"独立之精神、自由之思想",自夸自己怎么怎么不带观点,怎么怎么公正无私,那都是自我标榜的骗人的鬼话,也只是骗一骗三岁小孩罢了。所以,无论是庄子还是陶渊明,当他们把精神自由看得比什么都重要的时候,就自然而然地看轻物质生活。我们知道,庄子生活贫困甚至到了无米下锅的地步,乃至于诞生了"涸辙之鲋"的著名寓言。陶渊明比起庄子来,可是幸福多了,至少还有祖上留下的百余亩良田,至少还有"荒宅十余亩,草屋八九间",至少家里还有童仆,而庄子可真是一贫如洗。可见,要坚守精神自由是有代价的,陶渊明的代价就是没有饱酒喝。也许在我们特别是不喝酒的人看来,不就是不喝酒吗?但是对于陶渊明来说,有酒才有激情灵感,有酒才有诗歌文章,有酒才能延续生命!一个追求精神自由的人,怎么可以没有酒呢?杜甫在《登高》里描绘自己的惨境时就说过,"潦倒新停浊酒杯",浊酒都没得喝了,对大诗人杜甫来说,是很难受的。所以,酒对于陶渊明同样是很重要的,我们只要看看阮籍因为酒就不顾与嵇康的友谊、不顾自己的思想自由而去做司马昭的官,就更能明白,酒对于这些文人是多么重要了。

但是,说到底,陶渊明还是羁绊太多,留恋太多,不够洒脱,不够自由,至少,与庄子比起来是如此。由此也就可见,真正的精神自由是多么的难得,多么的可贵。所以,我们还是老老实实做我们的凡夫俗子,做我们的物欲的奴仆吧,让庄子们去做他们的精神贵族。

才高尚需修德

——读王勃《滕王阁序》

　　"初唐四杰","王杨卢骆当时体,轻薄为文哂未休。尔曹身与名俱灭,不废江河万古流","壮而不虚,刚而能润,雕而不碎,按而弥坚","长风一振,众荫自偃,积年绮碎,一朝清廓",后人这些褒美,或者连同杨炯、卢照邻、骆宾王一起赞誉,或者单独夸赞其才华之卓绝、贡献之巨大,都是指向同一个人,这个人就是享有"初唐四杰之冠"美誉的王勃。

　　无须过多借助前人对他的赞誉,我们只需要认真品读他在没有任何准备的情况下写出来的千古名篇《滕王阁序》,就能够感受到他横溢的才华:"落霞与孤鹜齐飞,秋水共长天一色";"渔舟唱晚,响穷彭蠡之滨,雁阵惊寒,声断衡阳之浦";"老当益壮,宁移白首之心? 穷且益坚,不坠青云之志"。一篇之中,名句之多,在古代都极为罕见。在我看来,如果古代这类"序"文中,王勃的《滕王阁序》排名第二的话,是绝没有其他能够排第一的,即使是王羲之的《兰亭集序》,剔除书法的因素,无论内容文采,都是不及《滕王阁序》的。

　　可惜啊,可惜了,可惜这么一位才华横溢的文豪了。很多人曾经感叹王勃的不幸遭遇,就像自古佳人多薄命一样,自古才子多劫难。你看,屈原、贾谊、司马迁、李白,这样的人太多了。的确,自古才子多劫难,但是,王勃的劫难与别人都不一样。屈原爱国正直,受奸臣排挤陷害;贾谊忠君能干,因为受文帝信任而遭受重臣打压;司马迁直言无私敢说真话,被戳了痛处的汉武帝处以宫刑;李白因为看不惯高力士、杨国忠这样的权臣,因而被赐金放还。王勃呢? 王勃是因为什么呢? 王勃的不幸,很大程度是都是自己造成的,正所谓"自作孽不可活"。

　　我们看看王勃的履历就会知道,王勃的仕途其实一开始是很幸运的。唐高宗麟德元年,右相刘祥道巡行关内,年方十五的王勃上书刘右相,第一条就是抨击唐王朝的侵略政策,反对讨伐高丽,他认为:"辟地数千里,无益神封;勤兵十八万,空疲帝卒。警烽走传,骇秦洛之甿;飞刍挽粟,竭淮海之费。"刘祥道看后,为其"所以慷慨于君侯者,有气存乎心耳"之语惊异,赞王勃为"神童",并上表举荐。王勃于是参加麟德三年的制科,一点都不意外地"对策高第",被授予朝散郎之职。王勃不但没有因为妄议朝政被指斥,反而被赏识,反而因此顺利地"举高第"。也就是这一年,王勃被高宗任命为沛王李贤的王府侍读。可不要小看这个侍读,名为侍读,实为老师;而且,沛王李贤是高宗与武则天第二子,后来在胞兄李弘之后做了太子,也是被高宗与武后非常看重的儿子。也因为如此,所以高宗选任才名在外的王勃做李贤的侍读。由此可见,高宗是很看得起王勃的。可是,王勃不但不陪着沛王好好读书,反而陪着沛王玩物丧志去斗鸡,偶尔斗斗鸡都还罢了,还要写一篇《檄英王鸡》,弄得满天下的人都以为高宗武后的儿子喜欢斗鸡不务正业,怎么可能有好果子吃? 就这样,王勃在做了两年本来很有前途的沛王侍读之后,被唐高宗逐出王府,下岗失业。没有受到更严厉的处罚,只是被逐出王府,已经是对于王勃最大的宽容。但是,王勃并不这么看:责任并不在我,凭什么处分我?"天地不仁,造化无力,授仆以幽忧孤愤之性,禀仆以耿介不平之气。"这种缺乏自省精神、动辄怨天尤人的人,是注定要以悲剧收场的。

在盛唐,像王勃这样的才子,一般来说,是注定不会失业的。咸亨三年,裴行俭、李敬玄同典选事,听闻王勃的才名,多次召用他,但王勃认为自己不只是有文才,更有能力,估计他还认为自己德行也很好,对于裴行俭、李敬玄以他有才举荐他为官,大为不满,并且作文述志。这种不但不识抬举反而发泄不满的行为的结果,自然是触怒了惜才的裴行俭,因此被斥为"才名有之,爵禄盖寡"。好好的一次机会,又一次被王勃自己败掉了。

第二年,王勃在别人的帮助下,做了虢州参军。这是王勃第二次走上仕途,他本来应该珍惜这样来之不易的机会,但是,王勃恃才傲物已经成为习惯,在任上与同僚的关系搞得很僵。光是恃才傲物也就罢了,毕竟你有才可傲;但是,王勃最主要的问题是不修德行,不守法纪。当时有个叫曹达的官奴犯了死罪,王勃却把他藏到自己府内,到后来他又害怕此事泄露出去,就私下把曹达杀了。敢于私藏罪犯,敢于私自杀人,可见王勃的嚣张不法到了何种程度。事情很快被发现,王勃被判了死刑。好在巧遇大赦,王勃被免除了死刑,但他的父亲却因此事而从雍州司户参军贬为交趾令。每当看到此处,我总要感慨:生个儿子有才名固然是好事,但是如果这个儿子不守法纪不修德行,焉知不会带来灾祸啊!与其如此,还不如要一个修德守法没有才名的儿子,至少不会担惊受怕,不会遭受连累,不会抄家问斩,可以平平安安度过一生。

王勃是幸运的,出身名门,少年聪慧,早有才名,得到很多人赏识,碰上了历史上不可多得的好时代,本可以大有一番作为。但是,王勃又是不幸的,因为不修德行,恃才傲物,不守法纪,导致未能一展自己的才华与抱负,在政坛上有一番作为。今天我们说到古代文化,谈到盛唐气象,诵读唐诗,都绕不开王勃这位大唐才子。虽然如此,我们在钦佩其才华的时候,还是不能不审视与深思掩盖在他才华底下的致命缺点,那就是:不注意修养德行,或者说,德行严重缺失。惜乎哉,惜乎哉!

瑰丽辞采下的深情厚谊

——读李白《蜀道难》

　　"噫吁戏，危乎高哉！蜀道之难，难于上青天！"一首《蜀道难》，不但为李白赢得"谪仙"的美名，奠定其在大唐诗坛的最高地位，也为他成为唐玄宗的御用歌词写手铺平了道路。至于"难于上青天"等诗句，更是成为脍炙人口的名言警句。

　　比起杜甫，李白实在是幸运多了。李白生活的主要时段，乃是中国综合国力最为鼎盛的盛唐时代，经济、军事实力自不必说，文化对于周边国家的辐射影响力也莫此为甚。也因此，本来爱好音乐的唐玄宗开始把国事交给李林甫去打理，而自己则专心与杨玉环去编曲排舞，而工于词曲的李白自然也就成为御用填词手的不二人选。幸也抑或是不幸也？我看既有幸的一面，也有不幸的一面。作为纯粹的文人，得到皇帝的尊重，成为御用文人，对于扩大李白的影响，奠定李白在整个诗坛的地位，无疑是极为重要的；但是，李白志在实现一番政治抱负，结果却只能成为一位弄臣，却又是不幸的。

　　对于《蜀道难》这首诗，一般人很容易对于蜀道之难留下极为深刻的印象，却往往对于这首诗的类别容易忽视。这是一首送别诗。这从"问君西游何时还"与"锦城虽云乐，不如早还家"两句可以知道。然而，诗的重点却描写蜀道之难，而不是写离别之情，这是为什么呢？其实，答案还是在上面这两句诗里。

　　李白的送别诗一般都不会缠缠绵绵、凄凄切切。我们都知道李白是最伟大的浪漫主义诗人，诗风的浪漫与其个性的豪放不羁是密切相关的。所以，再怎么样的送别，李白都不会表现出特别明显的伤感来。譬如我们熟知的《黄鹤楼送孟浩然之广陵》："故人西辞黄鹤楼，烟花三月下扬州。孤帆远影碧空尽，唯见长江天际流。"对于孟浩然的离去，诗人非常失落，但是，你只能看见诗人眼见友人的船走远了，只剩下孤帆了，最后孤帆都没有了，只剩下碧空，且碧空都是"尽"的，一个人在那里心里空荡荡的，但就是看不见他心中的忧伤。李白是一个感情极为丰富充沛的人，甚至是一个有点爱感情用事的人，但是在他的送别诗中，他的情感却常常隐藏得很深，本诗就是其中的典型。

明明是舍不得朋友离开自己到蜀地去——那还是诗人的故乡，却就是不明说；本来应该对朋友说"祝你一路平安"，却偏偏说"蜀道之难，难于上青天"。实际上就是希望朋友不要去，所以故意把蜀道说得极为难行，极为危险。好在唐代是极为开放的时代，要是明清时期，有谁胆敢把开元盛世在诗里说成这个样子，不杀头才怪。知道朋友是一定要去的，留不住怎么办？那就再吓他一吓，"早点回来，那地方比较封闭，万一有人搞叛乱，你就回不来了，"所以，"锦城虽云乐，不如早还家"，等你从那个鬼地方回来，你就会庆幸自己终于回来了。

这就是李白，对于友人的感情非常之深，表面却似乎平淡如水。即便是《赠汪伦》里"桃花潭水深千尺，不及汪伦送我情"这样的诗句，我们读起来也似乎不是那种情真意切。其实，李白这种情感极为丰富的浪漫主义诗人，与友人的情感怎么可能像我们读的时候那么的平淡，他只是常常把自己的情感隐藏在极富夸张的描写里面而已。我们常常被他瑰丽的文辞、大胆的夸张、肆意的想象所吸引所迷惑，从而忽视了这背后极为真挚、丰富、深厚的情感。否则，我们怎么理解李白有那么多的朋友？不要说比他年长的贺知章、张九龄等人，不要说与他同时期的孟浩然、王昌龄等人，就是比他晚多了的杜甫，关系又是何等之好，感情又是何等之深。按说，杜甫出道时，李白已经是登峰造极的大诗人，可是，李白却与杜甫一见如故，杜甫在自己的诗中描写当时的情形是，"余亦东蒙客，怜君如兄弟。醉眠秋共被，携手日同行"。

可惜的是，我们很多读者，常常会对本诗的内容做各种各样的解读，却很少理解大诗人为什么这样写的真正原因，很少注意透过李白与众不同的情感表达方式去理解诗人的情感，而把大部分的注意力集中到诗的外衣上去了。李白如果地下有知，恐怕也只能苦笑，再次感慨自己的不幸了。

身虽下贱，心系天下

——读《杜甫诗三首》感怀

　　人教版高中语文必修三《杜甫诗三首》中的诗都是杜甫晚年的名作，其中《秋兴八首·其一》与《登高》都是直接感怀自己的处境遭遇之作，《咏怀古迹五首·其三》则是怀古伤己之作。无论是写作技巧，还是情感表达，都是上上之佳作。

　　《秋兴八首·其一》与《登高》的前两联非常相似，都是写秋天的壮阔之景，同时也是萧瑟之景："玉露凋伤枫树林，巫山巫峡气萧森。江间波浪兼天涌，塞上风云接地阴。""风急天高猿啸哀，渚清沙白鸟飞回。无边落木萧萧下，不尽长江滚滚来。"后两联无论写法还是情感则都有区别。"丛菊两开他日泪，孤舟一系故园心"直接抒发了对故乡的思念之情，"寒衣处处催刀尺，白帝城高急暮砧"则以景结情，也由己及人。《登高》后两联则都是写自己现在的处境与遭遇："万里悲秋常做客，百年多病独登台。艰难苦恨繁霜鬓，潦倒新停浊酒杯。"从情感上讲主要是抒发自己晚年漂泊他乡、孤独寂寞、生活潦倒等极为复杂的感伤情怀。《咏怀古迹五首·其三》则借写王昭君的不幸遭遇来抒发自己怀才不遇、有家难归的感伤之情，写法简单——借古伤己。

　　晚年的杜甫，诗歌是愈写愈好，处境却是愈来愈糟，非常值得同情。然而，杜甫虽然处境艰难，却不只是哀叹自己的不幸，而是由己及人，由自己的不幸联想到国家的不幸、百姓的不幸，他最伟大的人性之美也因此表现出来。无论是《秋兴八首·其一》还是《登高》，杜甫由观秋景所见而感慨自己的不幸，然后又由自己的不幸，联想到国家民众的不幸。"寒衣处处催刀尺，白帝城高急暮砧"，在这个"国破山河在，城春草木深"的时代，不只是"我"一个人漂流在外，不只是"我"一个人有家难归，还有很多人是如此，所以才"寒衣处处催刀尺"。当"我""万里悲秋常做客，百年多病独登台"的时候，还有许多"艰难苦恨"，国家艰难，民众苦恨，而"我"的不幸遭遇，只是这个社会众多不幸的一个缩影而已。

"身虽下贱，心比天高"，这是《红楼梦》里对于晴雯的评价，我以为用来评价杜甫这样的人，更为恰当。我的夫人常常嘲笑我"吃的是粗茶淡饭，操的是宰相的心"。其实，我还真的担不起这一句夸奖。我国古代倒的确有许多的士子是这样的。他们虽然位很卑，却从来不曾忘记自己作为匹夫的责任。曹刿当国家被齐国侵略之际，冒着"肉食者谋之，又何间焉"的嘲讽，毅然挺身而出，解救了国难；陆游、辛弃疾都是这样的典型，他们虽然赋闲在家，却始终关心国家，关心天下苍生，"王师北定中原日，家祭无忘告乃翁"足可为证。杜甫也是这样一位虽然自己都生存艰难却仍然不忘国家苍生的"腐儒"。

在很多人看来，自己都生计艰难却还去关心那些大事空事，实在没有必要，还不如多想想自己。我们今天就有很多人，只要自己过得好，别人怎么样是无所谓的，国家怎么样是无所谓的。甚至有一些人为了生计或者生活更好，连最起码的道德底线都不要了，更不用说去关心国家苍生了。但是，我要说，中华文明之所以能够成为世界上唯一一个绵延数千年而不绝的文明，中国之所以成为唯一一个绵延数千年而不绝的国度，这种"以天下为己任""位卑未敢忘忧国"的精神恐怕才是其中最为重要的因素之一。具有这种精神的人，才是我们民族真正的脊梁。因此，我真心地希望我们能够有更多的人像杜甫那样，无论自己过得怎么样，无论自己的处境怎么样，永远都要坚守好自己的道德底线，永远不要忘记国家，忘记那些可能和我们一样的普通百姓。如此，则我们的国家幸甚，民族幸甚，百姓幸甚，我们自己也幸甚。

可怜可悲琵琶女

——读白乐天《琵琶行》

因为白居易的名诗《琵琶行》，因为《琵琶行》中的千古名句"同是天涯沦落人，相逢何必曾相识"，琵琶女得以留名千载，博得了无数人的同情。然而，对于琵琶女的不幸遭遇，我却有不同的看法。琵琶女很幸运却不满足，身在福中不知福，实在是可怜可悲。

在唐代，一般官僚贵族家庭的千金小姐或中小地主家庭的小家碧玉，是绝无可能去做倡女的，沦为倡女的多半是被抄家没为官奴的官僚贵族家的女子，或是家庭败落无法养活的贵族家庭的女子。"逼良为娼"这个成语似乎也可以证明，古代一般人家的女孩子是不可能主动去做"倡女"的。由此可见，琵琶女的出身多半是官家或没落贵族。不过，一旦沦为倡女，那是无论如何都无法恢复当初的千金小姐身份的。

琵琶女是幸运的，她凭着高超的才艺和出众的容貌在教坊众多的倡女中脱颖而出，成为京城"名倡"，引来一大群粉丝。特别是住在五陵一带的贵族子弟，争相为她捧场，为她争风吃醋，为她一竞高下，让她非常陶醉，非常自恋，忘记了自己是一名"倡女"的基本事实。她那时肯定在做着一个美梦：从这些贵族公子哥们中找一个可以托付终身的，做回曾经本应该属于她的千金少奶奶。但是，她做错梦了。别说这些贵族公子们，即便是与她同病相怜的白居易，当初考取进士的时候乃至是白衣秀士的时候，要是娶一个倡女为妻，估计也一定不会为家庭世道所容，更不用说有什么政治前途了。

也许有人会说，琵琶女没想做少奶奶，只想进入豪门做侍妾，找一个懂自己珍惜自己的人。要我说：琵琶女的丈夫，实在是一位成功的商人，又是一位重情珍惜家庭的人。出门在外经商本不容易，为怕琵琶女寂寞，还带她一起出来。上岸到浮梁买茶，因怕琵琶女车马劳顿，加之自己去的时间不长，就让她在江口歇息等待。这位老板实在是一位思虑比较周全的事业比较成功的人,嫁得这样一位丈夫,琵琶女应该感到满足了。可是,琵琶女不明白自己的"倡女"出身,自认为嫁给商人是委屈了。她是否如《红楼梦》中的袭人一般宁肯给贵公子做妾也不愿嫁给普通人为妻还不得而知,但她缺乏自知之明,以为凭自己曾经红极一时就该嫁入豪门,不愿享受平凡的幸福,始终沉醉在自己的过往迷梦之中,实在是可怜又可悲的。

昔人云:平平淡淡才是真。又说:眼前的幸福才是最真实的幸福。琵琶女不明白这样的道理,所以才会生出许多的忧伤哀愁来。然而,忘却了眼前真实平淡的幸福,沉醉感伤于过往破碎美梦中的人,又岂止琵琶女一人。

英雄毁灭的启示

——感读白居易《长恨歌》

"莫唱当年长恨歌，人间亦自有银河，石壕村里夫妻别，泪比长生殿上多。"后世人们对于唐玄宗李隆基和杨玉环的爱情悲剧，不但不同情，反而是批判有加。而对于如刘兰芝和焦仲卿这类普通人的爱情悲剧，反而给予了非常深刻的同情。即使是《长恨歌》的作者白居易，对玄宗也是重在批评，这从"汉皇重色思倾国"一句就可以看出来，"重色"点出了玄宗好色荒政，"倾国'二字则更有深意：哪怕让国家倾覆，亦在所不惜。

众所周知，玄宗是一代令主，无论是胆识抱负，还是政治才能，都是可以与乃祖太宗比肩的，其所开创的"开元盛世"，则可谓超过"贞观之治"，直达盛唐的巅峰。那时节，人们夜不闭户，路不拾遗，普天之下均是"三郎"的颂歌。他的名言"吾貌虽瘦，天下必肥"，更成为后世为君者必背的语录。然而，也就是这样一位英雄，却亲手毁掉了自己历尽艰辛打拼下来的盛世，使得中原'白骨露于野，千里无鸡鸣"，也毁掉了他与杨玉环的幸福生活，使得自己晚景凄凉，这是为什么呢？

历来的人们在替玄宗叹惋的时候，都认为是玄宗好色，杨玉环也因此能跻身于古代四大美女之列。其实，这既冤枉了玄宗，也抬举了杨贵妃。盛唐之大，找几个像杨贵妃那样的美女不难，难的只是杨还是玄宗的亲儿媳、代王李瑁的王妃。

玄宗之所以宠爱杨贵妃，不完全是因为她的美色，更多是因为她的才艺。说得更明确一些，是因为她精于音律，工于舞蹈，而玄宗本人正是个舞蹈音乐迷。众所周知的《霓裳羽衣曲》就是玄宗的代表作。李白描写杨贵妃舞蹈时的名诗也可证明她的舞艺非同一般："一枝红艳露凝香，云雨巫山枉断肠。借问汉宫谁得似，可怜飞燕倚新妆。"把杨贵妃与赵飞燕相比，显然不是因为飞燕之美,而是因为她的舞蹈,若从美丽的角度,西施、貂蝉、昭君似乎都应该在赵飞燕之上。玄宗迷于音律舞蹈的又一个例证是,历史上空前绝后的"舞马"。玄宗时训练出来的舞马据说多达 500 匹,全都能应节奔腾起舞。安史之乱时,一些舞马被叛军俘获,闻鼓声则应节起舞,让那些从不知道有马跳舞这回事的人以为这些马都疯了,于是就把这些马杀掉了。玄宗痴迷于舞蹈音律到这种地步,恐怕出乎很多人的意料之外。我不知道,如果边关将士知晓一匹舞马的花费是一个戍边将士的几十甚至几百倍时,该作何感想?

其实,玄宗很早就喜爱音乐舞蹈,在做临淄王时就常与兄弟们一起吹拉弹唱,喝酒观舞,只是由于后来韦氏乱政给他带来了严重的生存危机,才激起他的政治胆识与才华,只是因为宏大的理想抱负让他思安求治,才重用姚崇、宗璟等名相,开创出一片盛唐天下。到了晚年,盛世的繁荣景象让他扬扬自得,抱负实现之后再无追求,也没有了当初如临深渊如履薄冰的危机感。于是乎,他把政事全部交给李林甫、杨国忠之流,专注于谱曲与排舞。此时自然是精于音律与舞蹈的杨贵妃最对胃口。所以,与其说是玄宗好色,不如说是共同的志趣爱好使李杨二人惺惺相惜,于是就都醉生梦死地唱起来舞起来。至于什么江山,什么百姓,什么安危,都是宫门之外的事,与己无关了,彻夜歌舞之后,怎么还可能早朝?

一个英雄就这样被毁灭了,不是被一个女人干掉的,而是被他自己干掉的。说得更明确一些,是被他自己的所好毁灭了。欧阳修先生说得好:"夫祸患常积于所微,而智勇多困于所溺。"他这番话不只适合于沉迷于演戏的后唐庄宗,也适合沉迷于音乐舞蹈的唐玄宗,更适合于所有现在还沉迷于诸如赌博、游戏等业余爱好中的人。

再怎么智勇的人,一旦为"所溺"困住,都要毁灭的,这是历史留给人们的深刻教训。玄宗那么一位大英雄,晚年却因沉迷于看似高雅的音乐舞蹈之中而不能自拔,以至唐王朝从巅峰跌落,本人暮年也穷途末路,贻笑万年,怎能不令我们深思叹惋哉?

学会满足

——李商隐《锦瑟》之鄙见

"君问归期未有期,巴山夜雨涨秋池。何当共剪西窗烛,却话巴山夜雨时。"李商隐的诗中,历来最喜欢的就是这一首。也许有很多人会感到奇怪,李商隐的好诗很多,为什么单单喜欢这一首呢?无须着急,且听我慢慢道来。

历来的评论家都认为李商隐的《锦瑟》是最难懂的一首诗。但在我看来,似乎不是那么很难懂。李商隐一生,怀才不遇。到接近 50 岁的 46 岁那一年,还是没有什么建树,对于这一点,他很早就知道啦。因为当他因为才华横溢被令狐楚赏识而收为弟子的时候,当他被王茂元赏识举荐为自己的掌书记并且把女儿嫁给他的时候,他就已经身不由己地陷入了牛李党争。但是如同后来的苏轼一样,作为一个非常有才华的人,作为一个很有政治抱负的人,当年华已逝华发早生而功业无成时,其抑郁伤感的情怀可想而知。诗歌是用来抒发情感的。《锦瑟》这首诗肯定也是如此。那么李商隐要借助这首诗来抒发一种什么情感呢?我觉得,是当李商隐无意中看到锦瑟那 50 根弦的时候,不由得想起了自己不知不觉已经快 50 岁了,不由自主引发联想。已经逝去的每一年都是他非常美好的年华,所以说一弦一柱思华年。"庄生晓梦迷蝴蝶,望帝春心托杜鹃",这两个典故,实际上是借庄子和望帝说明他自己也是有梦想的。可惜这梦想也只能像庄子那样,醒过来时梦已经破碎,非常的迷惘;同望帝一样,梦想没有能够实现只能化身杜鹃哀伤的啼叫。"沧海月明珠有泪,蓝田日暖玉生烟"这两句,实际上是运用比喻,把自己比作月明珠和日暖玉。月明珠和日暖玉都是价值连城的宝物,并且为众人所知,但是却被遗弃在沧海里面,却被埋没在地底下,自己才华横溢为众人所知所肯定,却不能得到重用。这种怀才不遇的伤感之情,"我"不是等到现在已经年老来追忆的时候才会有的,其实,当"我"选择娶了王家小姐的时候,就已经明白自己这一生可能不能在政治仕途上有所建树、实现自己的抱负了。换句话说，当李商隐娶了王小姐之后他就发现，虽然自己很有才华，牛李两党对自己都很赏识，但是因为娶了王茂元的女儿，被牛党的人骂为忘恩负义，身不由己陷入党争，从此不能够得到重用。他因此就非常地迷惘：为什么两党都不重用我呢？等到快50岁的时候，妻子早已经过世了，又回想自己不幸的政治命运，更是伤感不已。

李商隐念念不忘的是自己满腹才华却被压抑，没有用武之地。这种抱怨抑郁之情一直伴随他的一生。这样其实毫无必要。苏轼就开朗得多，不过，庄子更加开朗。庄子当战国争霸之际，楚王重金请他做相国都不去，唯求独善其身，过着极为超脱的生活。李商隐所生活的时代是晚唐，并不比庄子所生活的时代好，李商隐的家庭生活比庄子更好，有一个志趣相投、情深义重的妻子，还可以游山玩水吃喝不愁，比起庄子的苦行僧生活不知道好多少倍了，关于这一点，我们从开头《夜雨寄北》这首诗就可以看出来。但是，李商隐却不知足，一直生活得十分郁闷，这种郁闷之情自然会影响到他的妻子王小姐。王小姐是个很聪明的人，善解人意，自然就会觉得，夫君之所以仕途不顺，主要与娶了她有关，因此也常常心情抑郁，年仅30多岁就不幸早逝。李商隐因为怀才不遇仕途不顺而累及家庭，让一个幸福美好的家庭早早破灭，从而又导致自己后半生的凄凉，这是何苦呢？

我因此不喜欢李商隐那些发泄自己不满与不幸的诗，反倒喜欢他与自己妻子两情相悦的诗。从这些诗里，我们可以看到他生活的幸福，看到他对夫妻情感的珍视。我因此很想对李商隐说："人生有妻若此，夫复何求？"

人生就是这样，欲望是无止境的，该满足时且满足，否则，就可能像李商隐那样，过着幸福的生活，却痛苦了一辈子。

勇于拜师学习，完善成就自我

——读韩愈《师说》有感

有这样一个故事。

甲乙两个人出神地看着一只爬墙的蚂蚁。那蚂蚁艰难地往上爬着，好不容易爬到一半距离，忽然滚落下来。然而过了一会儿，它又从墙根往上爬去。甲感慨地说："这蚂蚁多顽强！今后不管遇到什么挫折，都应该学习蚂蚁这种精神，不退缩。"乙同情地说："可怜的蚂蚁！纵使有百折不挠的精神，却终究是没有头脑的动物。我看，我们要做有头脑的人！要创新！"

同样是看一只蚂蚁爬墙，两个人得到的感悟却不相同，但是，这两个人都从一只蚂蚁的行为里学到了东西，岂不正好印证了韩愈的名言："道之所存，师之所存也。"哪怕是一只小小的蚂蚁，同样可以成为我们的老师。

我们常说，社会是一所最好的学校，生活是最好的老师。的确如此，很多时候，我们往往到了生活需要的时候，到了走上社会的时候，才意识到自己的知识是多么的贫乏，能力是多么的低下，素养是多么的欠缺，才意识到当初不该浪费了时间浪费了青春，才意识到父母老师的劝勉是多么的重要多么的真诚。"书到用时方恨少，事非经过不知难。"的确如此。但是，我们为什么一定要等到那个时候去后悔呢？我们可不可以提前为以后的需要多做一些准备呢？我们可不可以在用之前多读一点书呢？我们可不可以从书本、从别人的经验教训中知道事情该怎么做呢？

多学习、多拜师能够让我们多掌握知识技能，能够让我们少走很多弯路。韩愈说得好："道之所存，师之所存也。"只要有利于我们博学多才，只要有利于我们提高自身的综合素养，只要有利于提高我们的生存竞争能力，我们都应该去努力学习，无论是什么人，哪怕是动物，只要对于提高我们有帮助，我们就应该向他们学习，拜他们为师。

"巫医乐师百工之人,不耻相师;士大夫之族曰师曰弟子云者,则群聚而笑之。"的确,单从我们国家的巫医乐师各种匠人师傅的代代相传来看,他们是很重视拜师学艺的,也因此,许多技术能够得到很好的传承。央视专门拍摄了大国工匠、手艺等节目,都是表现那些传统或现代高级匠人的精湛高超的技术,如果没有师徒相授,没有不断的精益求精,很多工艺都不可能有现在这样的精美。

匠人们需要拜师,治理国家同样需要拜师。古语云:小医医人,大医医国;小匠治器,大匠治国。魏源也说过:"师夷长技以制夷。"可惜,我们国家近代的统治者,既不愿意向古人学习,又不愿意向外国学习,既不借鉴古代历史经验与教训,又闭关锁国妄自尊大,故步自封,师心自用,觉得自己是中央大国,那些小国有什么值得学习的。结果,直接导致了鸦片战争以及后来的列强入侵,造成了一个地大物博、人口众多的大国被很多小国侵略差点亡国的局面。与此相反,日本在挨打之后,向西方列强学习,实行明治维新,国力发展很快,迅速由一个落后挨打的国家成为一个新兴强国,还差点吞并了中国。而现代中国,先是向西方学习,借来马克思主义,挽救中国于危亡,使中国摆脱了一百多年来受尽列强欺凌的命运,让中国人民从此站了起来;然后向苏联学习,建立了比较齐全的国民经济体系,使中国成为世界有影响力的少数几个大国之一,同时为改革开放奠定坚实的物质基础和人力资源基础;再然后向西方学习,实行改革开放,建立中国特色社会主义,一举使中国成为世界第二大经济体,人民生活水平基本实现了小康。

由此可见,不管是我们个人也好,还是国家也好,都需要不断拜师学习,而绝不可以师心自用,绝不可以自以为是,强不知以为知。毛主席说过:"虚心使人进步,骄傲使人落后。"孔子也说:"三人行,则必有我师焉。"古代圣人与现代伟人都告诉我们,一定要多多地虚心拜师学习。虚心学习不但不是什么羞耻的事,反而是一件能够表现一个人良好品性的事。拜师学习,学到了本事,甚至超过了老师,岂不是一件非常光荣的事吗?相反,不愿意拜师学习,一生什么本事也没有,碌碌无为,只会啃老,只会坐吃山空,只会怨天尤人,才是非常可耻的事。

同学们,我们一定要趁着现在学习的好时光,多多地拜师学习,多学习一些本事。一定要记住韩愈所说的话:"无贵无贱,无长无少,道之所存,师之所存也。"

德行比才华更重要

——读《柳永词二首》

德才兼备是我们熟知的话题,我们都喜欢德才兼备的人,恐惧那些有才无德的人,常常宁愿那些有才无德的人有德无才。然而在现实生活中,还是有很多家长只要孩子成绩好,对于孩子的表现不太在意;有不少教师一心一意突出文化课成绩,追求考上重点初中高中大学的人数,却常常自觉或不自觉地忽视学生人格的塑造。我们往往都一定要等到大错已经发生、后果已经明显的时候,才会反省之前重才轻德的失误。

我读《柳永词二首》时,常常感叹于柳永过人的才华。假使我们给宋代词人排名,如果说柳永排在第二,那么我估计应该是没有人能够排第一的。唐诗之后是宋词,柳永在我国古代文坛的地位之高,由此可见一斑。然而,这么一个才华卓著的人,为什么人生命运那么不济,乃至于死后要由几个妓女凑钱才能入土为安呢?

曾经有人同情柳永,说柳永虽然写了词,但还是在意功名,因为有人向仁宗推荐柳永,仁宗回复"且去填词",自此后柳永不得志,才出入娼馆酒楼,并自号"奉圣旨填词柳三变"。事实上,早在咸平五年(1002),柳永第一次计划进京参加礼部考试,由钱塘入杭州时,就因迷恋湖山美好、都市繁华而滞留杭州,沉醉于听歌买笑的浪漫生活之中。在杭州逗留玩耍近五年之后,虽然离开了,却又沿途在苏州、扬州流连近两年,直到1008年才进入京师汴京,参加1009年的春闱。因为柳永臭名在外,宋真宗早就耳闻其人,所以寺诏对其"属辞浮靡"进行严厉谴责,这直接导致了柳永初试落第。也就是说,柳永早在应试之前或者在宋真宗的时候,就已经因为有才无德名声在外了。到宋仁宗叫他"且去填词",已经是很多年之后的事情了。由此可以看出,柳永是自我堕落在先,而遭朝廷贬斥在后。历朝历代,对于官员狎妓都是严令禁止的,柳永原本就汲汲于仕途,却又喜欢游戏于风尘,正如古人所说的"又想当婊子,又想立牌坊",岂可得乎?

习近平总书记说过:"当官就不要想发财,想发财就不要去做官。"同样的道理,想游戏于风尘,就不要汲汲于仕途;有志于仕途,就不要流连于青楼。我们从柳永的科举之路可以看出,柳永是经不起诱惑的:当青楼诱惑在前的时候,他放弃了科举。这种一旦诱惑在眼前连功名前程都不要的人,你怎么敢把治国理政、造福一方的重担交给他? 也许有人会说:后来的事实证明,柳永是一个好官。不错,柳永晚年为政颇有好名声,然而,怎么知道这不是他在遭遇人生坎坷之后的一种切悟、一种改变? 如果他从青楼出来之后,朝廷立即让他考取进士授予官职,柳永会不会有做官狎妓两不误的欣欣然?他还会不会成为一个好官?这对于其他的读书人、其他的官员会是一种怎样的影响? 对于整个社会风气又是怎样的影响?

不论柳永及其所写的宋词评价如何之高,我都觉得柳永就是古代那种有才无德的典型。这种虽然才华横溢却不注意德行修养的人,即使在封建王朝的时代,都是要被遗弃的,何况我们现在? 不管哪个时代,不管哪个国度,其选人用人的标准永远都应该是德才兼备,德行第一。有才而无德者,只有在像曹操所处的乱世为了夺取天下可以不择手段的时候,才会得到重用;也只有那样的时代才会狭隘地唯才是举。而当国家太平社会稳定之际,则一定是德才兼备,至少是先德而后才,而绝不会重才轻德,先才后德,甚至取才弃德。

柳永确实有才——无论是文才还是为政,无论写词还是治理一方,都是出类拔萃的,本来也可以借此有所作为,乃至成为国家柱石。然而,因为不注意德行修养,率性而为,风流自诩,混迹青楼,很为自己有那么多妓女粉丝而沾沾自喜,结果造成了自己科举的一波三折与仕途的不顺,这本来是他自作自受,可他并不这么认为,也不知道反省,反而埋怨皇帝故意为难他,于是乎自嘲"奉旨填词",岂不谬哉?

这世间,有才而无德或者恃才傲物却不知自省的人,又岂止柳永一人?因不修德行而自食其果却怨天尤人的同样又岂止柳永一人? 当他们感叹自己怀才不遇之时, 实际上是不值得同情的——德行不修的人本来就应该没有好结果,否则,这个世界将会是非颠倒、龌龊不堪。

豁达是医治创伤最好的药方

——读《苏轼词二首》

如果我们中间有人 21 岁的时候就已经考中进士，才华横溢，被许多人赞赏不已，认为前途无量，同时也被朝廷期许重任，可是后来的仕途经历、人生境遇却非但没有如同当初想象的那样好，反而非常坎坷，他会怎么样？是怨天尤人，还是感慨时运不济？是忧伤以终老，还是感慨"吾独穷困乎此时也"？

不管是哪种态度，都可以理解，但都不是最好的态度。一个人生来没有什么是本来应该得到的，也没有什么是本来就不应该有的。我们常常看见，有的人才华横溢，却一生潦倒，比如杜甫；有的人奸诈狡猾，却辉煌一生，如李林甫；有的人美貌如花，却难以嫁得如意郎君，如梅艳芳；有的人奇丑无比，却嫁得才貌双全的夫君且生活幸福，如孟光。所以，人们常常会感叹人生无常。其实，大千世界，包罗万象，我们所看到的人生常态是有常，无常其实也是有常。只不过具体到某一个人的身上时，可能就是无常了。

也许正是明白了这一点，苏轼一生，对于自己的仕途坎坷也好，命运不济也好，都十分的豁达，没有很多古人那种一旦遭遇贬迁，便长吁短叹的，甚至要死要活的，哪怕是因为"乌台诗案"差点被杀，也没有什么特别憋屈的。到黄州做团练副史，对于一个喝点小酒、游点山水正好能够激发诗情的词人来说，未必是一件坏事。当然，对于满腹才华的苏东坡大学士来说，看到赤壁，情不自禁地想起年纪轻轻就建功立业的周瑜，也联想起了自己白发早生却还一事无成，毕竟是情有可原的。但是，更多的时候，是已经经历了人生大坎坷之后，那种对于人生的淡然，也因此才会有"一蓑烟雨任平生"的从容。

是的，人生难得一帆风顺，人生难免坎坷曲折。而伟人之所以成为伟人，关键就在于历经坎坷之后能够不屈服命运,能够扼住命运的咽喉,最终战胜坎坷,主宰自己的命运,而不是任凭命运的摆布。说到这句话,我们很容易想起贝多芬,的确,贝多芬就是这样一个典型。但是,我倒更喜欢我们的老子。他很早就用一个故事告诉人们:祸兮福之所倚,福兮祸之所伏。但如果换一种思维,塞翁失马的故事实际上是告诉我们,要豁达一些。失了马也好,摔断腿也好,都没有什么了不起,想开一点,似乎还是一件好事。对于苏东坡来说,如果真的成为宰相,能够有所作为,一定就是最好的结果吗?我们很多人都知道张居正,我们不妨把他与苏东坡做个比较。一般来说,苏东坡在宋代的地位权力,是不可能超过张居正的——有王安石的例子在那里。张居正的政治才能与政治成就,也是苏东坡不可比拟的。然而,如果让我们来选择,可能很多人会选择做苏东坡:生前虽然受了一些委屈,被贬官流放,但是,还是能够善终,并且美名流于后世,家族也还平安;张居正死后则极惨,不但被下令抄家,并削尽其官秩,追夺生前所赐玺书、四代诰命,以罪状示天下,而且险遭鞭尸,连家人都未能幸免。苏东坡虽然没有能够实现自己的政治抱负,却可以到处游山玩水,可以"日啖荔枝三百颗,不辞长作岭南人"。

但是,苏东坡之所以在遭受人生坎坷的时候,能够泰然处之,就是因为他比较豁达,看得开。不像贾谊,一旦遭贬迁,便作《鹏鸟赋》,一旦梁王骑马摔死,就抑郁而终,三十出头就死了。我们很多人,当人生处于顺境的时候,当生活顺风顺水的时候,很以为自己可以面对一切;而当真正的考验来临,当遇到人生逆境,坎坷迭出的时候,就很容易灰心丧气,很容易绝望。所以,坎坷最能够考验一个人,逆境之中,最能够看出一个人的修为。

还是那句话:人生难得一帆风顺,人生难免坎坷曲折。有些东西,总是不以人的意志为转移的,该来的总会来的。既然如此,我们何不把顺境当作运气好,而把逆境当作人生的必然?有这样一颗豁达的心,任何坎坷都没有什么了不起,而我们所遭受的创伤,也就很容易治好了。治好了创伤,我们又可以继续前行,"一蓑烟雨任平生"。

难得英雄初衷不改

——读《辛弃疾词二首》

汉文帝在感叹李广不能封侯的时候曾经说："可惜李广生不逢时，假如适逢高祖创业之时，做个万户侯也不难。"很多人为此替李广可惜，同情李广。然而如果我们把李广列传仔细阅读的话，就会发现，李广其人缺点太多，就是打仗也是小胜大败。最为典型的是曾经被匈奴俘虏，后来跟卫青出征匈奴又失期，最终自杀身亡。应该说，李广生于文景与汉武帝的时代是大有可为的，卫青与霍去病等都是典型，并非如文帝所说的生不逢时；另一个方面，无论是文帝景帝还是武帝，都可以说是英主，李广难说不得其主。另一个被人说生不逢时的是诸葛亮，司马徽曾说："孔明虽得其主，不得其时。"依我看，诸葛亮是既得其主，又得其时。否则，就不会有我们今天所知道的诸葛亮。

辛弃疾则是一个虽得其时却不得其主的悲剧英雄。辛弃疾是宋代少有的被历史证明了的文武全才，而且有一颗热烈报国之心。不满 20 岁就率领义军抗金，二十出头就成为一支庞大义军的掌书记，然后奉主帅之命面见皇帝请命，复命之时遭遇变故能够处变不惊，且于数万敌军之中砍下叛徒的头颅从容南归，可谓有勇有谋。论文才，辛弃疾也是两宋数一数二的人物。论忠心，一生忠君爱国，没有想过北归投金——他的家乡就在金国统治之下。可惜，他生在重文轻武的宋代，最关键的还是因为，有宋一代，最是软弱无能，最是喜欢妥协投降，最是喜欢攘外必先安内。岳飞本可以收复失地，都被十二道金牌召回，最终惨死风波亭，何况辛弃疾呢？所以，辛弃疾力主抗金却不被重用，既是理所当然，也是他的幸运。否则，说不定也像岳飞那样冤死了。

辛弃疾最为难得的还是那颗忠诚爱国的心，而且几十年不变，初衷不改。古代有很多人，一旦此处不留爷就自有留爷处，此处不用爷自有用爷处，乃至造反，掀翻皇帝自己来当，都大有人在。至于像吕布那样做三姓家奴，像冯道那样经常改换门庭，也不在少数。有奶便是娘，只要自己可以成功可以不择手段的人也为数不少。委屈一辈子，空有才华抱负，始终没有用武之地，当然也不少，辛弃疾就是其中的典型。由此我们也就不难理解，为什么辛弃疾会感慨地说："闲愁最苦。"

就本文两首词来看，《永遇乐·京口北固亭怀古》为一般人所熟悉，里边最为让人同情的就是"廉颇老矣，尚能饭否"一句。南归40余年，已经垂垂老矣，但是，"老骥伏枥志在千里，烈士暮年壮心不已"，辛弃疾那颗报国之心始终没有老，依然热血沸腾。而我最感慨的却是《水龙吟·登建康赏心亭》里边的一句话："把吴钩看了，栏杆拍遍，无人会，登临意。"联系前文，我们可以知道，辛弃疾此时南归已经8年多了，可是，他有家不能归，有抱负不能施展，有满腔爱国热情得不到肯定与回应。不仅如此，放眼朝廷，词人不要说找不到一个知己，几乎连一个理解自己的人都没有。这是怎样的悲哀啊？鲁迅先生在《呐喊》自序中曾经说过："我当初是不知其所以然的；后来想，凡有一人的主张，得了赞和，是促其前进的，得了反对，是促其奋斗的，独有叫喊于生人中，而生人并无反应，既非赞同，也无反对，如置身毫无边际的荒原，无可措手的了，这是怎样的悲哀呵，我于是以我所感到者为寂寞。"而辛弃疾则是"闲愁最苦"，其实，不正是因为寂寞吗？不正是因为想做事也有能力做事可偏偏就是不用你，让你有仇不能报、有冤无处申、有家无处归吗？鲁迅先生可以说是辛弃疾的知己了，虽然相隔好几百年，虽然愁的情形有点不一样。

可以说，在古代众多诗词大家中，我特别喜欢辛弃疾，因为他的词里，感情充沛，辞采超人；特别佩服辛弃疾，他是真正的英雄，对国家矢志不渝；也特别同情辛弃疾，闲愁最苦，老了英雄。

安息吧，辛弃疾，如今的华夏大地，已经屹立于世界东方！

幸与不幸

——读《李清照词二首》

"寻寻觅觅,冷冷清清,凄凄惨惨戚戚。乍暖还寒时候,最难将息。三杯两盏淡酒,怎敌他,晚来风急！雁过也,正伤心,却是旧时相识。"

"满地黄花堆积,憔悴损,如今有谁堪摘?守着窗儿,独自怎生得黑！梧桐更兼细雨,到黄昏。点点滴滴。这次第,怎一个愁字了得！"

每次读到李清照的《声声慢》,都仿佛看见,一个孤苦伶仃却不失风度、痛苦不堪却又坚强无比的中年妇女在一栋空荡荡的房子里,紧锁着眉头,忧郁着眼神,走来走去,似乎在寻找什么,可是又失望地发现,屋子里什么人也没有,连一个能够与自己说话的人都没有。

我常常想,李清照生不逢时,要是她生活在我们现在这样一个时代,即使丈夫死了,也不会很寂寞很悲伤,因为,她会有一大批的粉丝,她会有应接不暇的邀请,她会有很多脱不开身的应酬,哪里还会有空闲去寂寞去悲伤?即使她偶尔寂寞一下悲伤一下,也会有许多网虫粉丝寂寞着她的寂寞,悲伤着她的悲伤——尽管,那些网虫粉丝可能并不了解她内心的寂寞与悲伤。

可是,我又想,李清照幸好没有生活在我们这个时代,我们这个时代有太多的喧嚣与浮躁,有太多的盲从与跟风。而李清照,恰恰是因为有了别人无法理解也不同情的寂寞与伤痛,才能够酿造出这些旷世不出的清词丽句来。一旦穷于应酬,迷于崇拜,那个我们所热爱所同情所迷醉的李清照就会死去,那些清词丽句也就无法出生,就可能胎死腹中了。

由此看来,我们今天看来的幸运,于古人而言却可能是一种不幸;而我们今天看来的不幸,于他们却可能是一种幸运。李清照要是幸运了,于宋词而言,于中国文化而言,于我们今天而言,恐怕就是一种不幸了。本来,五千年中华文化史上,能够留存姓名的女子少而又少,要是李清照都没有了,岂不是更加悲哀？

我们现在很少有人会像李清照那样，国破、家亡、夫死、无后，各种不幸都叠加在身。但是，我们很多人，在生活中都难免会遇到这样或者那样的挫折与不幸。我们见过了颓唐堕落，也见识了歇斯底里，见多了怨天尤人，也见惯了自暴自弃。却很少见到如李清照一般，让自己的不幸与悲伤、寂寞与难耐流淌在心田，留痕在黄纸素绢上，最后，流进历史的长河，一直流到现在以及遥远的未来。

由此看来，李清照的不幸，反倒是我们文化的幸运，而我们今天的幸运，又未尝不是文化的一种不幸。吃惯了山珍海味，人就会脑满肠肥；习惯了纸醉金迷，人就会麻木冷漠；看惯了灯红酒绿，人就会失去方向与理智。无论是太平盛世，还是山河破碎，庸庸碌碌者永远都是一群一群的，而能够挺起民族脊梁的，永远都是极少数。李清照处于北南宋之时，成为一盏耀眼的明灯，一面鲜艳的旗帜，虽曰不幸，但亦有幸。

浑然天成，出神入化

——读《林黛玉进贾府》说构思

　　一部《红楼梦》可学的东西太多啦，其中的文化博大精深，什么礼仪文化、服饰文化、饮食文化、茶文化、诗词文化，等等，每一种都够人研究一辈子。从写作技巧方面讲，其中可学的东西也很多，单从《林黛玉进贾府》这篇课文中，我们就可以学到很多东西。无论是本文的环境描写，还是本文的人物描写，都有很多值得我们学习的东西。有些东西，对于我们中学生而言，可能太难了，学不到，但这篇文章的精巧构思的确有许多值得我们学习借鉴的地方。

　　本文精巧构思的第一个方面就表现在通过林黛玉的所见所闻来描写贾府的环境和贾府的人物。林黛玉进贾府的活动是全文的线索，从而把众多的人物、事件和环境等串联起来，使得眼花缭乱的环境变得有序，复杂的人际关系变得明晰。刚进贾府的林黛玉也迫切希望了解贾府的环境与人员，因而透过她的眼睛来观察，用她的活动作为线索，真是浑然天成，自然不过。

　　其次，是通过贾府的人物来描写林黛玉。如林黛玉刚进贾府时，是通过贾府众人的眼光来描写林黛玉；等到贾宝玉出场之后，又通过贾宝玉的眼睛来描写林黛玉。这样多方结合，对林黛玉这样一个主角的描写也就比较全面、比较细致了。

　　其三，是正面描写和侧面描写相结合，各尽奇妙，各得其所，相得益彰。比如写王熙凤，就先侧面描写：一是未见其人，先闻其声；二是描写林黛玉心理活动，"黛玉纳罕道：'这些人个个皆敛声屏气，恭肃严整如此，这来者系谁，这样放诞无礼？'"然后才对王熙凤进行直接描写。这样正侧结合，就把一个处处都想显摆自己特殊地位的与众不同的王熙凤给描写出来啦。写贾宝玉也是如此。先是贾宝玉出场之前，由王夫人给林黛玉做一个带有负面评价的介绍，打一打预防针；然后再通过林黛玉的眼睛对贾宝玉进行正面描写。本文的环境描写也是采用正侧结合的描写方法。先是借林黛玉的心理活动来描写贾府的环境，"这林黛玉常听得母亲说过，他外祖母家与别家不同。他近日所见的这几个三等仆妇，吃穿用度，已是不凡了，何况今至其家。"假借林黛玉母亲的话，为描写贾府的环境进行铺垫；然后又通过林黛玉上岸到贾府途中所见的"街市之繁华，人烟之阜盛，自与别处不同"来进行铺垫。这样侧面描写之后，再通过林黛玉进贾府时的所见所闻所感，来直接描写贾府的环境。

构思精巧的第四点是，本文让《红楼梦》中的主角基本上都正面出场了，而配角则尽可能略写，或者不让他们正面出场，或者干脆不让他们有任何露脸的机会。比如，林黛玉去拜见大舅父贾赦，贾赦明明在家，却偏偏不见林黛玉，实际上是作者不让他正面出场，不对他进行正面描写，几笔带过。对贾政也没有进行正面描写。因为就贾府的环境而言，贾政所住的地方是一个很重要的地方，也是最能体现贾家尊贵地位的地方，对这里的环境必须要进行详细描写。如果让贾政出场，那么林黛玉就不可能仔仔细细地把这里的布局、摆设、匾牌等都看个清清楚楚明明白白，实际上也就是不能把贾府的典型环境描写交代清楚。因为，如果贾政在的话，那么林黛玉就要认真严肃地和自己的舅舅去说几句话，回答长辈的问话，绝不能在说话答问的时候还左顾右盼，东张西望。

像这样构思精巧的地方，本文还有很多。表面上看，作者的构思似乎漫不经心，其实却是别具匠心，已经到了随心所欲、出神入化的地步，确实是令人叹为观止，值得我们好好学习与借鉴。

磨难成就辉煌

——读《林黛玉进贾府》有感

"满纸荒唐言,一把辛酸泪。都云作者痴,谁解其中味?"读过《红楼梦》的人一定会记住曹雪芹的这首诗。出身贵族大户人家的曹雪芹,由来只知道风花雪月,只知道吃喝玩乐,一旦遭遇抄家败落,这日子就不知道怎么过了。司马光说过:"由俭入奢易,由奢入俭难。"曹雪芹一下子由蜜罐子里掉到糠箩里,回想起过去的幸福生活,怎么可能不辛酸呢?但是,反过来说,正是因为曹家被抄家,才成就了曹雪芹,成就了中国文学,成就了古往今来一部最伟大的小说《红楼梦》。否则,曹雪芹终其一生,可能就是一个纨绔子弟而已。从这个角度来说,是磨难成就了他的辉煌。由此看来,磨难对于很多人是一件极为不幸的事,而对于像曹雪芹这样的少数人来说,却可能成为一件好事。

现代文学大师鲁迅先生又何尝不是另一个磨难成就的伟人。我们从先生自己的《呐喊》自序中可知,鲁迅先生原来也是出身小康家庭,只是后来因为父亲重病花光了积蓄,父亲死了之后家中又没了顶梁柱,家道因此败落,由小康而坠入困顿。在这个过程中,鲁迅先生体会了人间冷暖,见识了世态炎凉,也因此决心走出去寻找机会振兴家庭,然后又更知道国家之不幸,立志医学救国,而后又因此走上文学救国的道路,最终成为新文化运动的旗手,成为现代中国的脊梁。

俗话说:苦难是块磨刀石。这话很对,也不全对。我以为,苦难对于那些志向高远、意志坚强的人而言,是一块磨刀石,而对于那些胸无大志、意志薄弱的人而言,则是一座无法翻越的高山,是一个无法跨越的深渊,是一座埋葬他们的坟墓。所以,从这个角度来说,磨难只能成就那些能够成就的人,而大部分庸庸碌碌的人,都被磨难埋葬了,化为了泥土,不为我们所知道。而那些被磨难成就的伟人,仿佛天上的星星,绽放着永恒的光芒。

古语有云:"天将降大任于斯人也,必先苦其心志,劳其筋骨,饿其体肤,空乏其身,行拂乱其所为,所以动心忍性,曾益其所不能。"任何人的一生,都不可能一帆风顺,都会遇到各式各样的人生磨难。懦弱者遇到磨难,会选择逃避,在无奈和沮丧中消磨光阴,逐渐沉沦,并最终归于平庸,一生碌碌无为;而勇敢者遇到磨难,会选择坚强面对,在磨难中愈挫愈勇,从而冲破生活的阴霾,以更加旺盛的斗志继续自己的人生旅途,最终成就人生的辉煌。不同的勇敢者选择的道路不一样,曹雪芹与苏轼、辛弃疾、鲁迅等人选择的是文学道路,诺贝尔、爱迪生、霍金、高士其选择的是科学研究与发明的道路,贝多芬、凡·高等人选择的是艺术创作的道路。不过,最让人震撼的,应该是中国工农红军历经二万五千里的长征,被国民党的军队穷追猛打,没有吃和穿,要翻越雪山草地,要面对饥饿和疾病。可是,中国工农红军硬是凭着坚定的信仰、顽强的意志、不怕牺牲的精神,走完了长征,也走出了辉煌。

俗话说得好:不经一番寒彻骨,哪得梅花扑鼻香?人生道路比较漫长,世事难料,谁都很可能会经历一些磨难,或小或大,或短或长。面对磨难,尤其是一些小小的磨难,我们不应当消沉颓唐,而应当奋发自强,向曹雪芹、鲁迅等伟人学习,把磨难变成我们的磨刀石,变成我们成功的垫脚石。

第 **4** 辑
史海拾贝

子产拒鱼论

难得清明马皇后

『萧规曹随』最能见曹参人品与勇气

项羽，你孤独吗？

子产拒鱼论

　　子产拒鱼的故事很早就读过，也有很多人从各个不同的角度评论子产，或者说他非常清廉，虽然喜欢吃鱼却绝不无故受鱼；或者说子产很官僚，只管布置工作却不注意是否落实。我却对子产挨批评感到有些冤枉，对校人的扬扬得意很有感触。甚或可以这样说：正是因为从古至今有许多校人这样的自以为得计的人，我们的社会风气才会变得如此让人不满。

　　我们不妨重新来温习一下出自《孟子·万章上》的这段文字："昔者有馈生鱼于郑子产，子产使校人畜之池。校人烹之，反命曰：'始舍之，圉圉焉；小则洋洋焉，攸然而逝。'子产曰：'得其所哉！得其所哉！'"是的，别人送了活鱼给子产，子产让手下的小办事员去把它放生，结果，这位办事员把鱼煮了吃了，还对子产撒谎说把鱼放生了，并且把鱼被放生时的情形给子产绘声绘色地描绘了一遍。子产官僚吗？如果我们是子产，这么一件小事，还会不会再派一个人去监督校人？或者到现场去查看？即便再去查看，又会不会有更好的结果？或者监督的人会不会同流合污？难怪鲁迅先生曾经有人性唯危说，这么一件小事都不信任手下人，那还有什么事情能够办好？

　　所以，我们应该指责批判的是那位校人，他在子产这样一位孔子都非常佩服的能干、清廉的政治家手下，竟然可以混下去，枉对子产的信任，而且还厚颜无耻地欺骗子产，在子产面前说自己的工作能力很强，任务完成得很好。子产其实是以诚待人，以诚办事，非常信任自己身边的人。事实上，他底下的绝大多数干部也没有辜负他的信任，所以才能成就他这位春秋时代的著名政治家。反过来，要是他手下有一大批校人这样的办事员、这样的干部，子产肯定会被坑得很惨。

　　也许有人会说，子产这样精明，手下出了这样的干部，终究还是他的责任。似乎有道理,然而岂不闻"智者千虑必有一失,愚者千虑必有一得",不管像子产这样的伟人多么有才,多么能干,多么伟大,他们的精力永远是有限的,永远不可能事事都亲力亲为,即便事必躬亲,也会有办不到办不好的时候。所以,必须有一批人去帮他、协助他。这个时候,往往就会有一些投机分子,看到子产这样有地位有权力的人需要人手,就会带着自己不可告人的目的,通过伪装,进入其中。这样的事,无论是哪个朝代,无论是哪个伟人,都是没有办法避免的,也是防不胜防的。所以,古人才会说:君子永远不是小人的对手。为什么?因为君子坦荡荡,光明正大,而小人总是喜欢搞阴谋诡计,背地里做手脚,最喜欢来一些见不得人的勾当,而表面上却花言巧语,把自己掩饰得天衣无缝,把自己吹捧得天花乱坠。君子总是以诚待人,把别人想得像自己一样淳朴善良;小人总是精于算计,总是把别人想象得像自己一样狡诈虚伪。

从古至今,像子产这样的伟人偶尔被校人这样的小人所蒙蔽的不在少数,而像校人这样在蒙蔽了伟人或好人之后还自以为得计的小人也不在少数。至于像我们这样的普通人被欺骗的情况就可能经常发生了,而那些欺骗了我们这样的普通人的小人在得手之后,就不止于自以为得计,他们更会在心里对我们这些善良的受骗者表示他们的鄙夷:今天又骗了一个傻瓜。但是,玩弄阴谋诡计的人,靠欺骗虚伪一时得计的人,总是不可能长久,也总是难以上得大雅之堂,最终往往背着一个骂名猥琐生活潦倒终生。南郭先生被识破之后不就是逃之夭夭不知所终吗?他的名字即使现在不还是骗子的代名词吗?

但是,我们这些善良的人还是要警惕,防止自己被人欺骗。俗话说得好:"害人之心不可有,防人之心不可无。"而且,如果我们总是以一颗善良的心去看人处世,虽然吃点小亏无所谓,却可能助长那些骗子。相信只要人类社会存在,骗子们就会存在,我们不能等到那些骗子把国家社会弄得一塌糊涂、风雨飘摇了,才想到要特别重视提防这些骗子,那样的话,我们个人也好,国家也好,损失可就大了,甚至无法挽回了。历史上这样的教训不少:赵高葬送了大秦王朝,李林甫塌方了盛唐帝国,秦桧阻碍了收复河山,袁世凯颠覆了民主共和。如果我们每个人都能够把眼光磨得更锐利一些,对骗子看得更清楚一些,让骗子们得手的机会更少一些,相信这样以后骗子也就会少一些,我们的社会也会更和谐一些。

当然,我们决不能因为有几个骗子,就人人自危,以为身边都是骗子,那样可就正中骗子的下怀,他们就正好浑水摸鱼。我们对人还是要多一份信任,少一份怀疑,如子产那样,绝不能因为几个骗子就改变自己的行事原则,永远保持那份君子的坦荡,永远保持那份诚挚,通过弘扬君子之风,来让那些小人成为过街老鼠,无容身之地。

难得清明马皇后

　　很多人提到马皇后时,都会想起朱元璋的皇后马氏,却绝少知道东汉明帝的皇后马氏。我第一次知道马后是在读《资治通鉴》的时候,读完之后,深为马后的贤明感动,把有关她的事迹的文字从《资治通鉴》上摘抄了下来。第二次是在拟制一套高考模拟真题的时候,我突然想到了这位马皇后,于是把她的事迹编成了一段文言文阅读题目。第三次是看到身边的很多男女都在追看酥胸欲爆的《武媚娘传奇》和还在重播的宫中智斗范例剧《甄嬛传》的时候,我又一次从网上翻出了《后汉书·皇后纪十·明德马后纪》。相比于被影视编导们反复拍摄的误国弄权的慈禧太后那拉氏、杀子篡位的武则天,我们这立名正言顺当上皇后的马氏,在今天显得太过冷清、太过寂寞了。

　　明德马皇后,史书上已失其名,虽是伏波将军马援的小女,却少遭不幸。马援虽才能杰出,忠心为国,却因不属于光武帝身边南阳、河北两大权力集团的任何一个,又加上正直得罪了权贵,即使马革裹尸而还,也遭权贵诋毁,皇帝贬斥。而马后的生母估计是早死,抚养她的继母因马援战殒而得重疾。马后就是在这样外受欺侮、内遭变故的环境中长大,从小就显得格外懂事,特别坚强。史载,马氏十岁时料理家事就像个大人,"干理家事,敕制僮御,内外咨禀,事同成人"。一个十岁的女孩子,就要挑起那么大的一个家庭的重担,而且能做到有章有法,有礼有节,这既是多么的艰难可怜,又是多么的坚强伟大。

　　十三岁时,马后因堂兄马严的帮助得以入选进太子宫中,无论是侍奉太子主母阴丽华皇后,还是对待同列的宫妃及其左右,都很注意礼仪周到,使得太子宫中能上下相安,也因此深得太子即后来的汉明帝的宠爱,常居后堂陪伴在明帝左右。明帝即位之后,就晋封马氏为贵人,并且把马氏同父异母姐姐的儿子即后来的汉章帝交由马后抚养。明帝还特别嘱咐说："人不必自己亲生儿子，只怕抚养他人儿子而不加爱护。"其实，明帝这句话是多余的。明帝把当时自己唯一的儿子——将来的皇位继承人交由马氏抚养，足见马氏的人品，也足见明帝对马氏的充分信任。马氏对章帝也确实尽心抚养如同亲生，终其一生，母慈子孝，始终没有纤微芥蒂，全然没有宋代真宗刘皇后与仁宗那种隔膜，更没有那拉氏与光绪之间的猜忌，当然也没有武则天与唐中宗李显之间那种仇视，更不用说武则天为了权力杀害自己的亲生女儿与儿子了。从这一点上说，马后可以说是古往今来为人母，特别是为继母者的典范，武则天之流该当羞愧去见马后的。

马氏能得到"明德"的谥号，当然绝不止于这些。她的德，她的明，还有很多值得今天的人们学习与反思的。

永平三年，马氏因众望所归被册立为皇后。史载她能诵《易经》，好读《春秋》《楚辞》，尤善《周礼》《董仲舒书》，可谓博学多才。然而，她的穿着却是异常朴素。她常穿白色的厚缯，裙子不加好看的花边或金丝边，后宫嫔妃着绫罗绸缎打扮得花枝招展地去拜见皇后娘娘时，马后却穿着稀疏粗糙的袍衣！当明帝率领一群嫔妃到北宫的濯龙园等地游玩时，马后很少参与，反而多次劝谏。看看我们今天，七千万嫁女的海天盛筵，一路劳斯莱斯、路虎、保时捷的迎亲车队，穿戴着十几公斤金玉的新娘，与马皇后比起来，只能说一个庸俗至极，暴发户的心态毕现；一个则高贵无比，自有一番芙蓉寒梅的素雅天然之美。

尽管马后终明帝在位之时一直深得宠爱与敬重，但她从没有因家族私事向明帝求官求福。章帝即位后，多次想封几个舅舅爵位，马后坚决不答应。她不但列举前朝无功封侯而不得善终的王氏、田氏、窦氏家族为鉴戒，而且严厉批评自己的兄弟们生活奢华，不加检点："吾为天下母，而身服大练，食不求甘，左右但着帛布，无香薰之饰者，欲身率下也。以为外亲见之，当伤心自敕，但笑言太后素好俭。前过濯龙门上，见外家问起居者，车如流水，马如游龙，仓头衣绿，领袖正白，顾视御者，不及远矣。故不加谴怒，但绝岁用而已，冀以默愧其心，而犹懈怠，无忧国忘家之虑。"对自己母亲的坟墓高了不合朝廷体制，立时要求兄弟们改正，对娘家亲戚有犯错误的，立加谴责，"如有纤介，则先见严格之色，然后加谴。其美车服不轨法度者，便绝属籍，遣归田里"。相反，对外戚中"有谦素义行者，辄假借温言，赏以财位"，对诸侯王中"车骑朴素，无金银之饰"者，即大加赏赐。因此"内外从化"，天下翁服。马后这种严于律己,严于律家,以天下为公,为天下表率的明理与德行,同后世与今天那些"一人得道,鸡犬升天",大搞"石油派""四川派""山西派",大搞裙带关系,置党纪国法于不顾,置人民利益于不顾,置天下民怨于不顾的人比较起来,又岂是天上地下的区别呢?

我常想,为什么当我们的平民百姓都在为"彭麻麻"的穿用国货、言行举止高雅大方而不俗的行为点赞的时候,还有那么多的人到国外去购买飞机、游艇等奢侈品,为了几个苹果大打出手,丢尽人格国格呢?为什么当我们很多地方的校舍成危房,很多学生没有衣服鞋子的时候,还有那么多的富豪可以到澳门、摩纳哥、拉斯维加斯去一掷千金地豪赌呢?为什么当马后这样一个充满了正能量、堪为后世表率的明德形象被埋没在历史的纸堆烟尘里,而武则天、那拉氏这些穷奢极欲,为了自己可以不顾一切的无德无明的沉渣余孽,却一遍又一遍地被人翻拣出来?是我们这个社会纸醉金迷者太少,还是利欲熏心者太少?是弄权祸民者太少,还是德行低劣者太少?难怪有人曾经将《甄嬛传》与韩国的《大长今》对比说:中国的影视如《甄嬛传》《夜宴》《满城尽带黄金甲》等豪门巨制,无不是教给人们在险恶中求生存,以诡计得胜利;而《大长今》则告诉韩国人,正义终将战胜邪恶,善人最后自有好报。

这个评价虽然有些以偏概全,却也并非毫无道理。中国当代的文艺工作者不可不警醒,不可不认真学习思考习近平总书记在文艺工作座谈会上的讲话,不可不意识到自己肩负的传递正能量的神圣使命。

历史如何评说当代的文艺工作者,需要文艺工作者自己去争取!社会需要正能量,文艺工作者自身也需要多一些正能量!

"萧规曹随"最能见曹参人品与勇气

　　一般人读历史,都知道汉初三杰萧何、韩信与张良,较少有人知道曹参,或许知道"萧规曹随"这个成语,却还是不了解曹参其人。曹参其人,依我看是不输于汉初三杰的:三杰只是一个方面突出,曹参却是文武全才,出将入相。曹参一生大小七十余战,几乎都是胜仗。司马迁评价说,曹参之所以成为刘邦手下仅次于韩信的战将,乃是因为他跟随韩信的缘故。其实有那么多人跟随韩信,为什么曹参成为韩信手下最为成功的将领,恐怕不是全靠运气吧,没有几手硬本事肯定不行,何况还有很多次韩信让曹参独当一面,而曹参每次都能够圆满完成任务。萧何死后,曹参成为汉高祖刘邦早就内定、萧何竭力举荐、吕后与汉惠帝都认可的丞相不二人选,可见他的治国理政能力也是得到公认的,而他自己也是信心满满,所以才会"告舍人趣治行,'吾将入相'"。此前他担任齐国国相,把齐国治理得井井有条,也表现了他卓越的政治才能。萧何治国理政能力很强,但是冲锋陷阵就远不如曹参;韩信打仗是一把好手,但是在政治上几乎就是一个白痴,所以才会命丧吕后手中;张良足智多谋,但是打仗与理政都不如曹参,连封地都怕大了肥了,战战兢兢过日子,哪像曹参那样想吃就吃想喝就喝,坦坦荡荡。此外,曹参与萧何一样都有知人之明与自知之明。他开始到齐国做相国就没有头绪,发现盖公是个人才,就委政盖公,实现了齐国的大治。他做丞相,自认为不可能比萧何更好,就遵循萧何定下的规矩,实现了西汉初期的休养生息,为"文景之治"奠定了坚实的基础。萧规曹随,从表面看来似乎说明曹参没有什么才能,实际上恰恰是因为曹参具有远见卓识,知道西汉初期刚刚经历了长期的战争,国家与百姓都需要休养生息,来不得半点折腾,所以才会"随"。其本质是力主清静无为,其实质并非庸碌无为,而是不妄为,不乱为,不扰民。比如说,在选人上,他坚持贤德忠厚为先,巧言令色、功名利禄之徒一概拒之门外;在用人上,他坚持虚怀自持,对下属不苛察细过;在执法上,他坚

160

持从宽量刑,不滥施刑罚;在行政上,他坚持省事节用为本,不浪费国资民力。看起来似乎无所作为,实际上他是很有原则、很有举措的。正因为如此,所以当汉惠帝来责问他时,他才能不慌不忙、有理有据地说服皇帝,皇帝也因此才放心让他继续做丞相。

曹参虽武将出身,却并非一介莽夫,非常聪明机智。他与汉惠帝的对话可以看出他高超的谏诤艺术:"参免冠谢曰:'陛下自察圣武孰与高帝?'上曰:'朕乃安敢望先帝乎!'曰:'陛下观臣能孰与萧何贤?'上曰:'君似不及也。'参曰:'陛下言之是也。且高帝与萧何定天下,法令既明,今陛下垂拱,参等守职,遵而勿失,不亦可乎?'"正因为如此,惠帝才会高兴地说:"善。君休矣!"对于不明事理又有一颗责任心的属下,他又是另一番做法,为的是保护他们的积极性,不挫伤他们:"卿大夫已下吏及宾客见参不事事,来者皆欲有言。至者,参辄饮以醇酒,间之,欲有所言,复饮之,醉而后去,终莫得开说,以为常。"对儿子则是该打则打该骂则骂:"窋既洗沐归,间侍,自从其所谏参。参怒,而笞窋二百,曰:'趣入侍,天下事非若所当言也。'"可见曹参对不同的人能够运用不同的态度与方法,足见他的政治智慧,在做人做事方面实际上是不输于汉初三杰的。

不过,曹参最让人佩服的还是他的人品与勇气。不论哪个时代,大凡才能杰出的人,都有一些傲气,韩信就是一个典型,他对刘邦说的那一番"你最多带十万兵,我则多多益善"就是例证,最终也为自己埋下了祸根。而曹参虽然出将入相、位极人臣,却能够大巧若拙、大智若愚,主动承认自己不如萧何,对萧何定下的治国之策,坚守不变,还宁愿背上一个"懒政、怠政"的名声,确实难得。这份人品、勇气、度量,的确值得后世人学习。我们今天很多地方的主政者,最怕别人说自己不如前任,最怕百姓说自己没有作为,最怕替前任还债,最不愿意按照前任的规划行事,最喜欢推倒重来,最想出政绩以便快速上位。我们常常可以看到这样的新闻:某城市在前任手里耗费巨资修建的公园休闲广场,现在改建为商业中心;某城市在前任手里栽植的行道树,现在全部改种银杏树;某城市原来的工业区是向南发展,到了现任改为向北开拓;前任的报头是圆体,现任的就一定要改为毛体;诸如此类,不胜枚举。总而言之,就是要表现出自己与众不同,就是要表现自己比前任更有能力,就是要张扬自己的风格,就要留下自己主政一方时的深刻烙印。更有甚者,以否定前任为能事,以推翻前任制定的规划方案为快事。至于是否符合实际,是否有利于民生,是否会造成巨大的经济浪费,这个城市是否经得起折腾,老百姓是否支持满意,那不是他考虑的问题。他的逻辑思路只有一个:今朝权在手,便把令来行,谁不听我的,就撤他的职、罢他的官。

由此看来,曹参的确有很多方面值得当下一些地方的主政者学习。《光明日报》曾经刊文说应该学习萧规曹随的不折腾,其实,曹参的才能卓越却虚怀若谷,为政一方却胸有全局,身处高位却心系民生,满腹智慧却守拙若愚,他的人品与修养,他的度量与气魄,他的处世方法与态度,他的忠君爱国与体恤民生,无一不是值得学习的。事实上,老百姓心里有一面明镜,也有一杆公平的秤,对于曹参的功绩,百姓自有很高的评价:"萧何为法,觏若画一;曹参代之,守而勿失。载其清净,民以宁一。"俗话说得好:金奖银奖不如老百姓的夸奖,金杯银杯不如老百姓的口碑。当政者为官一任究竟如何,不是自己认为自己做得如何如何好就真的如何如何好,老百姓说你好才是真的好。你真的做好了,老百姓自然会给你一个很高的评价;你自己给自己戴高帽子,老百姓不会认账,甚至给你编出很多段子来。所以, 为政者永远要记住习近平总书记的教导:"要让老百姓有实实在在的获得感。"要记住刘少奇同志曾经说过的话:"历史是由人民写的。"

附录:

惠帝二年,萧何卒。参闻之,告舍人趣治行,"吾将入相"。居无何,使者果召参。参去,属其后相曰:"以齐狱市为寄,慎勿扰也。"后相曰:"治无大于此者乎?"参曰:"不然。夫狱市者,所以并容也,今君扰之,奸人安所容也?吾是以先之。"参始微时,与萧何善;及为将相,有郤。至何且死,所推贤唯参。参代何为汉相国,举事无所变更,一遵萧何约束。择郡国吏木讷於文辞,重厚长者,即召除为丞相史。吏之言文刻深,欲务声名者,辄斥去之。日夜饮醇酒。卿大夫已下吏及宾客见参不事事,来者皆欲有言。至者,参辄饮以醇酒,间之,欲有所言,复饮之,醉而后去,终莫得开说,以为常。相舍后园近吏舍,吏舍日饮歌呼。从吏恶之,无如之何,乃请参游园中,闻吏醉歌呼,从吏幸相国召按之。乃反取酒张坐饮,亦歌呼与相应和。参见人之有细过,专掩匿覆盖之,府中无事。参子窋为中大夫。惠帝怪相国不治事,以为"岂少朕与"?乃谓窋曰:"若归,试私从容问而父曰:'高帝新弃群臣,帝富于春秋,君为相,日饮,无所请事,何以忧天下乎?'然无言吾告若也。"窋既洗沐归,间侍,自从其所谏参。参怒,而答窋二百,曰:"趣入侍,天下事非若所当言也。"至朝时,惠帝让参曰:"与窋胡治乎?乃者我使谏君也。"参免冠谢曰:"陛下自察圣武孰与高帝?"上曰:"朕乃安敢望先帝乎!"曰:"陛下观臣能孰与萧何贤?"上曰:"君似不及也。"参曰:"陛下言之是也。且高帝与萧何定天下,法令既明,今陛下垂拱,参等守职,遵而勿失,不亦可乎?"惠帝曰:"善。君休矣!"

——《史记·曹相国世家》

项羽,你孤独吗?

　　每当读到《鸿门宴》,我就会想起李清照对项羽的评价:"生当作人杰,死亦为鬼雄。至今思项羽,不肯过江东。"我很佩服女词人李清照的独具慧眼,但我更佩服项羽的为人:活得坦荡,死得磊落。

　　项羽,你知道吗?很多人,包括太史公司马迁在评价你时,都说你刚愎自用,不能容人,才导致你的失败。我知道,你如果听到这样的议论一定会感到孤独、悲伤的。你孤独,是因为这世界上懂你的人太少;你悲伤,是因为这世上坦荡磊落的人太少,而奸诈狡猾的人太多。

　　巨鹿之战时,卿子冠军宋义只想让秦赵两军斗得两败俱伤,以便坐收渔翁之利,然后成就自己善于用兵的美名。你看不惯在别人危难时见死不救,更看不惯利用别人的灾难和牺牲来成就自己的险恶用心。你杀了宋义,率领八千弟子,破釜沉舟,凭借自己的英勇无敌和一股正气,打败了秦军,挽救了赵军,取得了秦末农民起义的决定性胜利。你用事实告诉人们,只要有勇气,光明正大同样可以取得胜利,相反,偷鸡摸狗式的行为,即使胜了也不光彩。

　　鸿门宴时,你对刘邦想独霸胜利果实确实是义愤填膺。当你和各路诸侯在关外出生入死扫荡秦军主力的时候,刘邦却趁关内空虚,先破秦入咸阳,与秦地父老约法三章,想独霸关中为王。"胜利果实是大家的,明天我们一起去打败那个无情无义的刘三,夺回属于我们自己应得的东西。"刘邦听了,吓得屁滚尿流,先是通过项伯在你面前编造一通谎言,接着亲自带领张良、樊哙等一群骗子来蛊惑人心,把他们卑劣的行径说得冠冕堂皇。你不是不知道他们心中有鬼,你不是不想杀了刘三这无情无义的流氓无赖。但是,还有很多人没有看清刘邦的真实面目,而且刚刚取得推翻残暴的秦政权的胜利,你不想起义军内部自相残杀,所以,你对范增的几次示意装作没看见。范增怎能理解你作为一个顶天立地的男子汉的胸怀和远见呢？

然而，你均分胜利果实的一片苦心终究是白费了，起义军内部不久就互相打起来，刘邦再次耍弄他的阴谋，"明修栈道，暗度陈仓"，占领了关中。你愤怒了：从秦王朝的暴力下活下来很不容易，从刀枪无情的战场活下来更不容易，为什么当初有了暴秦这个共同的敌人，大家可以团结一致，而一旦胜利之后反倒要互相残杀，不愿和平共处呢？难道皇帝的宝座就那么的重要？难道可以不顾兄弟情义、不顾百姓死活、不顾千秋骂名吗？可惜的是，对付残暴的秦王朝，你可以凭借自己的勇气战而胜之，而对于这一群惯使阴招、见利忘义、不顾天下百姓死活、只顾自己一家私利的无耻之徒，你确实不是他们的对手。正人君子不是小人的对手，坦荡磊落的人不是阴险狡诈的人的对手，几乎从来都是如此。

你孤独吗？你悲哀吗？是的。你不甘心，所以你说，自己的失败"非战之罪"，"乃天也"。正义之人都不甘心自己败在小人的手下，你更不甘心自己在小人的统治之下苟活，宁可自刎乌江，让趋利忘义、变节苟活的吕马童之流羞愧去吧。

项羽，你不知道，从你死后，小人当道，延续上千年。项羽，你知道吗？在你死后，小人们互相残杀，狗咬狗，满嘴的毛。项羽，你知道吗？从你死后，天下像你这样光明磊落、顶天立地的男子汉就太少太少了，即便有几个，也不敢像你那样主持公道，敢作敢为，而是明哲保身，隐居山林。

项羽，千年以来，我知道你很孤独，也知道你很悲伤，但是，却也只能孤独着你的孤独，悲伤着你的悲伤。项羽，你不必孤独，也不必悲伤。因为，几千年以来，一直都有人清楚明白你的价值，一直都有人敬佩你高尚的人格、坦荡的胸怀，这也是我们这个民族能绵延至今、没有灭亡的缘由。

呜呼，项羽，你将不会孤独，你一定不会孤独！

千古之后话诸葛

近来读到杜甫的《蜀相》一诗,其中"三顾频烦天下计,两朝开济老臣心。出师未捷身先死,长使英雄泪满襟"几句,曾经引发很多人的感慨。确实,很多人在谈到诸葛亮时,都用他自己在《出师表》中的话"鞠躬尽瘁,死而后已"来高度评价他,对他功业未竟感到惋惜。罗贯中的《三国演义》对诸葛亮更是极尽神化之能事,把诸葛亮刻画为一个上知天文、下通地理、算无遗策、战无不胜的诸葛大仙。

然而,在诸葛亮千古之后,我反复仔细地读《三国演义》与《隆中对》,越来越觉得诸葛亮不仅不值得赞扬,反而应该狠狠地批判。

诚然,诸葛亮的个人才能是杰出的,但是,他的逆历史潮流而行,他的为着自己的功名成就,逞个人英雄,给当时的国家人民所造成的巨大灾难与痛苦,他的嫉贤妒能,却是被很多"葛粉"视而不见的。

先说逆历史潮流而动吧。对普通百姓而言,天下安定才是他们的福音,自古以来的人们,都是"宁为太平犬,不为乱世人",何况东汉末年的战乱已经造成繁盛的中原"白骨露于野,千里无鸡鸣"。这时的北方,出现了一个雄才大略、怜惜苍生的英雄——曹操,他对百姓的疾苦,对战乱给国家带来的灾难看在眼里,急在心里,他以"周公吐哺,天下归心"的胸怀,广纳英才,挟天子以令诸侯,以弱胜强,以少胜多,终于初步平定中原,给黎民百姓带来了生活安宁的曙光。为了减轻连年战乱之后百姓的负担,曹操还大力推行军屯,以军屯为军队提供资粮。曹操的这些措施,诸葛亮都是知道的,对曹操的实力,诸葛亮也是知道的。他自己在《隆中对》中说:"曹操比于袁绍,则名微而众寡。然操遂能克绍,以弱为强者,非惟天时,抑亦人谋也。今操已拥百万之众,挟天子而令诸侯,此诚不可与争锋。"然而,面对民心思安的天下大势,诸葛亮却置百姓利益与生死于不顾,极力辅佐一个势力最为弱小的所谓的皇叔刘备来阻挡曹操统一天下的大势,造成天下更久的战乱,给黎民百姓造成更长久的痛苦,其罪是不可饶恕的。其实,看过《三国演义》我们就会知道,诸葛亮自己也知道刘备与刘禅绝没有统一天下的可能,这从诸葛亮死前托付后事指定接班人的话语和神态中就可以看出来。可见,诸葛亮从头到尾都是知道事不可为的,却仍然明知其不可为而为之,其精神虽然可嘉,然其置百姓利益于不顾,逆历史潮流而动,却是罪孽深重的。

再说诸葛亮的功名思想与个人英雄主义也是很突出的。同样,曹操对人才的重视,诸葛亮也是知道的。譬如徐庶在刘备军中稍露锋芒,曹操不但不因他打败自己的部下而嫉恨,反而想尽千方百计把他招纳到自己麾下。再譬如庞统,当赤壁大战之际,到曹操军营献连环之计,曹操却以博大的胸怀欢迎他,以贵宾之礼款待他,希望他能为自己所用,对他毫无提防之心。尽管曹操身边谋士如云,猛将如林,但对张辽、张绣、贾诩、徐庶等来自敌对阵营的乃至有杀子之仇的人,仍赤诚相对,以国士待之,期望他们能为自己一统天下、安定黎民助一臂之力。然诸葛亮却不是为黎民百姓早日脱离苦海着想,只为自己的功名成就和个人英雄主义着想。因为他知道,自己如果在刘备的身边,就如鹤立鸡群,脱颖而出,而如果到了曹操那里,则将因人才济济而泯然众人,难有扬名立万的出头之日。即便是想到刘备身边,他也是欲擒故纵,抬高自己的身价,非得让刘备三顾茅庐不可。也许有人会说,诸葛亮本来是无意于功名仕途的,是刘备的诚心打动了他。如果哪位真是这样想,那可真是被诸葛亮的把戏或演技给欺骗了。试看看《隆中对》与《三国演义》中的这些话便知:“亮躬耕陇亩,好为《梁父吟》,身长八尺,每自比于管仲、乐毅,时人莫之许也。”“孔明与博陵崔州平、颍川石广元、汝南孟公威与徐元直四人为密友。此四人务于精纯,惟孔明独观其大略。尝抱膝长吟,而指四人曰:‘公等仕进可至刺史、郡守。’众问孔明之志若何,孔明但笑而不答。每常自比管仲、乐毅,其才不可量也。”

由此可见,诸葛亮是一直有政治野心的,他的所谓躬耕隐居,乃是作秀。然而,曹操挟天子而令诸侯,使诸葛亮在曹操手下已经没有了做管仲、乐毅的可能——因为曹操就是汉献帝的管仲、乐毅了。当然,诸葛亮也知道凭自己的能力绝不可能取代曹操而为大汉丞相,所以,只能退而求其次——做蜀汉的丞相了。至于其“淡泊以明志,宁静以致远”的旗幡,只是标榜给后人看罢了,是绝不能信以为真的。

其三,诸葛亮的嫉贤妒能,到今天也逐渐为人所知,其最典型的表现就是对待魏延。当初诸葛亮不顾国力之间的悬殊不听后主的劝阻坚持北伐时,魏延提出子午谷奇袭之计,愿意率领五千精兵由子午谷快速到达长安城下,一举拿下长安,而由诸葛亮率领大军由斜谷赶到长安支援。诸葛亮认为此计过于凶险且难以成功。事实上,魏延这一建议是得到了诸葛亮的老对手司马懿的高度赞扬的,也是北伐唯一可能成功的策略。但是,诸葛亮怕魏延建不朽奇功,故弃而不用。诸葛亮死了之后,仍然惧怕魏延建不世之功,从而证明他的谬误与无能,于是设计除掉了魏延,这从魏延被杀之前的话也可以看出:"丞相虽亡,吾今现在。杨仪不过一长史,安能当此大任? 他只宜扶柩入川安葬。我自率大兵攻司马懿,务要成功。岂可因丞相一人而废国家大事耶?"……延怒曰:"丞相当时若依我计,取长安久矣!"岂止是对魏延,对关羽也是如此。关羽是刘备手下唯一能够独当一面可与诸葛亮抗衡的大将,也是不怎么服诸葛亮的,否则,以诸葛亮之才,怎么会不派人照应关羽的后路,让其败亡而死?

诸葛亮主政蜀汉,尤其是在刘备死后,基本上就像武大郎开店,比我能力强的人休想做官提拔,以至于"蜀中无大将,廖化作先锋"。出现这种人才短缺的局面,不能不说主要原因乃是因为诸葛亮嫉贤妒能造成的。我们都知道,人才是一个国家成败的根本,刘备之所以能够在豪杰并起的时候三分天下有其一,如果没有关羽张飞赵子龙这些猛将,单有一个诸葛亮,恐怕绝无可能。而诸葛亮受托孤之重,不思发现人才以图长远,不思安民以固社稷,却醉心于武功南征北伐,使得蜀汉元气大伤,很快就被司马昭攻灭,使得刘备十余年的心血毁于一旦,诸葛亮之罪可谓大矣。

封建社会的历史,从来都是成王败寇,因此,诸葛亮才会留名青史,但如果从黎民百姓的角度来看,诸葛亮一定是罪大于功的。因此,诸葛亮的这三桩大罪,后世之人不可不鉴。即以当今台湾而言,祖国统一是不可抗拒的历史潮流,台湾之实力与大陆相距又岂止是当初蜀汉与曹魏那么大? 然而,极个别的自认为有才的"台独分子",罔顾力量悬殊的现实,罔顾祖国统一的大势,罔顾台湾同胞期望生活安宁的强烈愿望,只想逞个人英雄主义,只为成就自己的个人功名,其结果,将不但被台湾同胞所不齿,亦将为整个中华民族所唾弃,必将被钉上历史的耻辱柱。

江山是虚，美人是实

如果有这样两个人，一个把江山送给你，一个把美人送给你，你会认为哪一个功劳更大一些？你会对哪一个更好一些？如果有一个人任劳任怨为你办事偶尔做错一些事，而另一个经常做错事但却经常陪你玩耍赌博，你会更喜欢哪一个？你一定会说："当然是前一个。"这样回答，乃是因为你身处事外，也能冷静理智。一旦置身其中，鲜有不喜欢后者的。

大唐的创建，太宗与晋阳令刘文静首谋。太宗是李渊的儿子我们且不说，那刘文静是"首谋"却是史有定论的，因此，说刘文静把江山送给李渊是不为过的。为了坚定李渊的起兵造反决心，刘文静还让裴寂把李渊灌醉，让隋炀帝宫中的两个美人陪李渊，但毕竟能直接送美人给李渊的还是当时做太原宫监的裴寂，所以李渊就把这个人情记在裴寂的头上。

再说说李渊太原起兵前后两人所立的功吧。

刘文静在李渊起兵前后可谓鞍前马后，非常主动。首先是在太宗的直接指挥下，除掉了可能成为威胁的太原副留守王威、高君雅。"太宗既知迫急，欲先事诛之，遣文静与鹰扬府司马刘政会投急变之书，诣留守告威等二人谋反。""文静叱左右执之，囚于别室。既拘威等，竟得举兵。"其次是刘文静出使突厥始毕可汗，"令率兵相应"，经过刘文静的一番花言巧语，"始毕大喜，即遣将康鞘利领骑二千，随文静而至，又献马千匹"，李渊看到有了突厥的兵马支持，非常高兴，对刘文静说："非公善辞，何以致此？"这次出使，不但让李渊有了一个稳固的后方，还有了一个强有力的帮手，这是李渊能当上皇帝的重要原因之一。其三是隋朝大将屈突通"自潼关奔东都，刘文静等追擒于阌乡，虏其众数万"。起兵初期，能一次收编隋兵好几万，既大大削弱了隋军的抵抗力，又大大加强了唐军的实力，功劳之大不言而喻。

　　裴寂在起兵前后的功劳非常有限,只有两处值得说一说。一是"太宗将举义师而不敢发言,见寂为高祖所厚,乃出私钱数百万,阴结龙山令高斌廉与寂博戏,渐以输之。寂得钱既多,大喜,每日从太宗游。见其欢甚,遂以情告之,寂即许诺"。也就是说,裴寂为太宗充当了一回说客,说服了李渊起兵。二是当李渊犹豫不决时,刘文静先是劝慰裴寂:"公岂不闻'先发制人,后发制于人'乎? 唐公名应图谶,闻于天下,何乃推延,自贻祸衅? 宜早劝唐公,以时举义。"后是威胁裴寂:"且公为宫监,而以宫人侍客,公死可尔,何误唐公也?"裴寂没有了后路,"甚惧,乃屡促高祖起兵"。可见,裴寂的"开国元勋"是在太宗和刘文静的利诱和威胁下得来的。

　　再说说两人的过吧。

　　刘文静在薛举侵犯泾州时,"以元帅府长史与司马殷开山出战,大败,奔还京师,坐除名"。而裴寂打的败仗就比刘文静多多了:"武德二年,刘武周寇太原,守将数困,寂请行,授晋州道行军总管讨贼,以便宜决事。贼将宋金刚据介州,寂屯度索原,贼堰水上流,寂徙屯,为贼所搏,兵大溃,死亡略尽。寂昼夜驰抵平阳,镇戍皆没。上书谢罪,高祖薄其过,下诏慰谕,俾留抚河东。寂无它才,惟飞檄郡县,促入屯垒相保赘,焚积聚,人益惴骇思乱。夏人吕崇茂杀其令,反,为贼守,寂攻之,复为所败。"同样打败仗,两人的处罚也不一样。刘文静打一次败仗就"坐除名",裴寂则先是被李渊"薄其过,下诏慰谕,俾留抚河东",后是"责让良久,以属吏,俄释之,遇待如初"。

　　同样被诬告,结果也大不一样。刘文静被诬告,虽有太宗、李纲、萧瑀等人证明他没有造反,但是却抵不上一个裴寂证明他有造反之心,加上李渊"素疏忌之",刘文静就死定了,他自己很坦白地辩护,也成了造反的证据:"文静此言,反明白矣。"裴寂被诬告后,"按讯无状",李渊还对他解释自己的良苦用心:"朕有天下,公推毂成之也,容有贰哉? 所以讯吏,欲天下人信公不反耳。"

　　按理,刘文静帮助李渊夺取江山的功劳比裴寂大得多,而过错却小得多,应该结局比裴寂好得多,但事实却相反,这是为什么呢? 因为:江山是虚,而美人是实。美人是看得见摸得着的,是每天都能让你愉悦的,让你魂不守舍的实实在在的东西,而江山却是看不见也摸不着的,是让人劳心劳力的,是让人受苦受累担惊受怕的东西。也许你会说李渊真糊涂,真不知好歹,其实,我们身边这样的人岂在少数?看看你的身边,是不是有很多人对父母、师长、朋友苦口婆心劝他珍惜时间认真学习、勤奋工作、珍惜前程非常厌恶?

是不是有很多人对不求上进、不三不四的人拉他去游手好闲、上网游戏、赌博吸毒非常受用？为什么会这样？因为前程就像江山是虚的，是让人劳心劳力、受苦受累、担惊受怕的东西，而游戏赌博等就像是美人，是让人非常受用、立马愉悦、沉溺其中而不知其害的东西。也正因为如此，现在的很多人都学裴寂，喜欢送美人、金钱、别墅、出国旅游等给人，同样有很多人如李渊一样，讨厌那些劝他珍惜如江山一般的身体、前程、家庭之类东西的人。

历史总是惊人的相似，李渊又岂是那唯一值得指责的一个？我们自己很多时候岂不就是一个现代版的李渊？唉！

"孔子困厄于陈蔡"的教育启示

　　在选择一些文言文给学生做翻译练习的时候，又找到了这个熟悉的故事《孔子困厄于陈蔡》。"孔子穷乎陈蔡之间，藜羹不斟，七日不尝粒。昼寝，颜回索米，得而爨之，几熟。孔子望见颜回攫其甑中而食之。少间，食熟，谒孔子而进食，孔子佯装为不见之。孔子起曰：'今者梦见先君，食洁而后馈。'颜回对曰：'不可，向者煤炱入甑中，弃食不祥，回攫而饭之。'孔子叹曰：'所信者目也，而目犹不可信；所恃者心也，而心犹不足恃。弟子记之，知人固不易矣。'"每次读了这段文字，都会有一些感触。

　　很多教育大家都曾经说过，教书是个穷行业，要想发财，就别来教书。我们很多老师自己也知道，教书是个饿不死也吃不饱的岗位。是的，贵为万世师表的孔子还有差点饿死的时候，何况现在这样一个已经把老师从神坛上扯下来的时代。然而，孔子也说过：君子固穷。既然已经选择了教书，就要像孔子一样，耐得住穷困。如果耐不住穷困，就最好另谋高就，否则，很容易把教书与学生作为自己发财赚钱的工具，那个贻害可就大了，既教坏了学生，又让学生以为天下的老师都是这样的，从而毁掉整个教师队伍的形象。即便我们真的有一天像孔子那样走投无路，我们能否像孔子那样从容、安详，在学生面前始终保持一点作为老师的尊严，作为学生的榜样？依我看，教师还是不要像《小二黑结婚》中的三仙姑那样闹"米烂了"的笑话，不要在学生面前一套，在学生背后一套；不要在学生面前高谈股市行情、流行服装、昨夜麻将、今日红包；不要课堂上正气凛然，放学后烂做一团。何况我们今天的生活，再怎么着也不至于到孔子那样差点饿死的境地。总之，还是学一点孔子，即便濒临饿死，即便山崩于前，也还是保留一分矜持，守住一份作为师者的职业尊严。

处于困境之中,孔子并没有走投无路的慌乱,也没有即将饿死的怨气冲天,没有责怪学生的无用,而是"昼寝",显得非常的安详。他确实已经饿得头眼昏花了,因此也没有看清颜回在灶边的动作,只是出于人的本能,怀疑颜回是不是趁饭熟之际先偷点饭吃:这个时候偷点饭吃也属正常。但是,孔子觉得,如果学生犯了错误,老师的职责应该要履行。他必须让颜回知道,举头三尺有神明,在人前人后要一个样。即便如此,孔子还是非常注意教育的方法与艺术:先是假装没看见,不直接说道指责颜回,接着借口说自己刚刚做梦,梦见自己先吃饭然后再装饭给父亲吃。这样,就把一个本来应该对学生的不当行为进行直接批评的问题,变成了一个师生一起探讨的问题。圣人就是圣人,我每当自己饿急心烦之时,常常是拿学生出气,即便后来发现自己冤枉了学生,错批了学生,也常常是不了了之,最多是一句"对不起"。我们学过很多诸如《邹忌讽齐王纳谏》《触龙说赵太后》一类的课文,从小知道对别人说话提意见要委婉,可是当我们面对学生时,往往居高临下,颐指气使,对学生的感受不屑一顾。很多时候,常常挫伤了学生的自尊心,影响了他们的学习积极性,甚至可能对他们的一生都产生负面影响。究其本源,是因为我们没有像孔子那样真正把学生当作平等的一员,当作朋友,给予应有的尊重。而及时地抓住教育契机,也是孔子教育成功的一大特点。如果颜回真的是饿得忍不住偷吃,估计孔子就会拿"饿死事小、失节事大"之类的道理来敲打颜回了。而我平时往往以事务繁忙、工作辛苦为借口,要么抓住学生一点芝麻大的小事揪住不放,要么平时不管,到时再算总账,不善于抓住最好的教育机会。我们真的应该学习孔子,哪怕处于困境之中,也不忘作为教师的责任,始终选取最好的教育方法。

颜回实在是一个不可多得的学生,很聪明,反应快,立即听出老师话中有话,立即进行了合理的解释:"不可,向者煤炱入甑中,弃食不祥,回攫而饭之。"意为我没有违背礼义偷饭吃,没有在老师长辈还没有吃饭的时候就自己先吃,而是因为这些米实在来之不易,不能浪费,因此,当一些米饭因为被柴灰污染的时候,就一把抓吃了。这回轮到孔子尴尬了:原来是自己看错了,却还委婉地批评了学生,自己心中的那点隐事,竟然全被这个玲珑剔透的学生看得清清楚楚。然而,圣人就是圣人,大教育家就是大教育家,他的胸怀就是广大,"知错能改,善莫大焉"。孔子立即以自己所犯的错误作为典型事例,对全体学生说:"所信者目也,而目犹不可信;所恃者心也,而心犹不足恃。弟子记之,知人固不易矣。"孔子通过解剖自己所犯的错,让全体学生有了收获。其实，首先是孔子自己有了这样的收获，再分享给学生的。而这个收获，又主要是从颜回那里得来的，所以我们常说：教学相长。从这里，我们既可以学到教学相长的道理，更重要的是学到孔子那种知错就改、有错必纠的博大胸怀。做老师，最忌讳的是文过饰非，坚持谬误，掩盖真理。我们常常会看到，一些老师在错怪学生之后，在出现知识性错误之后，想方设法找借口，想方设法为自己辩解，没有直面错误的勇气，把自己的脸面看得比什么都重要，却不管这样的行为会给学生造成什么样的影响。我们很多时候以为学生是傻子，可以骗得过去，其实，现在的学生聪明得很，他们知道你为什么这么说这么做，他们也会给你留足面子。但是，在他们的心里，还是有一些鄙夷的。孔子大大方方地在众多的学生面前承认了自己的错误，并且要学生以自己为戒，也成就了他自己的万世师表形象，奠定了他的至圣先师地位，岂不值得我们学习与深思？由此可以看出，做老师也好，做学问也好，最重要的还是做人。先做好人了，才可以做老师。所以，古人对于老师，常说"身教重于言教"，又说"其身正不令而行，其身不正虽令不行"。做人的态度好，人做好了，教师自然也能够做好。

孔子的教育思想核心是教学生学会做人，而且，他认为学会做人是很难的，因此他才会要求学生"学而优则仕"，没有学好就要继续学习。而要教育好学生做人，首先从教师自己做好人开始。

我们当以何为宝?

近日读到一则小故事"国有宝乎",很为其中两位君王不同的宝物观感慨。齐威王把治国理政的贤能人才看作国之宝物,魏惠王则把径寸之珠看作国之宝物。这样截然不同的宝物观岂不同样存在于我们现在的社会?

偶尔看到网上关于"国宝档案""传家宝"之类的条目,多是关于央视相关节目的内容。很少有关于什么才是我们这个时代真正的"国宝""传家宝"的文字。我不是齐威王、魏惠王那样专有一国的大诸侯,自然就不可能有什么国宝——不管是哪一类的——当然就更无可能有传国玉玺那样的国宝。我只想说说作为一个普通人、一个普通家庭的传家宝的问题。

一个普通人、一个普通家庭的传家宝到底该是什么,自古以来,就有不同的看法。汉末李衡为官清廉,晚年派人于武陵龙阳氾洲种柑橘千株。临死,对他的儿子说:"汝母恶我治家,故穷如是。然吾州里有千头木奴,不责汝衣食,岁上一匹绢,亦可足用耳。"由此看来,李衡是把果树之类的东西作为传家宝传给儿子的。李衡清廉为官,没有也没办法为儿子买田产让子孙继承维持生计,只好种千棵橘树留给儿子,实在也是为难他了。不过,还有另一个关于"田父遗产"的小故事。"昔有一田父,自幼孤寒,而立之年乃有家室。日出而作,日入而息,躬养子女,赈穷济贫。年八旬而卧床不起,弥留之际呼儿孙于床前,曰:'吾行将就木,无有金银遗尔,唯有两物可为纪念。'遂指木楼,命长儿启之。众人但见一锄一布衣而已,皆愕然。田父曰:'锄者,冀尔等一生勤劳;布衣者,愿若终身俭朴。'言讫而亡。儿孙遂永志其志。"这位老田父竟然把一把锄头和一件旧衣服作为传家宝留给子孙,也就是把"勤劳、俭朴"的精神作为传家宝留给子孙,实在难得,也令人感动。不过,最让人惊奇的是范仲淹的传家宝,竟然能够在数百年之后救了他的十二代嫡孙范文从。明朝初年,范仲淹的后裔范文从曾官拜御史,后因事忤旨入狱,还判了死罪。明太祖朱元璋看视狱案,见到他的姓名、籍贯,心里一动。就问他:"你是范仲淹的后人吗?"范文从奏道:"臣是范文正公的十二世孙。"朱元璋听了以后,点了点头,马上叫左右取了五块帛布来,大书范仲淹《岳阳楼记》的名句"先天下之忧而忧,后天下之乐而乐"五幅,亲自赐给范文从,并说:"免你不死!"范仲淹的一句名言竟然能够在数百年之后救下自己的后人,岂不是最好的传家宝了?然而,范文从能够被免死,关键还是他传承了老祖宗留下的传家宝:心忧天下,正直为人,清廉自守。也因为如此,朱元璋才会赦免他的死罪,并不完全是给他老祖宗面子。也就是说,能不能把传家宝传承下来才是关键。

以良好的家风、正直的品行、深邃的思想、美好的精神作为传家之宝的古人,不在少数,但是,把土地房屋、金银玉器乃至江山宝座传给后人的也不在少数。秦始皇欲把一统天下传之万世,却没想到二世而终;和珅为子孙积累了敌国之财富,却眼睁睁看着被嘉庆抄走了,自己还身陷囹圄。从古到今,很多人都明白"授之以鱼不如授之以渔"的道理,都知道留给子孙财富不如留给子孙本事,也知道自古富家多败儿、富不过三代的古训,但是,却还是念念不忘为子孙积累一些田地房产金银玉器之类的东西。知道教训却不吸取教训,明知覆辙不可重蹈却偏偏不断重蹈,这才是最可悲的。

一个国家以什么为宝,将决定这个国家的兴衰成败;一个社会以什么为宝,将决定着社会风气的好坏。同样,一个家庭以什么为宝,将决定这个家庭的兴衰成败,决定家庭成员今后的命运;一个人以什么为宝,将决定这个人的品德好坏,决定个人的发展状态。春秋时子产为郑国国相,有人得一块好玉,献给子产,子产不受。献玉者说:这是宝贝呀。子产说:你以玉为宝,我以不贪为宝。我收了你的玉,咱俩都失去了宝贝,还是咱们各自拥有自己的宝贝吧。看了这个故事,我相信每个人都会明白人与人之间的品格高下:难怪子产是人所共赞的圣人,而献玉之人成为了子产的垫脚石。

我们今天的人,都知道美德是宝,金玉古董是宝,但是却常常希望自己拥有后者,而希望别人拥有前者,却不知道美德才是持久传承、兴家旺族的至宝,而金玉古董之类的东西常常是败家丧身的祸首,所谓"匹夫无罪,怀璧其罪"不就是明证吗?从来没有见过有哪个家族能够把金玉古董之类的宝物传之千年而不失的,倒是见到范仲淹家族把"先天下之忧而忧,后天下之乐而乐"的古训传之数百年,见到孔子家族把儒家精义传之数千年而不绝的。

从历史来看,越是那些拥有物质至宝很多的家庭,越是灭亡得快,因为那些宝物引起很多有同样爱好的人眼红;越是拥有精神至宝很多的家庭,越是兴旺发达,并且受人尊敬。由此看来,今天的人应该以什么为宝,真的需要好好思考,慎重选择。

　　附:

　　齐威王、魏惠王会田于郊。惠王曰:"齐亦有宝乎?"威王曰:"无有。"惠王曰:"寡人国虽小,尚有径寸之珠,照车前后各十二乘者十枚。岂以齐大国而无宝乎?"威王曰:"寡人之所以为宝者与王异。吾臣有檀子者,使守南城,则楚人不敢为寇,泗上十二诸侯皆来朝。吾臣有盼子者,使守高唐,则赵人不敢东渔于河。吾吏有黔夫者,使守徐州,则燕人祭北门,赵人祭西门,徙而从者七千余家。吾臣有种首者,使备盗贼,则道不拾遗。此四臣者,将照千里,岂特十二乘哉!"惠王有惭色。

　　　　　　　　　　　　——《资治通鉴》译注—全本目录(第二卷)

从三个王朝的短命看家庭教育的重要性

　　历史上,有三个王朝很了不起,但是都非常的短命,这就是秦王朝、隋王朝和后唐王朝。这三个王朝灭亡的原因是多方面的,我们今天只从家庭教育这个角度来看其灭亡的原因与必然性。

　　秦始皇无疑是一个成功的皇帝,但如果从家庭教育的角度来说,却无疑是一个失败的父亲。尤其是在对于二子胡亥的教育方面,他几乎完全交给了赵高,结果,胡亥所学到的不是帝王之术,不是治国方略,而是那些刑名之学,学到的是一些阴谋诡计,一些登不上大雅之堂的东西。秦始皇的绝对强势,使得胡亥非常惧怕,也非常的软弱。加上比较早失去了母爱,所以胡亥的心中不知道爱的温暖。他学到的是赵高的那种阴柔与残忍,信任的也只有赵高。因此在秦始皇死后,他几乎完全受到赵高的驾控,他几乎把自己的兄弟姊妹亲族人等全部杀光。他不懂得怎么驾驭群臣,更不知道怎么治国理政,怎么亲近百姓,怎么保护自己的江山。最后他连谁是好人谁是坏人,谁对自己好谁对自己最有威胁,他都不知道了,连最基本的是非观念都没有。连赵高要杀掉他,他也不知道,也没有能力反抗。秦始皇自己那么强势,那么有智慧,那么有能力,但是,他的儿子却这么弱势,这么无能,不能不说他的家庭教育是失败的。

　　再说隋文帝和独孤皇后的家庭教育吧!我们经常说,一个非常强势的母亲背后,往往会有一个非常弱势的儿子,那么对于独孤皇后而言,这无疑是正确的,她有一群弱势的儿子。独孤皇后,不但对自己的丈夫隋文帝一意孤行,想怎么干就怎么干。对于自己的儿子,她很不了解,不了解自己的儿子本性与本事到底是什么样的,而且也是想怎么干就怎么干。所以,对大儿子杨勇吃喝玩乐,她恨铁不成钢,废了他的太子位。而对杨广背着她搞阴谋诡计一点都不知道,还非常高兴,并且把杨广推上了太子之位,结果埋下了祸根。不能说独孤皇后对自己的儿子教育管理不严格,恰恰相反,她的教育管理是非常严格的,但是她只看到了表面的东西,没有看到本质的东西;只看到了台面的东西,没有看到台下的东西。所以说她这样一个母亲是不称职的。隋朝的灭亡,可以说有一半的责任在她。隋文帝和独孤氏不懂得教育儿子成为一个明君,而是不自觉地把他们培养成了一个个阴谋家,一个个冷血动物,最终让他们手足相残,也断送了大好的江山。

后唐庄宗李存勖,也和前面两家一样出身于帝王家庭,他只懂得打仗,吃喝玩乐,喜欢唱戏,而不懂得治国。而庄宗的老婆刘皇后也不是个什么好东西,一点都不知道感恩图报。对功臣只在需要的时候用你,一旦天下太平,功臣就退居其次,他们的吃喝玩乐就上升到首位。庄宗除了喜欢玩乐之外,还特别吝啬钱财,宫藏的舍不得拿出来,外面的要想办法搜刮进去。此外,庄宗最听信宦官与伶官的话。这些不良习惯,让他的儿子李继岌耳濡目染,直接造成他的儿子也养成了很多恶习,尤其爱听信宦官们的谣言。这几个人加在一起,最后就把功臣郭崇韬、朱从谦等都杀了,也导致了自己王朝的毁灭。

我们常说有什么样的父亲就有什么样的儿子,有什么样的母亲就有什么样的女儿。这话可能并不全对,因为我们似乎看不到胡亥和秦始皇有什么相似之处。但是,从另外一个角度说,儿子怎么样都是因为家庭教育造成的。过去的皇帝,都是很重视对子女特别是继承人教育的,但是也有很多不重视对子女的教育的。因此我们是不是可以这样说,有什么样的家长就会造就什么样的孩子。一个负责任的家长,一个正直的家长,一个德行修养很高的家长,一定会培养出一个同样的儿子。相反,一个不负责任的家长,一个修养很差的家长,一个喜欢搞阴谋诡计的家长,培养出来的一定是一个失败的儿子。

古代帝王手里头有很多优质的教育资源,很多皇帝也特别注重给自己的儿子尤其是太子选好的老师,但是最好的老师还是他们自己。我们经常会看到一个成功的皇帝,却有一个失败的儿子。其根源还是因为很多皇帝没有明白自己才是孩子最重要的老师,自己不注意对孩子的教育,或者自己本身就没有做好,怎么可能培养出一个优秀的继承人来呢?三个王朝,前两个毁在儿子手里,后一个还没有来得及传递就毁在自己手里,教训真的很深刻,也值得我们深思。

不要做自己所讨厌的那种人

　　看历史的时候,我们常常会对古代的那些昏君如夏桀、商纣、隋炀帝,那些奸臣如秦桧、严嵩、李鸿章等恨之入骨,觉得他们误国蠹民;谈论现实的时候 我们常常会对社会上那些贪官如胡长清、成克杰、周永康,那些奸商如生产销售毒奶粉、地沟油、黑心棉的,痛恨不已,觉得他们败坏了党风民风,危害了人们的健康乃至生命。这无疑是一种好的现象,说明我们有良知,有正义感,说明我们希望国家长治久安,风清气正。倘若人人都永怀这么一颗心,则我们的国家幸甚,人民幸甚,我们自己也幸甚。

　　但是,现实社会却往往极具讽刺性,人生往往极具悲剧性,很多人从小厌恶低素质的人、贪赃枉法的人、吃喝嫖赌的人、好逸恶劳的人、欺压普通百姓的人,若干年后,他自己却变成了这样的人。很多人,当他置身于旁观者的位置时,他们会对事主深恶痛绝,恨不得置之死地而后快,其愤世嫉俗之情形者言表,让人觉得他是这个社会上最有正义感的人,最能主持公道的人,最大义凛然的人。然而,一旦置身其中,他甚至比起他自己曾经痛恨的人有过之而无不及。比如胡长清、成克杰、郑筱萸等人,在他们的忏悔书中,我们可以看到他们曾经的贫寒,曾经的理想,曾经的誓言。他们并非一开始就是贪赃枉法、轻视人命的人。比如刘青山,张子善,他们之所以参加革命,乃是要为推翻那个吃人的充满剥削与压迫的黑暗社会,打倒那些贪官污吏,可是最后,他们自己却落到因贪污救灾款而被枪毙的下场。这些,都是为什么呢?

　　有人说,是环境使然,"常在河边走,哪能不湿鞋?"但是,怎么就有人能够不湿鞋?有人说,是忽视了思想改造,但是你原来的思想很好,要改造什么呢 有人说,人是会变的,但是怎么就不能越变越好?依我看,前面这些都只是为自己找借口,关键原因还是自己信念不坚定,是忘记了"忘记过去,意味着背叛"这句话,是没有能够始终坚持自己的本心,是出发之后忘记了最初确定的目的地,偏离了原来的航向,却还自以为是或不以为意,是错了之后的不知悔改反而自鸣得意。

古人云:"穷则独善其身,达则兼济天下。"如果你认为现在这个社会风气不好,你是否至少可以独善其身?你是否至少可以不同流合污?像庄子,当他认为他所处的时代已经无法救药时,他就可以闲居濠梁观鱼,面对楚王的宰相之高位,千金之币礼,视若粪土。他把自身的高洁与自由,视若珍宝,从而为后人树立了风范,留下了宝贵的精神财富。像屈原,当举世皆醉之时,他还可以独醒;举世皆浊时,他还可以独清,宁赴清流而绝不同流合污,成为忠君爱国的典范。像海瑞,当众人皆贪时却甘于贫寒,当众人皆慑于嘉靖皇帝淫威置国运于不顾时,他宁可弃官入狱也要冒死直谏,成为千古直臣。也许有人会说,这都是古代才有的,现代不会再有了。其实,现代社会同样有,焦裕禄,一心为民,任劳任怨,公而忘私,鞠躬尽瘁,死而后已,成为县委书记的榜样。杨善洲,在物欲横流之时,不是向组织要待遇要享受,而是舍弃离休后的安逸生活,栉风沐雨,风餐露宿,为子孙为百姓留下一片广阔的绿荫。

这些人,之所以能够做到"贫贱不能移,富贵不能淫,威武不能屈",善始善终,关键在于他们能够坚定自己的信念,不管世界如何变化,始终做自己认定的那种人,决不做自己从小就厌恶的那种人。

当今这个社会,诚如古人所说:"善始者实繁,善终者盖寡。"但是,总还有那么一批人,能够始终坚定自己的信念,坚守自己的本心,做到"吾本洁来还洁去",做到无论世界如何变幻都绝不迷失自己,做到无论自己走到哪里都绝不背叛自己,绝不拿别人已经改变作为自己背叛的理由。这些人,无疑才是我们的航向,才是我们这个社会的脊梁。

年轻的演说家刘媛媛在《我们90后能为这个世界做些什么》的演讲中说过:我们90后至少可以不去做自己曾经讨厌的那种人。这句话不只是说给90后听的,也值得每一代人思考,值得每一代人借鉴。如果,我们每个人都能坚持不做自己从小讨厌的那种人,我们的社会一定会和谐美好,中国梦一定会更早实现。

慎独难得，难得慎独

近读《左传·晋灵公不君》，有这样一段话："宣子骤谏，公患之，使鉏麑贼之。晨往，寝门辟矣，盛服将朝。尚早，坐而假寐。麑退，叹而言曰：'不忘恭敬，民之主也。贼民之主，不忠；弃君之命，不信。有一于此，不如死也！'触槐而死。"

是什么救了赵盾的命？估计会有不少的争议。有说是赵盾忠君的，有说是鉏麑正直的，这些都对，但是，我以为还有一个重要因素，那就是慎独。赵盾在家里，在没有外人在场的时候，在并不知道鉏麑受灵公之命来杀他的时候，"不忘恭敬"，足以说明他平时忠君爱民不是做出来给人看的假象，而是言行一致的真诚。也就是说，赵盾是一个很注意慎独的人，真正做到了表里如一，绝不是那种表面一套背后一套的人。正是因为这一点，所以感动了前来刺杀他的鉏麑，宁肯自杀，也不愿意执行灵公的命令。

慎独是很难做到的，又是很不容易为外人知道的。不但如此，由于一个人独处时能够做到的事情并不为外人所知，他们在人前要求别人这样做时，常常会被那些做不到的人所嗤笑：表面高大上，背地里还不知道干些什么勾当。除此之外，很多人表面说一套背后做一套，尤其是现在一些官员台上说的与台下做的截然相反，也让我们对于那些真正能够做到慎独的人常常充满了疑虑，以至于大家都怀疑：这世界上，到底还有没有能够慎独的人？

的确，真正慎独的人需要经得起历史的考验。"周公恐惧流言日，王莽谦恭未篡时。向使当年身便死，一生真伪有谁知。"有些伪君子可能终其一生，大家都看不透他，一直把他看作一个大好人；同样，那些真正能够慎独的人，也许终其一生也没有人能够了解他，可能还会觉得这个人是个典型的伪君子。欧阳修在《泷冈阡表》中写到自己的父亲每逢祭祀或者有酒肉吃时就会悲伤哭泣,怀念已经作古的父母:"岁时祭祀,则必涕泣,曰:'祭而丰,不如养之薄也。'间御酒食,则又涕泣,曰:'昔常不足,而今有余,其何及也!'"连欧阳修的母亲开始都觉得自己的丈夫是不是有些做作矫情,直到经常如此,才相信丈夫是出于至诚:"吾始一二见之,以为新免于丧适然耳。既而其后常然,至其终身,未尝不然。吾虽不及事姑,而以此知汝父之能养也。"慎独之人,连自己的妻子都觉得难于理解,觉得他是在装样子,何况于别人。可见,要做到慎独,真的很难,要让人相信自己能够做到慎独,也很难。

但是,很难并不等于没有人能够做到。我们庸人最喜欢以小人之心度君子之腹,以为自己做不到的别人也就做不到。的确,要想修养达到慎独的境界很不容易,需要坚强的意志,需要严格的自律。但是,古往今来还是有不少的人能够做到这一点。如前文所说的赵盾、欧阳修之父、"四知太守"杨震,坐怀不乱的柳下惠,如我们现代的周恩来、朱镕基,都是其中的典范。

刘向《列女传·仁智传·卫灵公夫人》记载了这样一个故事:"灵公与夫人夜坐,闻车声辚辚,至阙而止,过阙复有声。公问夫人曰:'知此谓谁?'夫人曰:'此必蘧伯玉也。'公曰:'何以知之?'夫人曰:'妾闻:礼下公门式路马,所以广敬也。夫忠臣与孝子,不为昭昭信节,不为冥冥堕行。蘧伯玉,卫之贤大夫也。仁而有智,敬于事上。此其人必不以暗昧废礼,是以知之。'公使视之,果伯玉也。"蘧伯玉也是这样一个慎独的典型。不过,我看这个故事给我们最大的启发应该是这样一句话:"夫忠臣与孝子,不为昭昭信节,不为冥冥堕行。"的确,我们做好一个人,不是给别人看的,而是为了做好自己。只要我们坚持不断地修养自己的品行,不为外界物议所动,不以物喜、不以己悲,虽不能至而心向往之,那么距离慎独也就不远了。

第 **5** 辑
美在身边

最美常在身边
走出常规天地宽
只要深深扎根，叶茂在未来等待
有舍才有得
……

最美常在身边

当公交车冲向一群学生时,张莉丽迅速把学生推开,自己却被轧断了双腿,人们把"最美教师"的称号送给了她;当小妞妞从高楼坠下,吴菊萍迅速把她接住,自己的双手却严重骨折,人们把"最美妈妈"的称号送给了她;当刹车片砸碎挡风玻璃,重创吴斌的肝脏时,他首先想到把高速行驶的汽车靠边停稳,保证乘客的安全,人们把"最美司机"的称号送给了他……

其实,不管你看见或没看见,这些最美的人和最美的事,每天都在发生,只是因为一种偶然,被拍客或热心的人记录下来,才会成为"最美"。而大多数的时候,我们会对这些事习以为常,觉得理所当然。而与之相反的是,我们常常对一大块白玉视而不见,却只看到上面的微瑕;我们常常对整树的碧绿视而不见,却只看到上面寥寥无几的枯枝败叶;我们常常对每年成千上万出境旅游的人视而不见,却只看到一个在埃及神庙"到此一游"的孩子。在我们的学校也是如此,我们常常对整个校园的整洁视而不见,却只看到偶尔的几片纸屑;我们常常对勤奋好学、彬彬有礼的学生视而不见,却因为几个调皮捣蛋的而断言现在的学生素质太差;我们还会对某个学生的许多优点视而不见,却因为他文化课成绩不好而把他看作"差生"。

再仔细回忆一下,我们的身边有没有最美的老师?有没有最美的学生?有没有最美的邻居?有没有最美的清洁工?有没有最美的出租车司机?……答案是肯定的,最美的人一直就在我们身边,最美的事情每天都在发生,只因为他们太平凡,太常见,因而常常被我们忽视。相反,白玉的微瑕,绿树上的枯叶,白纸上的墨水点,反倒更容易引起人们的关注与重视。中国有句古话:好事不出门,坏事传千里。中国自古以来,坏人坏事的舆论效应总是比好人好事强。久而久之,人们就会形成这样一种印象:在中国,坏人坏事比好人好事多。

我们能不能因为速生鸡事件就断定肯德基乃至美国企业赚的都是黑心钱？我们能不能因为一个非洲人在长沙街头侮辱妇女就断言非洲人都行为不检点？我们能否因为印度强奸案高发就说十二亿印度人都是强奸犯？我想不会，因为我们每个人都对此有着清醒而理智的认识。可是，往往一到自己的国度，一到自己的身边，我们却常常会有"洪洞县里无好人"的错误认识，这是何等可怕的偏见！

所以，我要再一次对大家说一句：最美的人也好、事也好，其实一直就在你我的身边，甚至，就是我，或者是你！

走出常规天地宽

　　商鞅变法,使秦国富强最终统一天下;毛泽东创立农村包围城市的理论,实现了中国革命的胜利;邓小平推行改革开放,为实现中华民族的伟大复兴奠定了基石。相反,如果我们不能走出常规,可能现在还在吃野果,食生肉,社会还处于原始状态。由此可见,打破常规对于社会发展具有极为重要的意义。

　　可是,人们的习惯思维模式是非常顽固的。房龙先生在他的《宽容》序言中曾经形象地描述过守旧老人的顽固:他们对于任何敢于走出大山寻找新天地的人都处以死刑。很多时候,我们自己就是那个守旧老人。我们不但不能突破常规,还常常会嘲笑乃至攻击那些敢于突破常规的人。我们的惰性太重了,习惯势力太强了。因此,要打破常规是需要巨大的勇气和力量的,有时甚至需要付出巨大的牺牲。吴起在楚国实施变法,最后被乱箭射死;布鲁诺否定地球中心说,被宗教裁判所活活烧死;谭嗣同等六人因为戊戌变法,同时赴难,这样的例子还有很多。

　　尽管如此,但人们从来不曾被死亡的威胁所吓倒,从来不曾停下突破常规的步伐。赵武灵王胡服骑射,使赵国在中原异军突起,称雄一时;但丁唱响《神曲》,使欧洲文艺实现复兴;爱因斯坦创立相对论,使物理学实现从经典向现代的飞跃。正是由于人们一次又一次地突破固有的思维围墙,开创出一片又一片的新天地,人类社会才不断地发展,由丛林走向平原,由陆地走向海洋,由地球走向太空。从前那些思维的禁区,现在都是思想辐射地带,那些禁足之地,现在都成了繁华之都。

　　对于我们自身,突破思维的围墙,又何尝不是开创一片新天地的必由之路呢? 我们常常会认为,凭现在的环境,这种事我做不了,凭自己的能力,这个任务我承担不了。很多别人能做且能做好的事,在自己是比登天还难。这固然是缺乏自信的一种表现,但更重要的是我们自己不敢迈出自己给自己设置的思维围墙。因此,我要对自己也对所有人说一句:走出常规,一切皆有可能!

只要深深扎根,叶茂在未来等待

　　成为院士,可能是很多从事科学研究的人的一个理想,在中国,院士可以算是对一位科技专家的最高褒奖。最近成为网红的我国知名摄影测量与遥感专家刘先林,自从 1962 年毕业于武汉测绘科技大学,就一直在国家测绘局工作,经过 32 年的努力工作与研究,终于在 1994 年成为中国工程院院士。说到院士,大家更熟悉的可能是袁隆平。从 1953 年毕业于西南农学院,到 1995 年被选为中国工程院院士,历经 42 年。他毕生从事杂交水稻的研究工作,被誉为"世界杂交水稻之父"。如果我们去检索一下这些类似的科学家们的简历, 就会发现, 他们中绝大部分人一生都在一个岗位工作,从事一项工作。这正应了那句名言:坚持把平凡的工作干好,也就可能不平凡了。

　　与此相反,我们现在很多人,最不喜欢长久从事一件单调的工作,最喜欢不断地更换岗位,挑拣工作,甚至美其名曰"人挪活,树挪死"。他在每一个地方都待不过 3 年,他对很多工作都只有几天的热度。究其原因,不是嫌工作太累,就是待遇太差,不是嫌这里就是嫌哪里,他们时刻准备着挪窝。这正如卷柏一样,总想着有地更肥水更丰的地方。因此,只要风一吹,就急着跟风而跑。跟风而跑,并不一定就能够把你带到一个地肥水美的地方,可能还会带到一个地瘠水少的地方,这样一来,可就惨了。

　　我们可以看到,即使是在无垠的沙漠中,也会有绿洲。那些植物之所以能够在沙漠中存活下来并且开创出一片绿洲,就是因为它们能够把根扎进沙漠的深处!所以,最好的方法永远都是把根深深地扎进地里,而不是选择随风而逃。无论植物还是我们,只要我们能够深深地扎根,枝繁叶茂是自然而然的事情,成功也是自然而然的事情。

我国老一辈科学家都具有这种精神,他们从不挑拣工作岗位与工作环境,国家哪里需要,就扎根到哪里。邓稼先扎根大西北二十余年,隐姓埋名,成为我国核弹元勋,就是大家所熟知的典型;袁隆平院士也长期耕耘在安江农校那样一个偏僻的地方。现在,同样有这样的范例:塞罕坝几代人扎根苦寒荒凉的塞罕坝50多年,收获了一片青山绿水,造就了一片北方的风沙屏障,也成就了他们这个英雄集体,成就了他们自己不平凡的人生。我们应该学习他们的做法与精神,成就我们自己的人生。

所以,我要对大家说:我们只需深深扎根,未来自会干粗叶茂,硕果累累。

有舍才有得

在所有的酒类广告中，我最喜欢的是舍得酒的一句广告词：智慧人生，品味舍得。越是玩味，越觉得好：只有品味到"舍得"内涵的人，才可以称之为智慧的人。人的一生，就是不停地在舍与得中间品味权衡，最终做出正确的决断，成就自己智慧的一生。

其实在生活中，我们常常会面临舍与得的问题。

我国古代著名的儒学大师孟子就说过："鱼我所欲也，熊掌亦我所欲也，二者不可得兼，舍鱼而取熊掌者也。生亦我所欲也，义亦我所欲也，二者不可得兼，舍生而取义者也。"正是孟子的这句话，为后世的许多人树起了指路明灯，让他们明白自己该如何取舍。屈原因此舍弃了同流合污，而选择了坚守一份冰清玉洁和刚正不阿；文天祥因此舍弃了高官厚禄，而选择了坚守一份民族大义和忠臣气节；钱学森因此舍弃了金钱名利，而选择了一份艰辛付出和精忠报国。

当然，也有人做了相反的取舍。纣王选择了酒池肉林而放弃了民心；王莽选择了帝位王权而放弃了忠诚；秦桧选择了陷害忠良而放弃了正直；和珅选择了贪婪欲望而放弃了清廉。这些人，都是很有能力甚至是才华横溢的人，由于取舍错误，最终或祸及自身，或贻害子孙，都只得到一个遗臭万年的结果。

我辈大都是庸庸碌碌的人，虽然难以遇到像前面这些名人一样的取舍情况，但也总会或主动或被动地面临一些取舍的问题。我们当如何做出自己的抉择呢？我的原则有两条：一、舍，即是得，二、取，不损人，更不损集体国家。

取不损人，不损集体国家，相信大家都明白，也容易做到。因为，我们绝大多数人都是有良知的,都不会也不愿去干损人利己的事。虽然有一些贪官奸商会干一些损国损人的事,但毕竟是少数。舍即是得,有人却难以理解也难以做到。其实这种行为在我们的生活中也常见。当碗中只有一块肉时,当壶中只有一口酒时,当公交车上只有一个座位时,你让给别人,舍了,看似失去了享受吃一块肉、喝一口酒和坐一次舒服的车的机会,但是,你得到了朋友的尊敬和爱戴,你得到了谦谦君子的风度,你得到了大众的赞赏,也得到了一份愉悦。否则,不但这些都会失去,还会得到一个"不要脸"的恶名。

我们舍一些时间给家人,能得到模范丈夫或贤妻良母的好评价;我们舍一些时间给学生,能得到学生发自内心的尊敬与感谢;我们舍一些时间给社会上那些需要帮助的人,能得到爱心人士乃至慈善家的美誉。我们可舍的很多,一些知识,一些时间,一些力气,一些金钱,一些善心,但我们得到的一定会更多。

所以,我想向在座的各位重申我的观点,有舍才有得,有舍必有得。

要着力培养勤俭节约的好习惯

习惯其实我们每个人都会有，只是有的人好习惯多，而有的人坏习惯多。我们都知道好习惯受用一生，我们也都知道坏习惯害人不浅。我们都知道好习惯难以养成，我们也都知道坏习惯难以改变。所以，我们一定要注意及时防止形成坏的习惯，也要努力培养良好的习惯。

在好习惯中，我认为，待人礼貌见人问好、助人为乐、做人做事不苟且、喜欢读书、勤俭节约等几个习惯是最为重要的。待人礼貌，有君子之风，则畅行无阻；助人为乐，有博爱之心，则善莫大焉；做人做事不苟且，有自己的原则，则能正道直行；喜欢读书，有知识涵养，则能与时俱进；勤俭节约，不奢侈浮糜，则能守节不移。这些好习惯当中，我尤其期望同学们注意养成勤俭节约的好习惯。

也许会有同学觉得奇怪，我为什么特别重视勤俭节约。可能因为我是穷孩子出身，曾经饱受饥寒之苦，我对于勤俭节约特别看重。我们小时候，吃不饱饭，穿不暖衣，物质生活非常艰难。从小父母就教育我们要节俭，他们自己也是身体力行，我们是耳濡目染。小时候吃饭，掉一粒到桌子上，一定会用手捡起来放到嘴里；喝稀饭的时候，一定会用舌头把碗里的残渣舔干净；菜碗里有油一定用饭拌干净吃了，汤要喝得一滴不剩。田里不小心没拣起的稻穗要拾起来，红薯皮、烂菜叶要收拾起来喂猪。姐姐哥哥穿不了的衣服给弟弟妹妹穿，破烂的衣服缝补了再穿，实在穿不了的烂衣服就做抹布，或者用来打补丁，或者用来粘布板子做鞋子，或者卖了赚钱。哥哥姐姐用的教材要尽量保管好，以便弟弟妹妹读书时用。今天看来，当时的人们似乎把物尽其用发挥到了极致，也因此少了好多的垃圾，顺便把环境保护得好好的。

也许有人会说：你这种观念已经过时了，老土了；现在物质财富已经极大地丰富,还用那个时候养成的节俭习惯来要求我们,岂非刻舟求剑、故步自封? 的确,现在我们国家,物质财富已经非常丰富了,绝大部分人都不愁吃喝住穿了,用不着挨饿受冻了。但是,这并不意味着勤俭节约的习惯因此就过时。我们还有一些人非常贫困,全世界还有很多人在忍饥挨饿。今年年初,我夫人看到一位亲友因为经济拮据没有保暖的衣服而冻得手脚冰凉,就立马把我几件半新不旧的衣服给他穿上。我们经常可以从新闻报道中看到西部一些留守儿童大冬天穿着拖鞋上学,非洲超过百万儿童因为饥饿而营养不良甚至骨瘦如柴。如果我们能够节俭一些,是不是可以为那些需要食物和衣服的人提供一些力所能及的帮助呢? 与其奢靡浪费,不如助人为乐,善莫大焉。

富有如李嘉诚,却戴着一块 26 美元的一般手表,后来又改戴电子手表。有一次他掉了一枚硬币,一定要捡起来,因为那是大家的财富。岂止如此,李超人吃饭从不浪费,一定量力点菜,实在吃不完就兜着走——打包。这种光盘的好风气也传到内地,越来越多的人都自觉节俭。按说,李超人那么多的财富,吃喝穿戴完全可以上档次,但是,他却一直坚持最初养成的节俭习惯。尊贵如毛泽东,一生粗茶淡饭,穿粗布衣,生活极为简朴,一件睡衣竟然补了 73 次,穿了 20 年。有一次他召开会议到中午还没有结束,他留大家吃午饭,餐桌上也只是一大盆肉丸熬白菜、几小碟咸菜,主食是烧饼。伟人要吃好穿好,有资格有权力,也有钱——无须公款,他自己有一笔巨额稿费。但是,伟人却为我们在勤俭节约方面做出了表率。

司马光曾经说过:"俭,德之共也;侈,恶之大也。"我的理解就是,凡是有着良好品德的人,一定是节俭的;反之,不能做到节俭的人,你再怎么说他品德高尚,都要打上一个大大的问号。唐太宗李世民与谏议大夫褚遂良的一段对话,很能说明问题。"帝问谏议大夫褚遂良曰:'舜造漆器,谏者十余人。此何足谏? '对曰:'奢侈者,危亡之本。漆器不已,将以金玉为之。忠臣爱君,必防其渐,若祸乱已成,无所复谏矣。'"由此看来,是否节俭,绝不是小事,也不是小节,而是可以从中看出一个人修养品行的大事。自古及今,未有穷奢极欲者有好下场的:纣王酒池肉林,身死国亡;石崇斗富王恺,被弃西市;后蜀孟昶用七宝溺器,遗臭万年;安乐公主凿定昆池,身首分离。

因此,要修养好品行,必须先从勤俭节约开始。尤其是在我们这个物质财富极为丰富的时代,更需养成节俭的好习惯。

幸福需要自己去创造

我们很多人,常常都会有这样一个问题:幸福从哪里来? 我想说:幸福不是既定的存在,也不是等待的享受,而是需要我们去努力,去追求。说得更明确一些就是,幸福需要我们自己去创造!

传说一群年轻人到处寻找幸福,却遇到了许多烦恼、忧愁和痛苦。于是,他们向苏格拉底去请教,询问"幸福"到底在哪里。苏格拉底说:"你们还是先帮我造一条船吧!"这帮年轻人暂时把寻找幸福的事儿放在了一边,找来造船的工具,用了七七四十九天,锯倒了一棵又高又大的树,挖空树心,造出了一条大型的独木船。独木船下水了,他们把苏格拉底也请上船,一边合力划桨,一边齐声歌唱。苏格拉底问:"孩子们,你们幸福吗?"他们齐声回答:"幸福极了!"为什么这群年轻人之前那么烦恼,而后来却感到幸福? 因为他们经历了创造的过程,然后再享受他们自己创造的成果,所以觉得特别幸福。

这不禁让我想起了现在的年轻人。今天,我们有许多的年轻人,他们由于有父辈的艰辛努力与拼搏,积聚了可以让他们吃喝不愁的物质财富,住有房,出有车,甚至连工作都是父母给安排好了。可是,我们同样会发现,他们并不幸福,甚至满是烦恼。你要是问他,他就会说:我什么都是父母的,什么都得听父母的,我简直就是一个寄生虫,我发现自己特没用。他们没有那种可以享受生活的幸福,反而有一种一切都靠父母的痛苦。究其原因,就是这一切都不是他们自己创造的。当然,还因为这样的年轻人,他们有着自己的思想,有着自己的目标,他们很想自己去创造,去广阔的天空飞翔,去无边的大海遨游,哪怕遭遇狂风暴雨,哪怕因此折断翅膀,他们也觉得,那是自己的选择,那是使自己得到了锻炼,那是自己真正成长需要走过的道路。

我们不能不向这样的年轻人致敬。因为,他们明白幸福的真谛:幸福不只是物质享受的无忧无虑,而是精神财富的不断充实;幸福需要自己去创造,而不是别人哪怕是自己的父母送到自己手里的。

美国人加得纳说过:正确的幸福观是指人们朝着有意义的目标而进行的艰苦奋斗。这个艰苦奋斗的过程实际上就是一个创造的过程。可惜的是,还是有一些人不太明白这个道理,他们或者沉迷于各种游戏赌博中不能自拔,或者躺在父母温暖的怀抱中不愿意长大,却还欣欣然以为那就是幸福。等到一觉醒来,发现自己浸在冰冷无边的海水里,站在无底的深谷里。那时节,再想游向幸福的彼岸,攀登上幸福的山头,却发现是那么艰难,那么无助,后悔自己当初怎么就不能够好好抓住机会。那个时候,是不是太晚了一些?

所以,我们一定要趁着现在年轻,趁着现在激情四射的时候,努力去创造,创造属于自己的幸福。

小毛病，大缺德

我们经常听说甚至看到这样的事。

一对恋人在一条宽阔亮丽的大街的人行道上漫步，一边谈笑风生，一边吃着水果。只见那个女孩信手一扔，一块金黄的香蕉皮就躺在了原本洁净的人行道上。不一会儿，一位老者拄着拐杖走来，一不小心踩在了香蕉皮上，摔倒在地，半天没有爬起来，原来是腿断了。他的嘴里念叨着：这是哪个缺德鬼丢的哦？

一位环卫工人正在一条街道的草坪里清扫垃圾，突然，一块砖头从天而降，正好砸在了他的头上，这位工人顿时血流满面，晕死在草坪里。旁边看到的人一边拨打 120，一边念叨着：是谁这么缺德啊？

一个小伙子从长沙开车回衡阳，经过湘潭段时，突然从前面的大客车上扔下一个黑色垃圾袋。那黑色垃圾袋被风裹着径直向小伙子的车飞来。小伙子一看一团黑黑的不知道是个什么东西，急忙猛打方向，结果，车毁人亡。

这样的事情，其实还很多。我们很多人把随手乱扔垃圾看作小毛病，不以为意。殊不知，很多时候给别人造成了巨大的伤害、巨大的损失，只是乱扔的人早已走远了，不知道而已。但是，有时因果循环，别人乱扔的垃圾，又会让你尝到苦果，到那时，你也只能嘴里念叨着：这是哪个缺德鬼干的哟！更有甚者，你连念叨的机会都没有了。

我们国人乱扔的恶习由来已久，现在似乎有愈演愈烈之势。从以往的天安门广场到今年的高速公路，从普通的口香糖、易拉罐、矿泉水瓶，到玻璃、砖头等建筑垃圾，我们没有一个地方不敢扔，没有什么东西不敢扔。只要我们自己方便，随时随地，什么东西都敢扔！从不在意对别人造成什么影响，从没公共场合的概念，从不在乎国人形象国人荣誉！我只在乎我自己！

乱扔只是小毛病,小毛病而已!这就是当前一些国人的思想习惯。

我想起了香港、新加坡。我虽然没有去过,但身边去过的人回来都夸这两个地方环境优美,街道整洁。由此看来,我们每个人都是喜欢优美、整洁的。但我就是不明白,为什么我们都喜欢优美整洁的环境,却又常常去破坏它呢?为什么只知道羡慕,却不知道把自己的城市建设成优美、干净的城市呢?为什么创建文明城市的口号提出了这么多年了,我们的市民就是文明不起来呢?

不是恶习难改,而是我们不愿意去改。我们有太多人只是把这些乱吐乱扔的恶习看作小毛病,思想上不重视。结果,你乱扔,他随地吐痰,我随意横穿马路;公交车不进站停车,出租车乱停乱靠,电动车想怎么走就怎么走,管他红灯绿灯。因此,我们的城市脏了,乱了,不文明了,大家有意见了,埋怨政府管理不力了。唯独不会去想一想自己做得怎么样,自己该承担什么责任!

该是反省我们自身毛病的时候了:我是否有乱吐乱扔乱倒垃圾的坏习惯?我是否随意乱停乱放乱闯红灯?我为城市文明建设添堵或者是添乱了没?该是重视和改正我们自身的小毛病的时候了。否则,要是你碰到前面那样的事,你的霉就倒大了。要是你的行为造成那样的结果,那可是缺了大德了。

只有我们每一个人都文明起来,我们的城市才可能文明;只有每一个城市都文明起来,我们的国家才可能文明、富强。

我们健康我们幸福

　　朋友,欢迎您来到中国。也许,每当夜幕降临时,您会看见一群一群的大妈大爷在那里可劲儿地跳着广场舞;而每当雾霾降临北方的城市时,你可能就会看见一群一群的戴着口罩的年轻人;一旦发生食品安全事故,那么你会看到网上一片哗然,要么是诅咒那些制造伪劣食品的不法商人,要么是指责政府监管不力。所有这些都告诉您一个事实,那就是:中国人现在都能够吃饱了,开始关注自己的健康与寿命,不再像以前那样吃不饱,只要有吃就行,管他什么环境,天天面朝黄土背朝天,哪还有什么闲工夫去跳广场舞呢?

　　朋友,你还很年轻,你来到的是现在已经过上了小康生活的中国。但是,30多年前的中国,可不是现在这样。那时候的中国大爷大妈基本上都在田里面劳作,为了能够吃饱饭,常常是起早摸黑,甚至没日没夜。那时候的年轻人,放下书包就要去放牛砍柴,帮助父母干农活。那时候要是有几颗糖果几个苹果吃,可是很羡煞人的;我们这样的小孩子从树上摘下李子桃子等,往衣服上擦几下就吃,从来没有谁会说这样不卫生;即使先一天没有吃完的饭菜馊了,大部分人家也会吃掉:酒饭菜、馊冷热都能吃是强壮者的代名词。

　　那个时候,我们中国人对于生活的普遍追求是吃饱;那个时候,我们中国人对于寿命的追求是过五十岁,年过五十的人就被尊为老人;那个时候,我们中国的雾霾其实也很严重,但是大家都不知道PM2.5,更不会戴着口罩出行。如今的中国,人们的经济收入普遍提高了,生活状况普遍改善了,闲暇时光也普遍多了,我们不再止于追求吃饱、活着,而是普遍追求吃好、活好、健康、长寿。所以,你会看见,会有越来越多的人加入到跳广场舞的队伍中去健身；你会看到越来越多的人喜欢吃生态食品，不卫生不合格不安全的劣质食品会越来越没有市场，及至消失；你会看到中国的公众越来越关注环境保护，低碳生活、低碳出行正在成为越来越多中国人的自觉选择。

朋友，这只是你所看到的中国的一个方面。但是，从这一个方面，你可以看到一个飞速发展的中国，一个变化很快的中国，一个日新月异的中国。10年之后，您再来中国，她一定会以另一个更美的样子出现在您的面前。

朋友，东方的睡狮已经醒来，但是，她是一头和蔼可亲的狮子！

朋友，欢迎你常来中国！

危机与机会

我们生活的时代到处是危机:经济危机、金融危机、环境危机、资源危机、家庭危机……

我们生活的时代同样充满了机会:创业的机会、求学的机会、实现人生价值的机会、超越前人的机会……

危机和机会有时候是会互相转化的,危机处理得好,应对妥当,就成了机会;机会没抓住,就会形成危机。

"七七"卢沟桥事变爆发,日本帝国主义全面侵略中国,让中国遭受了有史以来最大的亡国灭种危机。然而,中华儿女团结一致,共同抗日,打败了日本侵略者,维护了中国领土主权的完整,提振了国民的信心,也为后来中国民主革命的胜利和中国的社会主义事业奠定了坚实的基础。这也是近代以来,中国第一次把危机转化为机会。

二十世纪七十年代末八十年代初,我国的经济发展与西方国家的差距巨大,面临着巨大的危机。伟大的中国共产党尤其是邓小平同志果断决策,实施改革开放,一举把危机转化为中国发展的巨大机遇,从而实现了中国经济连续几十年的高速发展,使中国一举成为世界第二大经济体,为实现中华民族的伟大复兴,奠定了坚实的基础。

然而,历史上也有不能抓住机会从而造成更深危机的深刻教训。鸦片战争以后,中国陷入外侮内乱之中,危机四伏,很多有识之士力图变法图强,先后有洋务运动想以工业强国,改良运动想以变法挽救危亡。但是,由于当时的最高统治者固位保身,缺乏危机感,中华民族没能化危机为机会,以致越陷越深,乃至差一点被小小的日本亡国灭种。这个深刻的历史教训不能不令人深思。

反观我们自己,同样是时时危机与机会并存。现在这个时代是个飞速发展的时代,是个更新换代的时代。如果我们跟不上时代的发展潮流,就会处于危机之中,就会被淘汰。反之,如果我们能引领时代潮流,就能拥有和把握无数的机会,永远立于不败之地。

以我们教师为例,现在的教师必须会使用多媒体技术,必须知识广博,必须一专多能,必须学会平等地与学生交流,必须更新自己的教育观念。如果谁还像二三十年前那样"一支粉笔一本书,一张嘴巴讲到底",或者动不动就以"师道尊严"来训斥甚至打骂学生,这个老师恐怕早就被下课了。相反,我看到很多50多岁的老教师能迅速更新自己的教育观念,能熟练地运用多媒体教学手段,紧跟时代教育发展的步伐,直到现在都很受学生欢迎,越老越红,真是值得我们青年教师学习。

危机和机会是长存于我们工作生活之中的,关键是看我们怎么去应对、怎么去把握。

让我们常存忧患意识,时刻抱有危机感,牢牢把握住每一个机会,做一个无愧于自己、无愧于社会的人。

人生没有退路

　　曾经有人说,人生是一张单程的火车票。的确,从出生开始,我们就只有一条往前的路,从来就没有退路,只有能否找到出路。所以有人说:看起来千条路,实际上只有一条路。

　　不同的时代,不同的人,所找的出路可能不一样。在我父亲那个年代,他们当初找的出路就是怎么能够有自己的几亩田,能够吃饱穿暖;到了我们那个时代,我们这些农村娃娃,所盼望的出路就是当工人、考大学,吃国家粮;而现在,年轻人吃穿不愁,也不会去想当工人吃国家粮,而是怎么发挥自己的兴趣特长,怎么创建一番自己的事业。

　　很多人,因为找不到出路,或者迷茫,或者绝望,或者死亡。曾经有人陷入茫茫的戈壁,也有人错入了莽莽的大山,但更多的人是陷入无边的黑暗。戈壁一定会有绿洲,绿洲一般联通商旅之途;大山一定有溪流,溪流都会汇入大河;黑夜一定会有星星,星星能够告诉你方向。不管我们陷入什么样的地方,只要我们努力去寻找,就一定能够找到出路,最终走出迷茫,走出绝望,走出死亡。

　　有人说,死亡是没有人能够走出来的,面对死亡,我们无路可逃。秦始皇曾经想找到一种长生不老之药,却没有能够找到,以他的地位与资源都没有找到,何况我们。的确,面对死亡,我们的肉体没有出路,但是,我们的灵魂同样可以找到出路。不是吗?孔夫子、司马迁、范仲淹、林则徐、孙中山,他们固然都逃脱不了死亡,但是,他们不是一直活到现在吗?面对死亡,我们也有出路,那就是让自己的灵魂从躯壳里出来,永存世界,走向未来。可惜秦始皇不明白这一点,虽然他因焚书坑儒而遗臭万年。我们不要做秦始皇那样的人,盲目地去找出路;我们要吸取秦始皇的教训,知道自己的出路在何方。

现实生活中,总会有很多人忙着给自己找退路,其实,那不是退路,而只是一条弯路而已。还有很多人,当他们或者从拥挤不堪的人群中,或者从黑暗的深渊里往外、往上找出路的时候,不惜踩着别人的身躯,不惜牺牲别人的性命。这样的人也许看起来找到了出路,其实却是站在悬崖边上,或者是地狱的入口。而那些与别人一起或者带领别人找到出路的人,一定是第一个真正找到出路的人。毛泽东曾经与自己的父亲抗争,希望能够找到一条属于自己的出路。结果他发现,如果不改变这个国家,改造这个社会,自己就没有出路。于是,他到处寻找自己与中国的出路。他曾经也相信无政府主义,但最终发现马克思主义才是中国的唯一出路。在井冈山的时候,当很多人感到没有出路的时候,又是毛泽东给他们指出"星星之火可以燎原"。最终,毛泽东为处于深重灾难中的中国找到一条出路,也为自己找到了一条最好的出路,能够让他永生的路。

毛泽东只有一个,但是,他和历史上的许多伟人,却给了我们无限的启示。同学们,现在,当你们的人生出现迷茫时,你们知道自己的出路在哪里了吗?

让人生更有长度与宽度

　　人们常常把人活的寿命,称作生命的长度,而把人生的质量,称作生命的宽度。很多人说,人生的长度是难以改变的,基本是一样的,而人生的宽度则是可以改变的,可以无限宽阔的。我以为,无论是长度还是宽度,只要我们努力,都是可以改变的。

　　一个人到底能够活多久?说不清楚。雷锋只活了 22 岁,张学良活了 103 岁,曾经看到一则新闻,新疆疏勒县 127 岁的阿丽米罕老人是中国第一寿星,也被认为是世界上最长寿的人,而我国古代传说陈传老祖有八百多岁。当今我国人均寿命是 70 多岁,既然是人均,那就说明有长有短。有些人注意锻炼与保养身体,寿命就长得多,而有些人肆意透支身体,也不爱惜身体,寿命就可能戛然而止。曾经看到一则新闻,一个年轻的打工仔——23 岁的杜某——连续三天三夜上网游戏,结果猝死在网吧里。在我们城市的公园里,每天早上都是在锻炼身体的人;在各个城市广场乃至小区的空地上,每天晚上都是跳广场舞的大叔大妈;而健身会所里,也满是俊男靓女。这些都充分说明,现在的人们都在努力争取让自己生命的长度——寿命——更长。

　　事实上,一个人的寿命越长,他(她)对于自己家庭,对于这个社会,对于世界的贡献才可能更大。寿命太短,几乎没有什么时间也没有什么能力为这个世界贡献什么,因为,一个人的成长也需要时间,越是年幼,越是索取的多。比如我们,从生下来到上幼儿园上小学上初中上高中再到上大学,都是父母供养,对于家庭社会,可能几乎没有任何贡献,我们这一段生命,就几乎只有长度没有宽度。一旦我们完成学业,走上工作岗位,就开始拓展我们生命的宽度。

　　当我们在努力争取生命的长度的时候,我们同样要努力争取拓展生命的宽度。但是,我们身边却有很多人,只注意生命的长度,却不注意生命的宽度,他们常常会像烛之武所说的那样"今老矣,无能为也已"。的确,烛之武如果不听国君的诚恳劝说,在国家危难之时挺身而出,我们谁还会知道历史上有这么一个人?恰恰是因为他"挺身赴国难,视死忽如归",有功于国,才能留名青史,他的生命也因此无限拓宽。

当我们无法使自己的生命过度延长时,我们能不能去拓展其宽度?雷锋做了最好的回答。雷锋虽然只活了 22 岁,寿命很短,但是,他生命的宽度却无限。钱学森先生既有生命的长度,又有生命的宽度。然而,当他听说自己被中组部评为与雷锋等四个人并列的新中国成立 40 年来在群众中享有崇高威望的共产党员的优秀代表时,他无比激动,也无比谦虚,觉得"与劳动人民中最先进的分子连在一起"是一件无限光荣的事情。由此也可见,雷锋生命长度虽然很短,但是他的生命宽度就是令钱学森这样为国家做出过巨大贡献的大科学家也无比钦佩的。

岂止如此,我以为,雷锋因为其生命无限的宽广,从另一个角度,使他的生命无限地延长。就像霍去病,他虽然只活了 24 岁,却一直活到了现在。是的,生命如果只有寿命的长度而没有有质量的宽度,那么也只是庸庸碌碌、浑浑噩噩而已;而如果有了生命的宽度,那么,即使是寿命再短的人,他(她)的生命也将无限漫长,令无数后人为之羡慕,为之仰望。

切莫等待

记忆中有一次难忘的等车经历,那是读高中的时候。那时只有班车,从学校坐公交车到西渡时,已经是下午 5 点了,到车站一问,说是可能有、可能没有。几个伙伴有的说走、有的说等。我是从小走惯了远路的,便主张走。边走边等,车来了可以中途截住,车没来也不耽误路程。西渡离我们自己的家有 25 公里,没有走惯这么远路的人,有些望而生畏,不太愿意走,主张等。说是车来了就白走一节路。因为多数人主张等,于是大家就一边漫无边际地聊着,一边眼巴巴地看着马路。眼看着天慢慢地黑下来,车子却没有来,想到要是再等下去就得半夜才能到家,大家也就同意边走边等,说是车来了可以在路上截住。班车最终没有来,我们走了 3 个多小时才到家。有好几个同伴走得筋疲力尽,但也庆幸没有坐在车站干等着,否则的话,要在车站过夜,想想都有点后怕。然而更多的时候,我的这种边走边等的做法,往往是白走了一截路。特别是坐公交车时,往往是我才离开这个站还没来得及赶到下一个站,车已从我的身边轰隆隆地开过。但是,我的习惯依然很难改变,依然不喜欢在一个地方待很久去等车。到等火车等飞机只能待在那里等的时候,我就会买上一本书或一份报纸看一看。

很多人有同我一样的感受,觉得等待的滋味很难受,但却有更多的人愿意等待。车总会从这个站经过并停下的,那时我就可以上车坐到我的目的地;机会总会轮到我的,那时我就可以拥有应该属于我的东西。然而,世事多变,总会有一些难以预料的事情发生。某一天的游行或交通事故,可能让你等待的公交车几个小时来不了;新的政策说高级职称已经超额了,不能评了;事业单位改制,实施全员聘任需要各种上岗证了;一个原来很好的单位突然被撤销、合并或垮掉了,经济效益大不如前了;如此等等,会让原来那些安心等待的人心烦意乱,坐立不安。这时,他们就会想:这鬼公交车什么时候来啊? 早知道这样还不如走路,就是走路都早到了;这职称什么时候开评啊,早知道这样,前几年努把力早点评上去就好了;若知道改制聘任要各种证书,早参加培训就好了;早知道单位要垮,提前准备出路就好了……然而,一切都已经悔之晚矣,因为等待而失去的时间机会等,都已不可挽回。

很多时候,等待会让我们失去原本可以拥有的东西,会让一个原本可以伟大的人成为庸人、凡人。

古人曰:时不待人。我说:我不待时。很多时间,很多机会,需要我们去抢。现在有一个流行词叫"抢抓机遇",我觉得非常好。犹记得小时候,物资匮乏,人们买鱼买肉过年的时候,常常是疯抢,不管是排队还是不排队,抢在前面的,就能买到好一些多一些的东西,排在后面的,往往就只能买到一些残品次品,甚至是面对空空的案板柜台。物质丰富了,生活水平提高了,不会存在这样的问题了,但是,还是有很多被人抢的东西。比如说好的工作岗位,好的投资机会,好的门面,好的学位。即以男女找对象为例,如果你一味地去等待,好男好女都被别人抢走了,最后你只能去找一个自己心中很不满意的人去凑个家,或者让自己成为剩男剩女,你会甘心吗? 你肯定不会甘心! 好,那就让我们一起努力,抢上好的大学,抢上好的工作岗位,抢上高的学位职称,抢上自己心中一切好的东西。

面对人生机遇,切莫等待!

经常检视修葺，方能永不破败

这是一个真实的故事。岳母退休之前，长住乡下老屋，老屋虽老，家具齐全，窗明几净，经常检视，住着也还舒适。退休之后，我们不愿意老人家一个人住在乡下，加上本家侄儿想买她的房子，我们想着有人居住总比没人住着要好，就以较低的价格转让了。谁知道这位本家侄儿十几年了一直没有住进去，到现在，里面的家具全部烂掉了，屋子也破败不堪，已经无法住人。岳母每次回去看到，都忍不住叹息。

房子无人居住，风吹雨淋，瓦面自会有破损的时候，家具自会有发霉的时候。这个时候，如果有人进行检视修葺，将破损的瓦面修好，让屋子通通风透透气，擦拭家具上的灰尘霉菌，住上几十甚至百余年都不成问题，一旦破损霉变无人检视修葺，房子很快就会破败倒塌，这样的房子，农村几乎随处可见。

房子如此，车子如此，人何尝不是如此？

一个人原本对自己要求很严格，很有原则，坚持底线。然而，某一天却放弃了一次自己的原则，放宽了一次自己的底线，非但如此，他不以为意，不认真反省，不重修原则与底线，于是乎，以后这样的事情就接踵而来，最终，他的底线被彻底冲垮，他的原则被彻底抛弃，他彻底走到自己原来的对立面去了，他彻底地沦落成为原来自己所深恶痛绝的人。我们去看看那些贪官的忏悔就知道，他们原来也是很有原则很有抱负的人，也很想为国家为人民做一番事业，后来却沦落成为一个彻头彻尾的利己主义者，一个贪婪堕落的人，一个国家和人民的罪人，最终落入万劫不复的深渊。之所以落得如此下场，就是因为当初任由别人在自己身上打开一个口子，让自己由一辆完好无损的车变成了一辆一个窗户破了洞的车，一辆在别人看来可以任意破损的车。

苍蝇不叮无缝的蛋,鸡蛋破了才会招苍蝇。你让自己变成了破鸡蛋,苍蝇自然就会成群结队地飞来找你,除非你没有缝,你让别人无机可乘。

人是如此,国家又何尝不是如此?

我们国家近百年的屈辱历史,也是破窗理论的最好注脚。晚清政府闭关锁国,腐败无能,国力日衰,民不聊生,却不思改革图强,结果被英帝国主义打破大门,签订丧权辱国的《南京条约》。其他列强一看,原来大清国这么烂,我也去敲他一竹杠。于是,俄国、法国、美国、日本、德国等列强纷至沓来,一个个都来分一杯羹,以至于最后差点被日本亡了国。相反,近代日本被美国敲开大门之后,立即有了很强的危机感,立即变法图强,推行明治维新,从而迅速从一个落后挨打的国家一跃成为现代强国。

车子用久了,难免窗户轮胎零件损坏,我们都会去及时修理,而且还会有定期的保养与大修;房子也需要定期进行检视修葺,才不会破败无法居住;我们人也难免有这样那样的问题缺点,也必须要经常的自我反省,自我完善,不要等到自己破败堕落到无法收拾的程度,才想到改过,不要等到上了刑场才悔不当初,到那时,岂不是太晚了吗?

所以,我们要尽可能如荀子所说的那样:吾日三省吾身,则知明而行无过矣。

"读书无用论"早该休矣

看到这样一则新闻：玲玲姑娘虽然拿到了成都某高校的本科录取通知书，但是因为她的父亲固执地认为"读书无用"，宁愿出钱资助玲玲做点小生意，也不愿"扔几万学费进去打水漂"。这种情况其实不在少数。换一句话来说，即使到了现在这样一个比知识爆发时代更进一步的信息时代，"读书无用论"在一定的人群一定的地区还颇有市场。我们肯定会问：这是为什么呢？

的确，在一般的人看来，读书无用论早该休矣。但是，世间之大，无奇不有；芸芸众生，无人不有。在这样的人看来，读书是为了什么，读书就是为了可以挣更多的钱，为了更好的生活。古人说过：书中自有千钟粟，书中自有黄金屋，书中有女颜如玉，书中有马多如簇。如果我花了那么多的时间精力，花了那么多的金钱，结果却没有得到我想要得到的东西，岂不是白费力气？的确，一段时间的脑体倒挂，让教书的不如杀猪的，搞导弹的不如卖茶叶蛋的，严重影响了一代人读书的积极性，也直接影响了很多父母对于子女读书的支持力度。但是，归根结底，读书无用思想还是因为过于短视，只看到眼前的经济回报。就好像我们很多人炒股那样，大部分人都是做短线，很少有人做长线。其实，即使从短线的经济回报来说，虽然不排除极少数人读书投入没有得到应有的经济回报，但绝大部分读书人，都是得到了高额回报的。如果我们看一看中国富豪榜就会知道，马云、马化腾、李彦宏、丁磊、刘强东等都是高学历人士，或者是读了很多书的人士，那种没有读什么书的超级富豪很少，而且会越来越少。我们再去看看自己的身边，整体而言，只读小学的人挣钱能力与生活水平肯定不如读完了初中的，而只读完初中又不如读了高中的，只读完高中又赶不上读了大学的，硕士又整体比不上博士。可是像玲玲父亲这样的人，他们只看到了极个别的人读书没有得到应有的回报，极个别没有读什么书的人发了财的事例，就因此认定读书无用，这无疑是一叶障目不见泰山，岂不是很荒谬吗？

再说，我们读书也绝不仅仅是为了经济上的回报。读书可以丰富我们的知识，提高我们的能力，重塑我们的个性，修养我们的品行，提升我们的思想境界，拓展我们的视野，使我们的生活更有情趣更加充实更有意义。古人说读书知礼仪，也因此才会有"万般皆下品，唯有读书高"的说法。又说：读书能文明其精神。不读书，我们就走不出野蛮。人类的发展速度之所以超过地球上其他所有的高级动物并且越来越快，一个最重要的原因就是：人类能够把自己所积累下来的经验与教训——知识、技巧、能力等——通过书本与教育的形式大容量地传递给后代，从而使得自己的后代更加迅速地向前发展。我们稍微关注一下就会发现，人类社会的发展趋势是越来越快，过去几千乃至上万年所获得的知识技能，还远远比不上现在一天所创造发明出来的东西多。从汉朝到唐朝经历了800余年，吃穿用度基本上没有什么变化，而现在，十年前与十年之后的变化就让我们有沧海桑田之感！这样快的发展变化速度，不读书行吗？

不止于此，读书还有一个很重要的作用往往会被我们很多人所忽视：引发遗传与变异。如果我们稍微注意一下就会发现：城市里的孩子普遍比农村孩子聪明，见多识广的孩子普遍比孤陋寡闻的孩子聪明，深山老林读书少的家庭往往几十年上百年没有什么发展变化，而闹市里喜欢读书的家庭发展变化惊人。晚清与民国时期，江浙一带的富商家庭普遍办有私塾，想方设法让孩子读书，也因此，我国老一辈大科学家多半是出身于大城市或者江浙一带重视读书的家庭。书香门第传得久了，这个家族就会成为当地最为兴旺发达的家族，也是最受尊敬的家族。读书的成效也许在一代人身上看不出来，但是，一定会融进后辈的血脉，使后辈一代更比一代强。

有一句话大家都知道，那就是知识改变命运。可是，我们更需要知道的是：知识改变家族，知识改变国家，知识改变人类。读书，不只是为了多挣钱，为了生活得更好，还是为了让自己变成一个充实的人，一个有品位的人，让自己的后代可以发展更好的人，一个对于自己家族、对于国家、对于全人类更有贡献与作为的人。如果只看到是不是可以多挣钱，无疑是鼠目寸光了。

所以，不论从哪个角度来说，"读书无用论"都应该休矣。

自省的智慧

一位朋友送给我一只野生甲鱼，盛情难却，只好收下了。可惜我平时虽在外多次吃过，却从未自己杀过甲鱼，妻子也是如此。我要她把甲鱼杀了炖汤吃，她要我做好给她吃，两人为此吵了起来，好好的气氛全被破坏了。最后，她嘟囔了一句："都是这甲鱼惹的祸。"我也顺便说了句："要是没有这只甲鱼多好呀。"

然而，静下心来想想：自己无能杀一只甲鱼，又不知道上网去查资料现学现卖，反倒归罪于一只什么也不懂的甲鱼，归罪于送甲鱼的人，岂不可笑？再一想，生活中这类事情简直太多了。譬如今年黄金周，高速路免费通行造成严重堵车，许多人不怪自己不遵守交通规则，不去想办法加强管理和疏导，而是指责交通运输部不该出台免费通行的政策，与此是多么惊人的相似。

我们似乎从小就开始接受这样的教育，归错于别的人或事，为自己的无能开脱。记得儿子小时候学走路，被小凳子绊倒了哇哇大哭起来，岳父马上走过去，用手拍打着凳子说："都怪这该死的凳子挡住了我乖孙的去路。"儿子马上破涕为笑。这种教育很有效。到儿子读高中时，有一次雨后踢足球，不慎摔了一跤，把腿摔折了，儿子狠狠地捶打着地面："都怪这该死的地太滑了！"

我自己身上也常发生这类事件：教学比赛输了，是评委的不公平；论文写不出来，是学校工作任务太重，没给我充足的时间；自己赚不到什么钱，那是社会不公平，没给我机会。我们很少想到，机会永远是留给那些有准备的人。我们很少反躬自省：我的能力为什么这么欠缺？我的处世方式是否有待改善？我还有哪些缺点需要克服？我还有哪些本领需要学习提高？

荀子曰:"吾日三省吾身,则知明而行无过矣。"那些伟人之所以能成为伟人,一个最重要的因素,就是他们能经常自省。孔老夫子一次看见颜回在锅里抓饭吃,就立马怀疑颜回偷饭吃。等到颜回说明是掉灰到饭里的原因时,孔子立马反省自己的行为:有些事情即使亲眼看到也不一定是真实的啊。唐太宗身为皇帝,可谓最讲脸面和自尊的人吧,可他也经常反省自己,从谏如流,知过必改。有人在魏徵死后说他的坏话,太宗一时被蒙蔽,立即取消给魏徵的封赏,并停了衡山公主下嫁魏徵儿子的婚事。等到太宗明白魏徵是被诬陷后,他立即改正自己的错误做法。长孙皇后过世后,太宗专门修一座高塔来眺望长孙皇后的陵墓,魏徵劝谏太宗应该眺望的是高祖的陵墓而不是长孙皇后,太宗立即下令拆掉那座高塔。

　　我们虽然成不了圣人、伟人,然而圣人伟人的很多好的做法却是值得我们学习的。我们也许做不到每日三省吾身,但是至少应该每周一省,逢大事必省,看看自己所做所说的是否正确,是否符合原则或超越道德底线,是否伤害到他人,是否有利于自己的进步。倘能如此,我们虽不能成为圣人伟人,至少也能做一个智慧之人,至少能让自己少犯些过错了。

当我们不再依赖

最近偶然听到一位小姑娘翻唱潘美辰的歌曲《我想有个家》，觉得唱得非常好，其中有这么几句歌词，尤其让我的印象深刻："虽然我不曾有温暖的家，但是我一样渐渐地长大。只要心中充满爱，就会被关怀，无法埋怨谁，一切只能靠自己。虽然你有家，什么也不缺，为何看不见你露出笑脸，永远都说没有爱，整天不回家。相同的年纪，不同的心灵。让我拥有一个家。"

是啊，没有家就只能靠自己，也一样会渐渐长大，并且心灵更加成熟；而有家的孩子，因为有个家可以依靠，往往成长慢一些，心灵成熟度比不上那些很早就自立的孩子。人生之路正如龙应台所说的那样，是一条曲折盘桓的山路，"有些事，只能一个人做；有些关，只能一个人过；有些路啊，只能一个人走"。如果我们不能学会自立，一味依靠父母或者别的什么人，是不可能走好自己的人生之路的。事实上，家庭也好，父母也好，别人也好，都不可能成为我们永久的依靠。

前不久还看到一个历史故事，说的是南朝宋刘子鸾的事情。刘子鸾是南朝宋孝武帝刘骏第八子，因为母亲殷淑仪得宠，五岁时即被封为襄阳王，不久改封新安王，又加封为北南徐州刺史、领南琅邪太守。8 岁时又加封为司徒，都督南徐州诸军事，后来又加为中书令。年纪很小就做这么大的官，得到这么高的爵位，亘古少有。然而，他的这一切都是靠父母得来的，一旦父亲身死，哥哥刘子业继位，就被罢官削爵，及至被赐死，留下"希望下辈子不再投生帝王之家"的悲伤之言。由此可见，靠山总会有失去的时候，即使这个靠山是一国之君。所以，人生最重要的不是找到一个依靠，而是能够自立自强。

同样是一则关于帝王的故事，而且同样是南朝，只不过这回是刘宋的开国之君刘裕。刘裕刚一出生,母亲便因疾病去世。因为家境贫苦,父亲刘翘无力请乳母,一度打算抛弃他,还是靠着刘怀敬之母伸出援手,刘裕才得以活下来。刘裕很小时就自己砍柴、种地、打鱼和卖草鞋谋生。尽管如此,他却胸有大志,不拘小节。由于从小自立自强,才华出众,能力卓绝,刘裕从军之后,很快得到上司器重,升迁很快,及至最后取代晋朝建立宋王朝。试想一下,如果刘裕是一个依赖心很强的人,他能够建立一番属于自己的事业吗?他还能够得到辛弃疾等后人高度的赞扬吗?

今天,我们的同学,因为要读书,所以还得依靠父母,没有办法自立,但是,却有一些人没有认识到从现在开始锻炼自己、使自己早日自立自强的重要性,他们还是能够依赖就依赖,能够让父母做的就决不自己动手。这样的结果,可能就是一旦碰到难一点的事情或者遇到什么挫折,没有父母或别人的帮助,就束手无策,就无路可走,甚至以自杀来逃避,来结束一切,真是可悲啊。

会开车的人,往往都有这样一种体验:坐别人开的车不如自己开车,方向盘握在自己手里总觉得放心一些,更有安全感。生活其实也是如此。杜甫在长安混得不如意之后,到成都投靠朋友严武,有严武的庇护,他的日子还是蛮自在潇洒的;然而严武病逝之后,杜甫失去了依靠,就只能一路顺江漂泊而下,日子一天不如一天,最后穷困潦倒死在我们湖南汨罗。杜甫的诗歌虽然写得好,但是却不懂生活的哲理,也是很可惜。因此,我们一定要记住,只有自立自强,才能天下无敌。

同学们,当我们不再依赖的时候,就说明我们长大了,成熟了,我们的父母、家庭就有希望了。当我们所有的年轻人都不再依赖了,都能够自立自强了,我们的民族,我们的国家,也就空前强大了。

附 录
心灵告白

李老师：

听说您这几天身体不太好，这几天看到您次数少，我也不太清楚。今天早上您来给我们上语文课，看到您那装备就证明了这个说法。刚刚听到化学老师说您以前动过一次手术，这次好像又更严重了，痛得话都说不出来了，您还坚持守在我们身边也不回去休息，听到这情况我真的好心酸。刚开学时，我记得曾跟您说过，您和我初中最喜欢的一位老师感觉挺像的，接触久了，感觉又有很大的不一样。其实，像您这样关心学生的老师就我自己遇见的真的很少。我还清楚地记得我们要搬教室那会儿，我因为身体不舒服一个人坐在楼梯上的时候,您对我的关心和呵护;我也还记得高中第一次期中考试,我考得很糟糕,晚自习在哭,同学们都忙着看自己的成绩,讨论错了的题目,几乎没有人注意我,您一进教室就发现了,关切地询问,细声地劝慰。从小学到初中,我看到的几乎都是老师对成绩好的同学态度都明显好于对成绩不太好的同学。入高中来,我深知自己的成绩真的变得好差好差,在班里时时都觉得自己是个差学生,所以刚开始也有点畏惧您。后来发现,您对每个学生都一视同仁,一样地那么关心我们。现在,也只是在您面前,我感觉我还不是个差学生,还会像以前那么自信。您不会约束我们不准做这个、不准做那个,对我们非常宽容,您对工作负责的态度,对我们班的贡献,这都是不用说的。我很喜欢班级上您说的那句话:"成功与自身的努力是分不开的。"在面临文理分科这种时候,我也不会太确定是否会继续待在368班,我舍不得离开368班这个集体,更舍不得离开您这位"好好的班主任",我不知道自己从何时开始,已把您看作爸爸一般,去尊敬,去爱戴。

记得上次您因为出差不在,我们班去体育馆练歌,被插了队,还被凶了,那时我就很有点像没爹没妈的孩子的感觉了,当时急得眼泪不争气地掉。当时我就想:您在的话,肯定也会让他们先练,因为我们相信您的宽容。

老师,真心希望您一定,一定要快点好起来。

您的学生:李建利
2011 年 6 月 27 日

难忘师恩

　　在匆匆流逝的岁月中,许多往事都随风飘散,但心中的那份爱将永藏于心底。亲情是爱,友情是爱,师生情也是爱。有人说亲情是深度,友情是广度,那么师生情就是亲情与友情的结合吧! 如柔柔的春风吹拂细柳,如暖暖的阳光照耀花朵,如潺潺的小溪流过大地。那种细腻而温暖的感觉时时激起我们内心的涟漪。

　　李老师,您的爱是无私的。人们说生命的意义在于奉献。如果你是一棵大树,就洒下一片阴凉;如果你是一泓清泉,就滋润一方土地。您正是如此,如红烛般点燃自己,照亮别人。记得您曾在课堂上开玩笑地说过:"我教好了别人的孩子,却教不好自己的孩子。"的确,您将心血全部倾注

在学生的身上。您总是来得很早，走得很晚。您见学生的时间远远超过了见自己的孩子的时间。或许做一名老师剥夺了您做父亲的很多权利，那一丝师生情代替了一丝父爱，但我相信您并不后悔，因为您是一名人民教师。对您来说，能见到学生成才时的那一份欣喜绝不亚于见到自己孩子成才。您将别人的孩子看作是自己的孩子，为了这群孩子，您的身体每况愈下；为了这群孩子，岁月在您的身上留下了深刻的印记。您原本可以活得更轻松，但您却没有选择这样，我们知道您付出的心血，不论您是表扬或批评学生，都代表了您对学生无私的爱，代表了您作为一名老师的一份责任。您那"俯首甘为孺子牛"的精神让我们感动，敬佩。

您不仅教给了我们知识，更言传身教教给我们做人的道理。您用语言播种，用粉笔耕耘，用汗水浇灌，用心灵滋润。您在黑板上谱写的是今天，成就的是明天的辉煌。"桃李满天下，恩情深似海。"我们不会忘记是您在黑暗中为我们点亮一盏明灯，在跌倒时向我们伸出双手。是您给了我们拼搏的勇气、腾飞的翅膀。在将来，无论我们成为挺拔的乔木，还是低矮的灌木，我们都将以生命的翠绿向您致敬。

在这个特别的日子里，我们全班同学向您献上最诚挚的祝福，祝您教师节快乐！

283 班全体同学

凌艳怡执笔

2008 年 9 月 10 日

后 记
在平庸中挣扎

我本平庸，我正平庸，我仍将平庸。

但是，我一直不甘于平庸，我一直在平庸中挣扎。因为，在我看来，人最可怕的不是平庸，而是甘于平庸，并且心安理得，怡然自乐。

许多次，当我路过街上那一排排麻将馆的时候，当我路过那一家家游戏厅的时候，当我回到家里看到电视机里播放电视剧的时候，当我拿起手机刷屏的时候，我就对自己说，那是个陷阱，我的自控能力非常有限，一旦跳进去就出不来，最好的办法是远离，不跳进去。

大概是1992年的时候，我曾经爱上了看书，一部《史记》，一部《资治通鉴》，让我入迷；而周围的一些人却爱上

了扑克,我似乎成了孤家寡人,显得很不合群。苦恼的结果,就是也加入到扑克群里,每天除了正常地上班,就是沉迷于扑克,还被暗中嘲讽了一把:曾经有个人,自己不玩牌,还去领导那里告状;现在,玩得也和我们差不多,我们还以为他是个怎么了不得的圣人呢!幸运的是,一位很有事业心的老领导拯救了快要沉沦的我,当我跟他聊起自己没有时间看书时,他说:你不能少看一些电视吗?你不能不打扑克吗?——那个时候我们还没有手机,也几乎没有接触网络——一语惊醒梦中人,我逐渐从泥淖中爬上岸来,再次成为当时那个圈子里的异类,继续去读一些书,写一些笔记论文,这也为我后来能够调到现在这个学校奠定了基础。

人生总是不断地轮回,到新的学校站稳脚跟之后,由于有一段时间工作特别繁重,经常累得喘不过气来,很想放松一下。结果,又一次跌入陷阱——每到周末,就想玩麻将,夫人怎么说也劝不住,理由就是"其实你不懂我的心"。这样一直到2014年,参加华南师大湖南省高中教师高端研修班。在这个班里,我见到了很多比我聪明比我勤奋比我厉害比我低调的名师们,更不用说给我们授课的那些教授们、负责管理我们的兢兢业业非常负责的班主任老师了。有一种思想在我的心里潜滋暗长——我不能给老师和同学们丢脸!我可以继续平庸,但是,至少应该有一种不甘于平庸的样子,至少要表明我多多少少受到了良师益友们的影响。否则就对不起提供给我这么好学习机会的省教育厅,对不起辛辛苦苦培训我们的华南师大的老师们,对不起和我朝夕相处100个日日夜夜的同学们。

除此之外,还有我现在和曾经的学生们,也用他们的眼神和行为,在激励着我。现在的学生们,在我每一次把自己的"下水作文"或者课文读后感印发给他们参考之后,就会盼望下一期;曾经的同学们,更是用他们的成功和努力学习不停步,来教育我这个他们曾经的老师应该怎么做:他们中的很多人或者著书立说,或者苦练书法,或者攻读博士学位,或者也写点诗歌散文之类的,甚至,一个才毕业一年多的理科生,竟然开了一个时评微信公众号!

所有这一切,不能不令我惭愧,不能不使我警醒,不能不让正随着污泥下滑的我努力挣扎向上爬。尽管我知道,我的下半身已经深陷泥淖之中,沾满层层污泥的下半身让我爬得十分艰难,甚至一辈子都不可能从平庸的沼泽中爬出来。但是,我希望,自己死的时候,是头颅向上,我的手能够保持向上攀爬的姿势,而不是头朝下,是一种向下陷的姿势。尽管,往下陷的姿势自在轻松,脸上是一副满足的笑容,而向上爬,将无比地艰辛,即使死了,也可能满脸痛苦。但是,我还是想,能够往上爬一点是一点,哪怕用尽自己全部的精力,不再下滑就行,或者,就只是减缓一些坠落的速度也好。

人生的确太过短暂,但是,在我看来,上天已经待我不薄。比起很多人来说,我的生命已经成倍地长了。黄继光、邱少云只有32岁,霍去病只有24岁,雷锋只有22岁,王二小只有十几岁,他们虽然生命短暂,却用一腔热血使自己冲破平庸,走向不朽。于是我想,我比他们多活了这么久的时间,虽然不可能像他们那样不朽,但是为什么不努力使自己摆脱平庸呢?哪怕能够平凡也会好一些,至少比甘于平庸强。也因为如此,我强迫自己多读一些书,多写几个字,多思考几个问题,多帮助几个能够帮助的人,多做一些有用的事,尽管这对于别人、对于这个社会也许毫无价值,甚至是浪费资源,但是,对于我而言,却是唯一可以避免沉沦、可以拯救自我的方法。

我不知道自己的生命还有多久,或许还有几十年,或许会在不久之后的某一天戛然而止。但是,不管怎样,我都希望自己能够死在挣脱于平庸的路上,而不是死在不断向平庸深处坠入的过程中。

谨以此书,时时警示自己,也对向坠入陷阱的我伸出援手的领导、老师和朋友们,表示深深的敬意与诚挚的感谢!

李自生
2020 年 9 月 28 日